Christian Homma
Elisabeth Frank
Nie zu alt für Venedig

Über die Autoren

Christian Homma ist promovierter Physiker, Innovationsmanager und Coach und schreibt seit seiner Kindheit Kurzgeschichten. Er liebt es, Musik zu machen und zu hören, er fotografiert und reist gerne.

Elisabeth Frank ist promovierte Neurobiologin und Bioinformatikerin. Nach fünfjähriger Forschungstätigkeit in Australien arbeitet sie an Medizinsoftware in München. Sie reist viel, macht gerne Musik und engagiert sich in Frauennetzwerken für Diversität.

http://hommaundfrank.de

Christian Homma • Elisabeth Frank

Die VIER und der mörderische Heiltrank

beTHRILLED

Vollständige ePub-to-Print-Ausgabe des in der Bastei Lübbe AG erschienenen eBooks »Nie zu alt für Venedig« von Christian Homma / Elisabeth Frank

beTHRILLED in der Bastei Lübbe AG

Karten: © Christian Homma unter Verwendung von © Mapbox und © OpenStreetMap
Lektorat/Projektmanagement: Lukas Weidenbach
Covergestaltung: Guter Punkt, München unter Verwendung von Motiven ©IakovKalinin/ iStock / Getty Images Plus, © eugenesergeev/ iStock / Getty Images, © ArnaPhoto/ iStock / Getty Images, ©Turac Novruzova/ iStock / Getty Images
Satz: 3w+p GmbH, Rimpar (www.3wplusp.de)
Druck: Books on Demand GmbH, Norderstedt

ISBN 978-3-7413-0257-2

www.be-ebooks.de
www.lesejury.de

Die Hauptfiguren

Die Jugenddetektivgruppe VIER findet nach fast vierzig Jahren wieder zusammen, um neue Fälle zu lösen. Die Mitglieder sind:

V – Gero Valerius Fichtinger: Ehemaliger Bundeswehroffizier und strategischer Querkopf
I – Ina-Marie von Treuenfeld: Journalistin und weltoffener Freigeist
E – Eleonora (Elli) Baumgärtner-Däubner: Kindergärtnerin im Vorruhestand und Expertin für Verkleidungen aller Art
R – Rüdiger (Kwalle) Kwalkowski: Elektroingenieur mit einem Faible für technische Spielereien

If you think you are too old to rock 'n' roll, then you are.
Lemmy Kilmister

München

»Schneller, Kwalle!«

Ina hatte gut reden. Er war geliefert, wenn das schiefging! Keuchend rannte Rüdiger Kwalkowski hinter seiner Jugendfreundin Ina-Marie von Treuenfeld her. Sie hatten es fast geschafft. An der Tür angekommen wuchtete er den schweren Rucksack von seinem Rücken und nahm ein Set Dietriche heraus. Die Zeit lief gegen sie. Schweiß rann ihm in die Augen, als er in dem Schloss herumstocherte.

Endlich klackte es. Ina sprintete an ihm vorbei. Sie blickte sich suchend im düsteren Hausflur um. »Da entlang.«

Jetzt sah auch Rüdiger die Spur. Diesmal würden sie es schaffen! Triumphierend folgte er Ina in die Küche. Sie war eilig unter dem Tisch durchgetaucht und half ihrem Freund auf der anderen Seite hoch.

»Da geht's weiter!« Er hatte die Markierung an der Terrassentür entdeckt. Als Rüdiger ins Freie trat, spürte er die Schnur an seinem Knöchel und wusste, dass er zu leichtsinnig gewesen war. Der dünne Faden riss mit einem leisen Pling.

»Du bist schon wieder tot, Rüdiger!« Gero betätigte die Tröte.

»Verdammt noch mal! Das war die Ziellinie! Der Parcours war hier zu Ende.«

»Nein, die Aufgabe wäre erfüllt gewesen, wenn du die Terrasse betreten hättest, ohne euch beide in die Luft zu sprengen.« Gero Valerius Fichtinger war pensionierter Ausbilder bei der Bundeswehr und hatte bereits in ihrer Jugend die verrücktesten Trainingsaufgaben für die Detektivgruppe ausgetüftelt. Der Exsoldat schüttelte bedauernd den Kopf und verzeichnete einen weiteren Strich auf seinem Klemmbrett. Seitdem ihre Bande mit dem Anfangsbuchstaben seines Zweitnamens begann, beanspruchte er das Privileg des Befehlshabenden.

»So ein Blödsinn! Warum spielen wir das eigentlich mit?« Rüdiger ließ den Rucksack zornig auf den Boden fallen und nahm einen der Ziegelsteine heraus, die Gero als zusätzliches Gewicht hineingepackt hatte. Er hatte diese Übungen bereits zu Schulzeiten gehasst. »Und obendrein ist mein Iron-Maiden-Shirt versaut. Sag doch auch mal was, Ina!«

Seine alte Schulfreundin schlug ihm aufmunternd auf die Schulter. »Blood, Sweat and Tears können dein Shirt nur veredeln. Du musst zugeben, diesmal warst du mit dem Schloss mindestens doppelt so schnell.« Vor wenigen Monaten hatte Ina ihren drei alten Schulkameraden eine Nachricht geschickt und die Jugendgang VIER nach knapp vierzig Jahren wieder aufleben lassen. Seitdem hatten sie nicht nur ihren ersten Doppelfall auf hoher See gelöst, sondern auch an die fast vergessene Freundschaft angeknüpft. Die Journalistin ließ die beiden Männer stehen und schenkte sich am gedeckten Kaffeetisch ein Glas Wasser ein.

»Eine Stolperfalle kann jeden von uns treffen. Wir haben noch eine ganze Reihe anderer Trainingseinheiten auf dem Programm.« Gero schwenkte seine Notizen.

»Kaum«, rief da Eleonora Baumgärtner-Däubler. Die Kindergärtnerin im Ruhestand und Expertin für Verkleidungsfragen war gerade in ihrem türkisfarbenen Blumenkleid auf die Terrasse getreten, einen Blaubeerkäsekuchen und eine Kanne Kaffee in den Händen. »Jetzt gibt es eine verdiente Stärkung.

Und danach kümmere ich mich um dein Shirt. Hattest du das nicht schon zu Schulzeiten?«

»Endlich, du bist meine Rettung.« Rüdiger zückte dankbar sein Schweizer Taschenmesser und zerschnitt den verhedderten Faden. Als Inhaber eines Ingenieurbüros für Elektroinstallationen war er für die technische Ausrüstung bei ihren Abenteuern zuständig und nie ohne Werkzeug unterwegs. Er klopfte sich den Staub von der Brust. »Ich hab im Keller eine Tüte mit meinen alten Rockerklamotten gefunden, die Sonja nicht mochte. Jetzt, wo ich wieder allein bin, fühlen sie sich irgendwie tröstlich an.« Im Kreis seiner Freunde fiel es ihm zunehmend leichter über seine kürzlich verstorbene Frau zu reden.

Gero schnaubte. »Tröstlich? Nietengürtel und Flammenschädel?«

»Als ob dein Tarnanzug besser wäre. Wieso müssen wir eigentlich diese blöden Übungen machen? Wir sind doch hier nicht beim Bund«, fuhr Rüdiger ihn an.

Gero folgte Rüdiger zum Tisch. »Wenn wir uns nicht fit halten, werden wir VIER die Verbrecher dieser Welt kaum das Fürchten lehren.«

***

Ina war glücklich. Die Journalistin hatte sich schon länger eine Veränderung gewünscht und plötzlich war der nächste Schritt naheliegend gewesen. Sie hatte ihren Job als Ressortleiterin in Berlin gekündigt und war vor zwei Wochen nach München zurückgezogen – die Stadt, in der sie alle aufgewachsen waren.

»Ein herrlicher Tag. Danke für die Einladung, Elli. Wie viele Kuchenstücke hast du dir denn erspielt, Kwalle?«

Rüdiger grunzte. Er war der einzige der VIER gewesen, mit dem Ina nach dem Abitur Kontakt gehalten hatte, und auch heute noch einer ihrer besten Freunde.

»Wir sind doch nicht beim Dschungelcamp!«, entrüstete

sich Elli. »Bei mir darf jeder essen, so viel er möchte.« Sie legte Rüdiger ein besonders großes Tortenstück auf den Teller und reichte ihm die Sahne.

Ina lehnte sich zurück und ließ ihren Blick über den blühenden Garten schweifen. »Fabelhaft, wie schön du hier alles pflegst, Elli. Wo nimmst du die Zeit her neben all deinen Ehrenämtern? Gut, dass ich nur eine kleine Dachterrasse habe.«

»Ich kann es immer noch kaum glauben, dass du wieder zu uns gezogen bist. Wann beginnt deine Einweihungsfeier am Samstag?«, fragte Rüdiger mit vollem Mund.

»Um achtzehn Uhr geht es los. Ich hoffe, ihr kommt alle?«

»Aber selbstverständlich!« Elli strahlte. »Es ist doch in Ordnung, wenn ich Andreas mitbringe?«

»Natürlich! Ich freue mich schon so, deinen Mann endlich kennenzulernen. Wo ist er denn gerade?«

»Ach, irgendwo im Sudan. Oder war es diesmal Eritrea?« Sie zuckte die Achseln. »Dort, wo es Fossilien auszugraben gibt, eben. Du könntest doch mal einen Artikel über seine archäologischen Funde schreiben.«

»Klasse Idee!« Ina war sofort begeistert. Nachdem sie als Redakteurin in Berlin hingeschmissen hatte, musste sie sich jetzt wieder selbst um die interessanten Geschichten kümmern.

»Ich bin gespannt auf die Diskussionen mit dem Professor. Was er wohl zu meinen Gegenthesen zu seiner letzten Publikation sagen wird?« Gero nippte sichtlich zufrieden an seinem Kaffee.

***

Inas Loft lag im fünften Stock eines renovierten Altbaus mitten in Schwabing. Das Münchner Szeneleben fand nur ein paar Straßen entfernt statt, aber auf ihrer Terrasse war es wunderbar ruhig und sie hatte einen freien Blick über die angrenzenden Dächer. Die breiten Fensterfronten ließen ihr neues Zuhause lichtdurchflutet erstrahlen.

»Ina, deine Wohnung ist fantastisch!« Elli konnte sich gar nicht sattsehen. »Es ist alles so harmonisch, das Schlafzimmer mit Futonbett, der wunderschönen hellgrünen Farbe und den Gräsern. Hast du das nach Feng Shui eingerichtet? Und hier im Essbereich die Sitzsäcke und die fremdartigen Steinskulpturen überall. Bin gespannt, was Andreas nachher dazu sagt.« Für einen Moment dämpfte sie die Stimme. »Er … möchte uns übrigens etwas erzählen. Aber darum kümmern wir uns später.« Dann fuhr sie freudig fort. »Hast du Räucherstäbchen angezündet? Es riecht danach. Und die Fotos an der Wand – sind die alle von dir?«

Ina lachte über den Redefluss ihrer Freundin. Eine begeisterte Elli war ebenso wenig zu bremsen wie eine nervöse. »Ja, es gibt so viele einzigartige Orte auf dieser Welt. Aber jetzt nimm dir erst einmal einen Aperitif. Auf der Anrichte steht auch Knabberzeug. Falls du Gero später beeindrucken willst: Das sind geröstete Ginkgo-Samen.«

»Wo ist er eigentlich? Er ist doch sonst immer überpünktlich.«

»War er heute auch. Nachdem er begonnen hat, meine Möbel geradezurücken, habe ich ihn kurzerhand losgeschickt, Hannelore von der S-Bahn abzuholen.« Sie war gespannt, für wen der beiden das anstrengender war.

Elli lachte. »Deine Mutter habe ich das letzte Mal bei der Abiturfeier gesehen. Wie geht es ihr?«

Ein Schatten fiel über Inas Gesicht. »Sie ist in den vergangenen Jahren nicht einfacher geworden.« Sie war froh, nicht mehr erzählen zu müssen, denn es läutete an der Tür.

Rüdiger strahlte, als er seiner Schulfreundin ein Orangenbäumchen und ein kleines Päckchen in die Hand drückte, ehe er sie fest umarmte. »Willkommen zu Hause und danke für die Einladung.«

Mit diesem einen Satz war Inas Glücksgefühl wiederhergestellt. Die letzten Wochen waren sehr anstrengend gewesen und sie hatte ihre Entscheidung, nach München in die Nähe ihrer Mutter zu ziehen, mehrmals hinterfragt. Aber jetzt, wo

Elli und Rüdiger in ihrer Wohnung waren, fühlte es sich einfach nur richtig an.

***

Jeder andere hätte sich bei bloß zwei Minuten Verspätung über die Pünktlichkeit des Zuges gefreut. Gero hingegen schnalzte nach einem Blick auf seine Armbanduhr mit der Zunge, während die U-Bahn einfuhr. Als kurz darauf Inas Mutter vor ihm stand und ihn von oben bis unten musterte, hätte er jedoch gern noch ein wenig länger gewartet.

»Ach, wenn das nicht der Valentin Fichtinger ist. Nett, dass Sie mich abholen. Dann können Sie gleich die Blumen tragen.« Hannelore von Treuenfeld war älter geworden, aber sie hatte sich in den vielen Jahren kaum verändert. Wie damals war sie kräftig überschminkt und trug ein schweres Parfüm, das Gero den Atem nahm. An ihren zerbrechlich wirkenden Fingern steckten etliche Ringe und ihre Kleidung wirkte exklusiv.

»Valerius. Ich heiße Gero Valerius«, korrigierte er sie verstimmt.

»Auch recht. Nun kommen Sie, ich bin so gespannt, wie meine Tochter wohnt. Ihr Umzug wurde ja langsam Zeit.«

Gero war zu Schulzeiten nicht oft bei Ina Zuhause gewesen. Bei Elli und Rüdiger waren sie ein- und ausgegangen, vom Von-Treuenfeld-Haus kannte er jedoch nur den Eingangsbereich. Dort hatten sie immer warten müssen, wenn sie die Vierte im Bunde abgeholt hatten. Inas Vater hatte Gero lediglich ein paarmal gesehen. Der General war eine beeindruckende Persönlichkeit gewesen, aber irgendetwas hatte zwischen Ina und ihm gestanden und war wohl auch der Auslöser für ihren fast schon militanten Pazifismus. Ina hatte vor ein paar Wochen in einem Nebensatz erwähnt, dass ihr Vater schon vor über zwanzig Jahren gestorben war. Das Verhältnis von Mutter und Tochter war für Gero ebenso unergründlich.

Normalerweise hätte er versucht, jeden Kontakt zu Hannelore von Treuenfeld zu vermeiden. Doch wenn er sowieso mit ihr kommunizieren musste, so konnte er gleich einige Dinge klarstellen. »Ich denke, Ina kann sehr gut alleine leben und sollte ihren Freiraum bekommen.«

»Ach, tatsächlich? Und wie kommen Sie darauf? Sind Sie so etwas wie ihr psychologischer Berater?«

»Aber ich …« Diese Frau brachte ihn völlig aus dem Konzept.

»Nein, nein. Ich werde ein Auge auf meine Tochter haben. Schließlich braucht sie auch endlich einen Mann.«

***

Neben ihren drei Freunden hatte Ina zur Wohnungseinweihung ein paar alte Weggefährten, einige Journalistenkollegen und das junge Pärchen von nebenan eingeladen. Sie alle unterhielten sich angeregt bei leisen Jazzklängen und mit einem fruchtigen Aperitif in der Hand. Wenn die Stimmung passte, würde Ina nachher eine Playlist mit Diskomusik auflegen. Sie hatte Lust zu tanzen.

Andreas kam etwas verspätet. Ina freute sich sehr, endlich Ellis Ehemann kennenzulernen. Mit seiner offenen und freundlichen Art war er ihr sofort sympathisch. Der Professor war nicht alleine gekommen. Er stellte seinen Begleiter als Pierre Ledoux vor. Der elegant gekleidete und charmante Franzose war ein Kollege und lehrte Medizingeschichte an der Ludwig-Maximilians-Universität. Elli hatte Ina schon vorgewarnt, dass ihr Gatte jemanden mitbringen würde, den Grund dafür aber noch nicht verraten. Ina hoffte inständig, dass jetzt nicht auch Elli versuchte, sie zu verkuppeln. Die ständigen Versuche ihrer Mutter gingen ihr schon gehörig auf die Nerven.

Nachdem sie das Büfett mit vegetarischem Chili, Linsen-Kokos-Suppe, Salaten und selbst gebackenem Brot eröffnet hatte, schlich sich Ina auf die Dachterrasse, um einen Augenblick innezuhalten. Sechs Jahre hatte sie in Berlin gelebt und immer wieder überlegt, was ihr nächstes Ziel sein könnte. Kuba, Australien, Südafrika? Dass sie nun wieder in München gelandet war, überraschte sie selbst. Vielleicht kam die Weltenbummlerin in ihr allmählich zur Ruhe?

Ihre Mutter unterbrach ihre Gedanken. »Was machst du denn da draußen? Du solltest dich um deine Gäste kümmern. Vor allem um diesen gutaussehenden Franzosen.«

Ina seufzte. »Mama, bitte hör auf mir vorzuschreiben, was ich zu tun habe. Ich bin eine erwachsene Frau!«

»Es wurde wirklich Zeit, dass du zu mir zurückkommst, Ina-Marie. Als alte Frau ist man nicht gerne alleine.« Sie schielte zu Andreas und Ledoux hinüber, die im Wohnzimmer auf der Couch saßen und sich angeregt unterhielten.

Ina verstand die Doppeldeutigkeit ihrer Aussage. Aber sie fühlte sich weder alt noch einsam. »Bitte sorge nicht dafür, dass ich meine Entscheidung schon am ersten gemeinsamen Abend bereue. Ich bin aus mehreren Gründen wieder nach München gezogen. Und ich bin nicht ...«

Pierre Ledoux lehnte an der offenen Terrassentür. »Wollen die Damen etwas trinken?«

Sie zögerte kurz, nahm aber die Einladung an, um ihrer Mutter zu entkommen, die ihr ein auffälliges Augenzwinkern zuwarf.

***

Die nächsten Stunden vergingen wie im Flug. Rüdiger entpuppte sich als passabler DJ, in jeder Ecke des Lofts fanden spannende Unterhaltungen statt und Ina genoss die Gespräche mit alten und neuen Freunden. Es war weit nach Mitternacht, als nur noch die VIER, Andreas, Pierre Ledoux sowie Inas Mutter übrig geblieben waren. Sie saßen inzwischen um den winzigen runden Glastisch auf bequemen Sitzkissen. Nur Gero lehnte an der Wand.

Ina war sekttrunken und ausgelassen. »Was für eine schöne Feier! Danke fürs Kommen. Es fühlt sich so an, als wäre ich nie weg gewesen.«

Rüdiger legte ihr den Arm um die Schultern. »Finde ich auch. Jetzt brauchen wir nur noch einen neuen Fall, damit wir wieder zusammen auf Reisen gehen können. Die Kreuzfahrt mit euch war einzigartig.«

Pierre räusperte sich. »Vielleicht kann ich da helfen.« Obwohl er bereits seit einigen Jahren in Deutschland lebte, klang das »ch« bei ihm immer noch wie ein »sch«. Ina mochte diesen Akzent. »Ich habe von eurem Abenteuer gehört und darum ist meine Anwesenheit heute Abend kein Zufall.« Er nahm einen Schluck Wein, so als bräuchte er einen Moment, um sich zu sammeln. »Ich, oder besser wir«, er schielte zu Andreas, »brauchen eure Hilfe. Lasst mich erzählen, was geschehen ist.«

***

Pierre Ledoux war letzten Dezember von Andreas zu einem Kaffee eingeladen worden. Ellis Ehemann wollte ihm seinen Studenten Viktor Jenko vorstellen.

»Schön, dass du dir Zeit nimmst, Pierre. Dieser junge Mann hier besucht mein Seminar zu Architektur in Osteuropa und hat eine interessante Entdeckung bei der Rekonstruktion einer Burg in Slowenien gemacht.« Er nickte dem schüchtern dreinblickenden Jenko zu.

»Also, ich weiß nicht so recht, wo ich beginnen soll …« Der Slowene sprach ein sehr gutes Deutsch.

»Am besten am Anfang«, munterte ihn Ledoux auf.

»Nun, ich bin in Slowenien aufgewachsen und zum Studium nach Deutschland gekommen.« Er benutzte seine Hände beim Reden und das krause Haar stand ihm in allen Richtungen vom Kopf ab. »Zufällig habe ich von Ausgrabungsarbeiten an Stari Grad in Celje gehört und mich freiwillig zum Helfen in den Semesterferien gemeldet.«

»Stari Grad?«

»Das ist eine Burg aus dem vierzehnten Jahrhundert, die

vom Grafen von Celje bewohnt worden ist. Unter der römischen Besatzung war sie sogar die bedeutendste Festung in den ganzen östlichen Alpen«, ergänzte Andreas.

Viktor Jenko nickte und fuhr fort. »Schließlich verlor sie jedoch ihre strategische Bedeutung und ab Ende des achtzehnten Jahrhunderts wurde sie nicht mehr bewirtschaftet und ist zu einer Ruine verfallen. Seit gut hundert Jahren sind die Wiederaufbauarbeiten in vollem Gange. Sie müssen ihr unbedingt einmal einen Besuch abstatten.«

Ledoux räusperte sich. »Sehr schön, Herr Jenko. Aber was führt Sie nun zu mir?«

Der Student befeuchtete seine Lippen. »Ich habe bei den Ausgrabungen einige interessante Papiere gefunden, über die ich gerne promovieren würde.«

Andreas schaltete sich ein. »Und da es sich um ein eher medizinhistorisches Thema handelt, ist er bei dir sicherlich besser aufgehoben, Pierre.«

»Kennen Sie Theriak?«, fragte Viktor Jenko.

»Selbstverständlich. Sonst hätte ich wohl meinen Beruf verfehlt«, antwortete Ledoux amüsiert. Seine Neugierde war geweckt.

***

»Wer ist denn Theriak?«, fragte Rüdiger. In Inas Wohnzimmer waren die meisten Kerzen mittlerweile heruntergebrannt und in der schummrigen Beleuchtung waren die Personen nur noch schemenhaft zu erkennen.

»›Was ist das?‹ ist die bessere Frage.« Pierre hatte das Weinglas während seiner Erzählungen langsam zwischen den Fingern gedreht und fuhr nun fort. »Beim Theriak handelt es sich um einen mittelalterlichen Heiltrank. Manche sagen ihm sogar nach, eine Panazee, ein Universalheilmittel zu sein. Der Name stammt aus dem antiken Griechenland. Das griechische *thēriakón* bedeutet Gegengift. Tatsächlich wurde es zunächst hauptsächlich zur Behandlung von Schlangenbissen eingesetzt.«

Die Flammen flackerten unregelmäßig und Rüdiger hatte das Gefühl, wie früher am Lagerfeuer einer Gruselgeschichte zu lauschen.

»Und offenbar hat Viktor Jenko ein altes Rezept oder zumindest weitere Dokumente gefunden, die es erlauben sollen, einen Theriak von nie für möglich gehaltener Potenz zu brauen – vielleicht das erste echte Allheilmittel.«

Der Schatten an der Wand räusperte sich und meldete sich zu Wort. »Lieber Herr Ledoux. Sie können eine solche Geschichte meinen angeheiterten Freunden erzählen. Aber unter uns, Sie glauben doch nicht wirklich daran?«

Irritiert wandte der Professor den Kopf.

Andreas schaltete sich ein. »Gero, es geht hier nicht darum, die medizinische Wirksamkeit eines jahrhundertealten Rezepts zu beweisen, sondern vielmehr um dessen historische Bedeutsamkeit. Eine wissenschaftliche Auseinandersetzung mit dem neuen Material wäre außerordentlich faszinierend.«

»Na schön, dann wollen wir euch dabei auch gar nicht stören. Ich sehe nämlich weiterhin nicht, was das mit VIER zu tun hat.«

Elli fuhr gereizt dazwischen. »Die Geschichte ist ja noch nicht zu Ende. Andreas, erzähl ihm endlich von den verschwundenen Papieren.«

»Nun«, begann ihr Ehemann zögerlich. »Viktor Jenko hat den Wert der Unterlagen bei den Ausgrabungen sogleich erkannt. Normalerweise hätten sie langwierig restauriert und fotografisch dokumentiert werden müssen. Unser Student war allerdings davon überzeugt, dass deren inhaltliche Untersuchung dringlich war, weil dieser spezielle Trank nur etwa alle hundert Jahre unter bestimmten astronomischen Gegebenheiten gebraut werden kann. Er hat vermutet, dass diese unmittelbar bevorstünden. Also haben wir die slowenischen Verantwortlichen gebeten, uns die alten Manuskripte gleich zu überlassen.«

Pierre stöhnte auf. »Und jetzt ist dieser vermaledeite Student mit den Unterlagen verschwunden.«

»Er hat sie gestohlen?« Rüdiger fand die ganze Sache sehr spannend und griff unentwegt in die Schüssel mit den Erdnüssen.

Andreas blickte seinen Kollegen vielsagend an. »Ich will niemanden verdächtigen, aber auf dem Schwarzmarkt würde sich damit bei den richtigen Kunden viel Geld verdienen lassen.«

»Könntest du bitte zum eigentlichen Punkt kommen?« Ellis Stimme war deutlich schärfer als sonst. »Es ist nämlich so: Da Pierre nur Gastdozent an der Universität ist, hat mein genialer Ehemann für die Unterlagen gebürgt. Und wenn sie verschwunden sind, ist er persönlich dafür haftbar.«

Ina klatschte in die Hände. »Dann werden wir uns diesen Kerl schnappen und die Schriftstücke zurückholen!«

Gero schnaubte. »Nicht so schnell! Wenn ich nochmals zusammenfassen darf: Ein Student entdeckt vermutlich wertvolle Dokumente bei Ausgrabungen im Rahmen der Rekonstruktion einer alten slowenischen Burg. Weil er darüber promovieren will und ihr euch mit den Publikationen profilieren möchtet, lasst ihr euch auf diesen Deal ein. Und nun ist das goldene Vögelchen mit seinem Schatz ausgeflogen und ihr wollt, dass wir ihn und die Unterlagen wiederfinden. Für mich ist das ein Fall für die Polizei.«

Rüdiger überraschte diese Reaktion. Der Stratege schien bisher nur auf einen neuen Fall für die Freunde gewartet zu haben. Warum er nicht anbiss, konnte Rüdiger sich nicht erklären, aber er hatte den Eindruck, dass Gero Pierre nicht mochte.

»Es gibt da leider noch ein Detail. In der Bürgschaft ist festgehalten, dass die Schriftstücke am Lehrstuhl verbleiben müssen. Wir haben aber einfach nicht genug Platz für alle Doktoranden und darum waren wir ganz froh, als Viktor angeboten hat, bei sich zu Hause damit zu arbeiten.« Andreas ergänzte dies sehr kleinlaut.

»Und wenn die Polizei eingeschaltet wird, würde das sofort herauskommen und du hättest eine Menge Probleme am Hals. Also wollt ihr uns als Privatermittler losschicken«, schloss Rüdiger. Er war ebenso begeistert von der Idee wie Ina. Noch dazu, wenn sie Ellis Mann damit helfen konnten.

Hannelore von Treuenfeld, die die ganze Zeit über still zugehört hatte, schaltete sich ein. »Ich bin auch der Meinung, dass ihr den beiden helfen müsst.«

»Mama!«, entfuhr es Ina. »Das können wir wirklich selbst entscheiden.«

»Und ich bin nicht überzeugt davon«, wiederholte Gero.

»Lasst uns doch abstimmen«, schlug Rüdiger vor. Er fand demokratische Lösungen immer besser. Außerdem hatten sie so die Chance, eine Mehrheit gegen den Skeptiker zu bilden, denn Elli wirkte gerade sehr unglücklich. »Wer dafür ist, hebt die Hand.« Er reckte seine nach oben. Die drei Frauen folgten prompt seinem Beispiel. »Hannelore, du kannst nicht mitstimmen. Aber dennoch steht es drei zu eins, Gero.«

»Was nicht weiter relevant ist«, ließ dieser unbeeindruckt verlauten. »Ich bin dagegen und Regel Nummer sieben besagt schließlich, dass Fälle nur einstimmig angenommen werden können.«

Da räusperte sich Elli und zog einen Zettel mit ihrem alten Regelwerk aus der Handtasche.

***

»Schön, dass Ellis Logik dich überzeugt hat. Ich hätte ungern zu anderen Mitteln gegriffen, um dich für unseren neuen Auftrag zu gewinnen.« Ina grinste breit und zog sich ihr beigefarbenes Kostüm noch einmal zurecht.

Gero grummelte lediglich. Ellis Einfall, mit Regel vier zu kontern – ›Wenn einer der VIER in Schwierigkeiten steckt, werden die anderen helfen.‹ –, war in der Tat genial gewesen. Sein Einwand, Andreas sei kein Mitglied der Gruppe, hatte sie mit dem einfachen Argument »Wenn Andreas in Schwierigkeiten ist, bin ich es auch.« weggewischt.

Folglich hatten sie sich nur noch einen Plan für das weitere Vorgehen zurechtlegen müssen. Da sie die Polizei nicht einschalten konnten, war eine Handyortung ausgeschlossen. Die zwei Professoren vermuteten, der Student könnte in seiner Heimat Slowenien sein, hatten aber außer dessen Münchner Anschrift und E-Mail-Adresse keine anderen Kontaktdaten. Also würden die VIER sich in Viktors WG-Zimmer nach Anhaltspunkten umsehen müssen. Weil sie schlecht alle dort auftauchen konnten, war die Wahl schließlich auf Ina und Gero gefallen.

Die beiden hatten sich vor dem BMW-Museum gegenüber des Olympiaparks getroffen. Nun irrten sie schon seit Längerem durch die tristen Gassen des olympischen Dorfs. Eine Betonwohnung mit grüner Tür reihte sich an die nächste. Nur gelegentlich war eine Wand trotzig bunt oder mit lustigen Motiven bemalt. Wo einst Sportler untergebracht waren, fanden jetzt Münchner Studenten eine billige Unterkunft. Während sie sich bemühten, die irritierten Blicke der Passanten zu ignorieren, erreichten sie dank Google Maps schließlich ihr Ziel.

Ina prüfte noch einmal Geros Maskerade, strich ihr graues Kostüm zurecht und klopfte an die Tür. Nach einiger Zeit öffnete ein junger Mann mit blonden Wuschelhaaren. Er trug Boxershorts und war barfuß. Unwillkürlich musste sie an einen alten Studentenwitz denken: Warum stehen Studenten immer um sieben auf? – Weil um acht die Geschäfte zumachen. Dieser Bursche sah auf jeden Fall so aus, als hätten sie ihn geradewegs aus dem Bett geholt.

»Was 'n los?«, nuschelte er und kratzte sich am Kopf.

Ina nahm ihre Sonnenbrille ab und sagte verbindlich: »Wir haben einen Termin mit Viktor Jenko. Sind Sie das?«

»Nee, der Viktor ist schon seit zwei Wochen nicht mehr hier aufgetaucht. Um was geht's denn?«

»Er hat die Verwaltung über einen defekten Feuermelder

in seinem Zimmer informiert. Den tauschen wir aus. Dauert nur ein paar Minuten.«

Sie wollte rasch die Wohnung betreten, doch plötzlich erwachte der Student. »He, nu mal langsam. Haben Sie einen Ausweis oder so?«

Ina warf einen abschätzenden Blick zu Gero, der in seinem Blaumann mit der Aluleiter über der Schulter und dem Ölfleck im Gesicht wie der perfekte Handwerker aussah. Elli hatte ihm erklärt, wie er die dunkelbraune Schminke aufbringen musste, und ihm einen Kaugummi verordnet, den er jetzt konzentriert im Mund herumwälzte. Ina zog ein Klemmbrett aus ihrer Umhängetasche und zeigte es dem jungen Mann. Gero hatte sich viel Mühe mit dem Ausweis gegeben. Er wirkte hochoffiziell und wies Ina als vereidigte Brandschutzsachverständige Helga Friedrich aus.

Der junge Mann machte eine gelangweilte Geste. »Viktor ist nicht da. Kommen Sie wieder, wenn er zurück ist. Ich richte es ihm aus.«

Er wollte schon die Tür schließen, doch Ina, die mit einer solchen Reaktion gerechnet hatte, stellte rasch ihren Fuß dazwischen. »Moment mal, Herr …«

»Mein Name ist Reif.«

»Herr Reif. Funktionstüchtige Rauchwarnmelder sind gesetzlich vorgeschrieben. Wie Sie sicher wissen, besteht für Mieter nach Paragraf 555d BGB eine Duldungspflicht, was die Installation eines Melders durch den Vermieter betrifft. Wir wurden beauftragt, ein neues Gerät zu installieren.«

Der Mann machte keine Anstalten, die Tür wieder zu öffnen.

Ina seufzte. »Bitte, wenn Sie das möchten, dann unterschreiben Sie hier, dass Sie die volle Verantwortung für etwaige Schäden infolge eines Brandes tragen werden. Die Versicherung wird selbstverständlich von uns unterrichtet werden.« Sie blätterte eine Seite weiter und reichte ihm das Klemmbrett.

Für einen Moment zuckte das Augenlid des Studenten. Da wusste sie, dass sie ihn hatte. Sie hielt seinem Blick stand, bis er schließlich, ohne das Papier genauer zu studieren, den Eingang freigab.

Ina nickte und schob sich an ihm vorbei. »Wie gesagt dauert es auch nur ein paar Minuten. Welches Zimmer bewohnt Herr Jenko?«

Reif zeigte es ihnen. Dann hatte er offensichtlich das Interesse verloren, denn er verzog sich. Rasch schloss Ina die Tür. Während Gero die Leiter aufstellte, taxierte sie den Wohnbereich mit schnellen Blicken. Er war vielleicht zwölf Quadratmeter groß und überraschend spärlich eingerichtet. Dafür waren die Wände übersät mit Sternkarten und okkulten Zeichnungen. Überall klebten Notizzettel. Manche Lücken wiesen auf wieder abgenommene Papiere hin. Auf dem Boden lagen mehrere Atlanten. Als Alibi hatte Gero den Rauchmelder abgenommen und fotografierte nun gewissenhaft den Raum.

Ina begutachtete in der Zwischenzeit den Schreibtisch, auf dem eine vereinsamte Computermaus lag. Jenko schien mit einem Laptop zu arbeiten. Rasch knipste sie ein paar Fotos mit dem Handy und durchsuchte mit flinken Handgriffen die Blätter und Studienunterlagen daneben. Ein billiges Bett in der Ecke war halb gemacht. Im Kleiderschrank war nichts zu entdecken, außer Jeans und Shirts.

Gero gesellte sich zu ihr. Ohne weitere Worte nahm er aus einer der Overalltaschen sein Fingerabdruckset heraus und hatte nach wenigen Sekunden ein sauberes Bild von Viktors Zeigefinger auf dessen Computermaus gesichert.

So sehr Geros Marotten manchmal nervten, Ina bewunderte seine Geschicklichkeit. Sie widmete sich dem Verhau unter dem Bett. Vielleicht fand sie hier einen Hinweis auf Viktors Anschrift oder gar die verschwundenen Unterlagen. Doch außer ein paar ausgelatschten Schuhen und Sportsachen kam nichts zum Vorschein. Allmählich wurde sie nervös. So ähnlich musste sich Rüdiger gefühlt haben, als er vor ein einigen Monaten für ihren letzten Fall im Haus des Verdächtigen nach der Elfenbeinstatue gesucht hatte. Er hatte heftige Gewissensbisse gehabt. Wo sollten sie die Grenze bei ihren Ermittlungen ziehen?

Gero erlöste sie mit einem lapidaren »Hab's.«

»Die Dokumente?« Das Herz klopfte Ina bis zum Hals.

»Nein, aber seine Adresse in Slowenien.« Gero fixierte den Feuermelder und baute die Leiter ab.

Sie gelangten ohne Probleme zur Haustür, als ihnen der sichtlich erboste Mitbewohner hinterherrief: »Frau Friedrich, falls Sie so heißen … Im Verwaltungsbüro kennt man niemand mit Ihrem Namen. Ich habe gerade nachgefragt.«

Ina schaltete blitzschnell. »Herr Reif«, sagte sie mit eisiger Stimme. »Wollen Sie hier jetzt wirklich einen Aufstand machen? Ich bin erst seit Kurzem bei der Abteilung und habe den Auftrag von meinem erkrankten Kollegen Müller übernommen. Na los, klingeln Sie noch mal durch und erkundigen Sie sich.« Sie lehnte sich mit dem Rücken gegen die Wand und verschränkte demonstrativ die Arme.

Reif zögerte, ging aber wieder in sein Zimmer.

Die Tür streifte Geros Nase, als Ina sie aufriss. Im nächsten Moment liefen sie die verwinkelten Gässchen des Olympiadorfes entlang. Hinter sich hörten sie ein lautes Rufen und dann einen Schmerzensschrei.

Ina achtete nicht darauf, sondern rannte weiter und hielt erst an, als sie um mehrere Ecken gebogen waren und sich in einen dunklen Durchgang geflüchtet hatten.

»Puh, das war knapp«, rief sie außer Atem. »Ein Glück, dass er uns nicht länger verfolgt hat. Der wäre bestimmt schneller gewesen als du mit deiner Leiter. Warum er wohl geschrien hat?«

Gero hüstelte. »Vielleicht sind mir aus Versehen ein paar Schrauben aus der Hosentasche gefallen. Kann sein, dass es sich da barfuß nicht so gut drauf läuft.«

***

»Ich habe ein Schreiben von der Meldestelle gefunden, auf

dem seine Heimatadresse vermerkt war. Viktor Jenko kommt aus Celje und hatte es gar nicht weit bis zur Burg«, verkündete Gero wenig später in einem Gruppenvideochat, den Ina per Skype eingerichtet hatte. Er trug noch den Blaumann und stand hinter ihr. Auf dem Monitor sahen sie Rüdiger und Elli.

»Dann sollten wir vermutlich hinfahren. Ich habe diese Woche nichts mehr vor.« Ellis neu erwachte Abenteuerlust amüsierte Ina. Was Andreas wohl dazu sagte, nachdem sie viele Jahre am liebsten nur zu Hause geblieben war?

Auch Rüdiger war dabei. »Ein kleiner Ausflug gen Südosten klingt spannend. Mein Juniorpartner Franz führt unsere Firma wirklich ausgezeichnet. Ich kann also jederzeit weg. Wir sind ja schließlich auch nicht am anderen Ende der Welt, falls was wäre.«

»Wir sollten nicht zu viel Zeit verschwenden. Viktor ist schon einige Tage verschwunden. Wollen wir übermorgen Früh losfahren?« Inas Vorschlag fand allgemeine Zustimmung.

Gero meldete sich über ihre Schulter hinweg. »Wie wollen wir bei seinen Eltern auftreten? Die werden doch bestimmt nicht bereitwillig Auskunft geben, wenn sie von Wildfremden über ihren kleinkriminellen Sohn ausgefragt werden.«

»Darüber habe ich auch schon nachgedacht«, antwortete Ina, ohne sich umzudrehen. »Ich werde behaupten, dass ich einen Artikel über die Restaurierungsarbeiten auf der Burg von Celje schreibe, bei denen ihr Sohn maßgeblich mitgeholfen habe. Das klappt immer. Die Leute erzählen alles, wenn sie dafür in die Zeitung kommen.«

»Ich bin mir nicht so sicher, ob das funktioniert. Ich hätte da einen anderen Plan, der ist wasserdicht. Ich verkleide mich als …«

Nun drehte sich Ina doch um. »Gero, ich weiß, was ich tue. Schließlich mache ich das beruflich.«

»Das klingt nach einer guten Idee, Ina« , verkündete Elli. »Ich war noch nie in Slowenien. Wie es dort wohl aussieht?«

»Je schneller wir den Dieb und die Unterlagen finden, desto mehr Zeit haben wir, das herauszufinden«, stimmte Rüdiger fröhlich zu.

Gero nickte, wobei sie seinen Seufzer alle deutlich hören konnten. »Dann fahren wir also nach Celje. Ich schicke euch nachher die Adresse und kümmere mich um die Hotelzimmer. Wäre gut, wenn wir in der Nähe, aber nicht direkt neben Viktors Eltern wohnten. Und ein unauffälliges Auto werde ich auch besorgen. Sinnvollerweise wechseln wir in Slowenien das Fahrzeug, um nicht mit dem deutschen Kennzeichen aufzufallen.«

»Gero!«, rief Ina genervt und senkte das Handy. »Viktor schreibt die Doktorarbeit, nicht wir! Einen Mietwagen zu besorgen, ist ein guter Plan. Aber harmlose deutsche Touristen haben meist auch ein deutsches Kennzeichen.«

»Ich sehe euch zwar nicht mehr«, kam Rüdigers Stimme aus dem nach unten gerichteten Smartphone, »aber ich gebe Ina recht. Und, Gero, bitte nimm vor lauter Nicht-Auffallen-Wollen keinen Trabbi!«

Celje

Karte 1

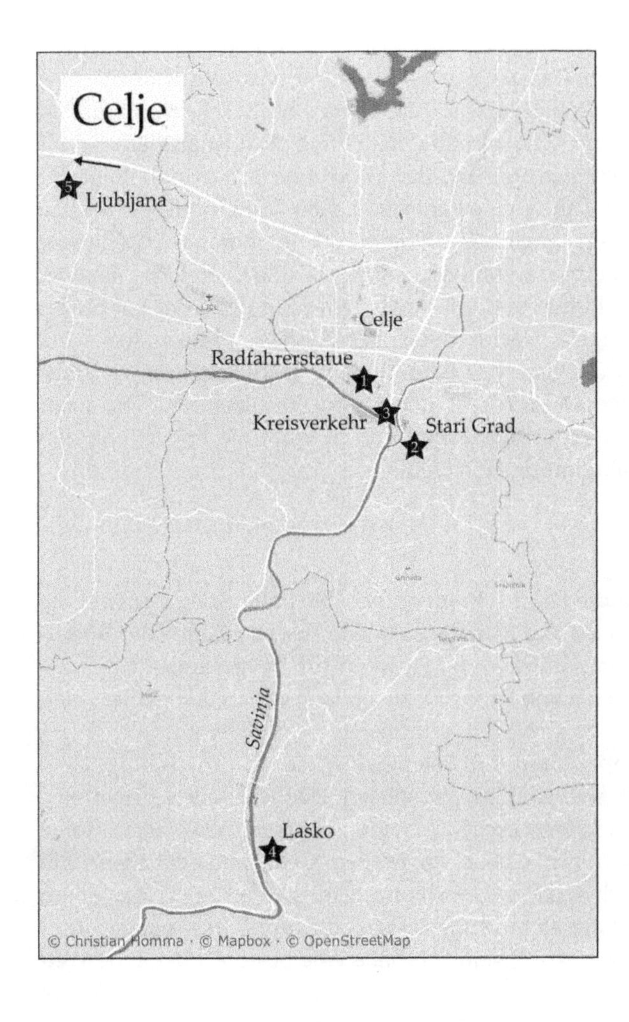
Celje
Ljubljana
Celje
Radfahrerstatue
Kreisverkehr
Stari Grad
Savinja
Laško
© Christian Homma · © Mapbox · © OpenStreetMap

Rüdiger schmollte. Mit verschränkten Armen und grimmigem Gesicht saß er eingequetscht auf der Rückbank des Kompaktwagens, den Gero ausgesucht hatte.

»Ein kleines Gefährt fällt viel weniger auf bei unseren Recherchen. Und darauf kommt es ja wohl einzig und allein an«, hatte sich Gero verteidigt.

Rüder kam es bei einer solchen Fahrt durchaus auch auf Komfort an. Das nächste Mal würde er das Auto wählen.

Google Maps hatte für die Strecke nach Celje fünf Stunden veranschlagt. Rüdiger fand, man hätte noch einen Gero-Faktor berücksichtigen müssen, der in etwa einer Verdoppelung der gefühlten Fahrtzeit entsprach. Schon kurz hinter München war es losgegangen. Sein Freund reichte ihm den Datenträger mit der sorgsam vorbereiteten Rock- und Metal-Playlist wieder nach hinten und wies bedauernd auf den vom Ladekabel des Navigationsgeräts besetzten USB-Anschluss. Ina hatte daraufhin Reggae von ihrem Handy gestreamt, was zu Rüdigers weiterem Verdruss den neben ihr sitzenden Gero dazu bewog, einen ausführlichen Vortrag über die Entstehung dieser Musikrichtung zu halten.

***

Elli fand die Fahrt sehr gemütlich. Sie hatte einen Arm auf die zwischen ihr und Rüdiger stehende Tasche gelegt – der Kofferraum war natürlich viel zu klein für ihr gesamtes Gepäck – und ließ sich von Geros Dozieren langsam in den Schlaf geleiten.

Knapp hinter der österreichischen Grenze schlug Gero lautstark vor, ein Quiz zu spielen. Das war schon früher eine seiner Lieblingsbeschäftigungen gewesen. Was sonst sollte man auch mit einem eidetischen Gedächtnis machen? Elli stellte sich schlafend, während Rüdiger versuchte, das kaum Vermeidbare abzuwenden. »Und du führst uns wieder unser Nichtwissen vor? Nein, ich habe eine bessere Idee. Eine Wette!«

Elli riss die Augen auf. Ein Glücksspiel mit Gero war genauso gut, wie sein Geld zum offenen Fenster hinauszuwerfen. Gero biss sogleich an und drehte sich erwartungsvoll zu ihnen um.

»Pass auf«, fuhr Rüdiger fort. »Du notierst dir bei den nächsten zwanzig Autos die Zahl, die aus den letzten beiden Ziffern des Nummernschilds gebildet wird. Klar? Ich wette mit dir, dass sich dabei mindestens eine wiederholt!« Rüdiger versuchte sich an einem Pokerface, doch Elli erkannte förmlich, wie er innerlich vor Aufregung bebte. Wenn das mal gut ging.

»Insgesamt gibt es hundert Möglichkeiten: von 00 bis 99. Und ich schreibe bloß zwanzig dieser Zahlen auf. Richtig?«, fasste Gero zusammen.

Rüdiger nickte eifrig. Als Gero die Augen schloss, vermutlich um sich die Chancenverhältnisse auszurechnen, entgegnete Rüdiger schnell: »Nun komm schon, schlag ein. Um unser heutiges Abendessen!«

»Gib mir einen Moment. Ich weiß, wie leicht man sich bei kombinatorischen Berechnungen verschätzt. Die Zahlen sind oft kontraintuitiv. Wenn man zum Beispiel …«

Elli war nicht wohl dabei. Sie fürchtete, Rüdiger würde sich hoffnungslos verspekulieren. Vorsichtig schüttelte sie den Kopf.

»Jetzt oder gar nicht!«, entschied Rüdiger. »Wir können es auch lassen, wenn du dich nicht traust.«

Wenig später gab Ina die Kennzeichen durch, damit alles mit rechten Dingen zuging, während die Männer eifrig mitnotierten. »Zweiunddreißig … Sechsundsiebzig … Fünfzehn …«

Als sie bei dem sechzehnten angekommen waren, wurde Elli allmählich nervös. War ja klar, dass das nicht funktionierte!

»Achtundfünfzig«, sagte Ina die nächste Zahl an und Gero rief laut: »Das darf doch nicht wahr sein, die hatten wir schon.«

»Du schuldest mir ein Abendessen!«, entgegnete Rüdiger.

»Wie hast du das gemacht?«, flüsterte Elli.

»Ich habe gar nichts gemacht. Das ist einfachste Wahrscheinlichkeitsrechnung. Die Chancen standen von Anfang an sieben zu eins für mich. Den Trick hab ich aus einem Desmond-Bagley-Roman.« Ihr alter Freund strahlte.

Gero schüttelte nur den Kopf und war die nächste halbe Stunde damit beschäftigt, seinen Block mit mathematischen Gleichungen vollzuschreiben.

Beim ersten Tankstopp übergab er Rüdiger einen Zettel. »Hier habe ich die Wahrscheinlichkeiten ausgerechnet. Es stand tatsächlich sieben zu eins für dich.«

»Hab ich doch gesagt.«

»Aber jetzt hast du auch die Rechnung dazu.«

Rüdiger betrachtete die hübschen Zeichen. »Ich werde sie aufhängen, neben dem Foto meines üppigen Abendessens.«

***

Als sie endlich das Ortsschild von Celje passierten, war Ina sehr erleichtert. Sie hatten ein paar Zwischenstopps eingelegt, aber die Fahrt war lang und dank der beiden Männer unterhaltsam und nervenaufreibend zugleich gewesen. Der Journalistin fiel ein McDonald's auf, kurz darauf ein dm und ein C&A. Sie erinnerte sich an ihre Jugend, in der europäisches Ausland noch eine andere Welt gewesen war: Umrechnen der Wechselkurse, fremde Schriftzeichen, von den sprachlichen Hürden ganz zu schweigen. Sie hatte wenige Brocken Slowenisch gelernt, war sich aber ziemlich sicher, dass sie mit Englisch oder sogar Deutsch recht weit kommen würden. Hoffentlich konnte sie sich so auch mit Viktor Jenkos Eltern verständigen.

Sie passierten einen Kreisverkehr mit dem Ortsnamen in silbernen Lettern und drei Sternen daneben.

Als hätte Gero ihre Gedanken gelesen, erklärte er: »Die drei sechszackigen Sterne stammen noch aus dem Wappen der Grafen von Cilli. Wusstet ihr, dass Celje mit achtunddreißigtausend Einwohnern die drittgrößte Stadt Sloweniens ist und sehr früh bei den Kelten …«

»Warum können wir eigentlich nicht direkt in Celje wohnen?«, unterbrach ihn Elli, als sie ins Stadtzentrum kamen. »Das ist richtig schön hier!«

Ina hatte nicht recht gewusst, was sie erwarten würde, aber bisher gefiel auch ihr das Land ausgesprochen gut. Sie fuhren langsam durch die engen Gassen der Innenstadt. Die nahtlos ineinander übergehenden niedrigen Häuser schienen um die letzte Jahrhundertwende erbaut, waren aber oft frisch und liebevoll renoviert. Viele beherbergten moderne Ladenfronten im Erdgeschoss. Weiß, Gelb, Grün und weiche Brauntöne waren die vorherrschenden Farben. Alles war sauber und ordentlich. Auf den Straßen herrschte am späten Nachmittag nur wenig Betrieb.

»Hier kennt doch jeder jeden«, stellte Gero fest. »Und im Hotel müssen wir unsere Ausweise vorzeigen. Regel Nummer sechs heißt immer noch …«

»›Unerkannt bleiben‹«, antworteten die anderen im Chor. Schließlich hatte ihnen Gero diese und neununddreißig weitere der ›10xVIER-Grundregeln‹ bereits als Jugendlicher eingetrichtert.

Sie fuhren noch eine Viertelstunde am Ufer der Savinja entlang, die sich als graugrünes Band durch das Tal schlängelte, bis sie in Laško angekommen waren. Dort hatte Gero sie in einer Viersterneunterkunft eingebucht.

»Bitte sehr, Herr Fichtinger«, sagte die freundliche Dame an der Rezeption in perfektem Deutsch. »Ein Einzelzimmer für Sie und ein Dreibettzimmer für Ihre Begleiter.«

Ina ging überrascht dazwischen. »Moment mal!« Sie wandte sich an Gero: »Du hast uns allen Ernstes ein Dreibettzimmer gebucht?«

Ihr Teamkamerad zuckte mit der Braue, dann zog er sie um eine Ecke und bedeutete den anderen, ihnen zu folgen.

»Vielleicht«, gab er ungewohnt kleinlaut zu, »habe ich etwas falsch verstanden, als ich die Buchung auf Slowenisch aufgegeben habe.«

»Du bist und bleibst ein Knallkopf!«, erklärte Elli erbost. »Was sollen wir jetzt machen?«

»Wartet bitte, ich habe eine Idee.« Gero verschwand.

»Was hat er denn nun wieder vor?«, maulte Rüdiger. »Warum muss er immer aus der Reihe tanzen?«

Ina seufzte. »Das wüsste ich auch gerne.« Sie mochte Gero mit seinen Ecken und Kanten. Aber er konnte auch so verdammt eigensinnig sein. Hoffentlich hatte die Besitzerin noch etwas frei. So groß schien die Villa nicht zu sein.

Als Gero zurückkam, wirkte er recht zufrieden mit sich. »Tut mir leid, hat ein bisschen gedauert, bis wir die hier gefunden haben.« Er hielt vier Zahnstocher in der Hand, sodass nur deren obere Hälften zu sehen waren.

»Was soll das werden?«, blaffte Rüdiger. »Hast du die Zimmer umgebucht?«

Gero schüttelte den Kopf. »Leider ist alles belegt. Deshalb machen wir es salomonisch und losen, wer das Einzelzimmer bekommt. Jeder zieht ein Hölzchen, das kurze gewinnt.«

»Hältst du uns für völlig bescheuert?« Rüdiger kam richtig in Fahrt und bog Geros Finger auseinander. Alle Zahnstocher waren gleich lang. »Mit dem Trick hast du uns doch schon als Kinder verarscht. Zum Schluss zerbrichst du heimlich das Hölzchen, das dir geblieben ist, und bist der Sieger. Ohne mich!« Er wandte sich kopfschüttelnd ab.

»Ihr habt doch sonst auch so viel vergessen«, entgegnete Gero mit deplatzierter Ehrlichkeit. »Da dachte ich …«

»… dass du das Beste für dich herausholst, weil wir so blöd sind, es nicht zu merken?« Auch Elli war sauer. »Als ob jemand freiwillig mit dir in einem Zimmer schlafen würde. Ich …«

Ina ging beschwichtigend dazwischen und hatte binnen weniger Minuten Betten in einem nahegelegenen Bed & Breakfast gebucht.

***

Um kurz nach halb fünf warteten Elli, Rüdiger und Ina am Auto, um gemeinsam zu Viktor Jenkos Eltern zu fahren.

»Wo ist denn unser Uhrenfetischist?«, fragte Rüdiger. Es klang eher überrascht als höhnisch. »Der wird doch nicht eingepennt sein?«

In diesem Moment bekamen alle eine Nachricht auf ihre Handys.

Bin schon los, um mich umzuschauen. Treffen uns um 18 Uhr in der Pizzeria an der Brücke.

»Gero ohne Hektik. Das ist wie Weihnachten ohne Plätzchen. Beides ist unmöglich!«

»Sollen wir ohne Gero fahren?«, fragte Elli irritiert.

»Klar! Schließlich waren wir als REI auch schon ein erfolgreiches Ermittlertrio, bevor der liebe Gero Valerius zu uns an die Schule kam. Lasst uns aufbrechen«, meinte Ina lachend.

Elli stieg hinten ein. »Du darfst gerne vorne sitzen, Kwalle. Einen Vorteil muss es ja haben, dass Gero nicht dabei ist.«

Rüdiger öffnete den Mund. Ob er es tat, um zu widersprechen oder um noch ein paar andere Vorteile aufzuzählen, war nicht klar. Dann lächelte er nur und setzte sich mit einem wohligen Seufzer auf den Beifahrersitz.

Die Sonne stand nun schon ziemlich tief und die Bergspitzen warfen lange Schatten in die malerische Hügellandschaft. Sie fuhren wieder die kurvige Straße an der Savinja entlang zurück nach Celje. Das Tal wurde zu beiden Seiten von dicht bewaldeten Berghängen begrenzt. Elli war nicht überrascht, dass hier noch Wölfe, Bären und Steinadler eine Heimat hatten. Auf der anderen Uferseite zog gemächlich ein Zug vorüber, der wie eine Münchner S-Bahn aussah und über die ganze Länge mit Graffiti besprüht war, womit er so gar nicht in das romantische Idyll passte.

Sie fuhren an einem Polizeiwagen mit dem Schriftzug *Policia* auf der Seite vorbei.

»Wie spricht man das noch mal aus?«, fragte Elli vom Rücksitz. »Politschia?«

»Nein«, erklärte Ina. »Polissia. Ist ganz einfach. C ist immer ss. Und s ist immer stimmhaft s.« Sie säuselte den Laut. »Ein Häkchen macht aus einem c ein tsch und aus einem s ein sch.«

Rüdiger lachte herzlich. »Wenn Gero mal wieder nicht dabei sein sollte, gäbst du einen guten Ersatz ab.«

Ina parkte das Auto vor dem Stadtmuseum. »So, ich werde jetzt zu den Jenkos gehen.« Sie blickte sich um. »Wir treffen uns später in dem Café da drüben.«

»Alles klar. Wir spazieren in der Zwischenzeit zum Fluss. Von dort müsste man die Burg schön fotografieren können.« Rüdiger nahm seine Kamera aus der Tasche.

»Fang doch mit dieser ulkigen Radfahrerstatue hier an. Schaut aus wie Karl Valentin mit Fotoapparat.«

Sie marschierten los.

***

Das Haus mit der Nummer 23 stand in einer schmalen Nebenstraße. Die gelbliche Fassade bröckelte an einigen Stellen ab, das Regenrohr war verbeult, aber abgesehen davon schien alles sauber und ordentlich. Es gab insgesamt sechs Messingschilder. Auf einem fand Ina den Namen *Morina Jenko.*

Gero hätte sich wahrscheinlich wieder als Kaminkehrer oder Gasableser verkleidet, doch sie würde einfach sie selbst sein: eine Journalistin auf Recherchereise über Burgen. Der Türsummer ertönte und sie erklomm zwei Stockwerke auf knarzenden Treppenstufen. Eine kleine dunkelhaarige Frau in einem schlichten schwarz-weiß gemusterten Kleid lugte hinter einer halb geöffneten Tür hervor. *»Kako vam je ime?«*

»Me veseli!«, antwortete Ina höflich und nickte. »Sprechen Sie Deutsch … *or English?«*

»Wer sind Sie?« Die Miene der Frau drückte Angst und Misstrauen aus.

Ina hielt etwas Abstand und lächelte. »Ich heiße Ina-Marie

von Treuenfeld und bin Journalistin.« Sie zeigte ihren Ausweis, was Frau Jenkos Gesichtsausdruck keineswegs aufhellte. Ina musste vorsichtig und gewinnend sein. »Ich recherchiere gerade über Burgen in Slowenien und habe von meinen Freunden aus München« – sie ließ offen, wen sie damit meinte – »gehört, dass Ihr Sohn Viktor an der Restauration von Stari Grad mitgearbeitet hat. Sie müssen sehr stolz auf ihn sein.«

Sie versuchte gern, positive Emotionen bei ihren Interviewpartnern hervorzurufen. Das schaffte Vertrauen und Redseligkeit.

»Ich kenne Sie nicht und Sie stellen komische Fragen!«

So einfach würde es hier anscheinend nicht werden. Ina zögerte einen Augenblick, dann änderte sie die Taktik.

»Frau Jenko, ich verstehe, dass das seltsam klingt. Und ich möchte nicht aufdringlich sein. Ich hätte nur gerne ein paar Worte mit Ihnen und Ihrem Sohn gesprochen.«

Die alte Frau schüttelte den Kopf. »Bitte gehen Sie jetzt. *Nasvidenje.*«

Damit schlug sie Ina die Tür vor der Nase zu.

Nach einer Schrecksekunde läutete Ina nochmals. Nichts rührte sich. Sie klopfte. »Frau Jenko, ich habe wirklich nur ein paar Fragen.«

Keine Reaktion.

Die Tür eines Nachbarn öffnete sich einen Spalt. »Verschwinden Sie. Ich rufe die *Policia.*«

Ina gab sich geschlagen. Wie hatte das nur so schiefgehen können?

***

»Das fängt ja gut an«, maulte Rüdiger zum wiederholten Mal, als sie um kurz vor sechs auf der Terrasse der Pizzeria saßen. Sie hatten einen wunderschönen Blick auf die Savinja, die ruhig unter ihnen dahinzog. Über ihnen thronte die Burg von Laško. Dennoch war die Stimmung gedrückt.

»Vielleicht meldet sie sich noch. Ich habe ihr eine Visitenkarte mit meiner Nummer hinterlassen.«

Auch diesen Satz hörte Elli nicht das erste Mal. Sie waren noch lange nicht bereit aufzugeben. »Zugegeben, der Anfang ist etwas holprig gelaufen, also kann es nur besser werden.« Sie blickte die anderen aufmunternd an und prostete ihnen mit ihrem Glas Wein zu.

Um Punkt achtzehn Uhr gesellte sich ein sichtlich gut gelaunter Gero zu ihnen. Während er sich ein Glas Wasser aus der bereitgestellten Karaffe einschenkte, schaute er fröhlich lächelnd in die Runde. »Laško ist doch ein feiner Ort. Und die Menschen sind so freundlich.« Er schien ihre schlechte Stimmung nicht zu bemerken. »Habt ihr schon bestellt? Die Pizza hier ist laut Internet exzellent.«

»Soll uns das aufmuntern?« Rüdiger ließ seiner schlechten Laune freien Lauf. »Und wieso bist du überhaupt so gut drauf?«

»Weil ich erstklassige Informationen von Frau Jenko bekommen habe.« Er schaute nach dem Kellner.

»Du hast *was?*«, fuhr ihn Ina an. »Wie hast du das gemacht? Mir hat sie einfach die Tür vor der Nase zugeschlagen.«

Gero winkte ab. »Aber nein. Ich meinte natürlich die echte Frau Jenko.«

Elli verstand gar nichts mehr. »Kannst du uns bitte mal erklären, was hier vor sich geht?«

»Es war leider die einzige Möglichkeit. Ina war so versessen auf ihre Journalistinnen-Masche, da musste ich etwas unternehmen, sonst hätte sie die ganze Aktion gefährdet.«

Die anderen blickten ihn verständnislos an, doch bei Ina war der Groschen gefallen. »Du hast mir eine falsche Adresse gegeben?«, brauste sie auf. »Die echte Frau Jenko wohnt nicht in Celje, sondern in Laško! Deswegen hast du uns auch hier eingemietet.«

»Es war nur zu unser aller Besten«, entgegnete Gero und wirkte gar nicht irritiert.

»Sag mal, hast du sie noch alle? Ich dachte, wir seien ein Team!« Jetzt schrie Ina fast. »Das ist wirklich das Letzte!« Sie sprang auf, schleuderte Gero die Serviette ins Gesicht und stürmte davon.

Der zuckte die Achseln. »Sie beruhigt sich schon wieder.«

Elli war eine Sekunde sprachlos. Dann kochte Wut in ihr hoch wie in einem Vulkan. Das war zu viel! »Gero Valerius, du bist ein Vollidiot!« Ein zweites Tuch flog in Geros Richtung. Tränen stiegen Elli in die Augen und sie suchte den Ausgang des Lokals.

Rüdiger folgte ihr ohne weiteres Wort.

***

In dieser Nacht hatte Gero nicht sonderlich gut geschlafen. Er fand die Reaktion der anderen vollkommen übertrieben. ›Vertraue nur dir selbst.‹, das war schon immer sein Credo gewesen. Ein einziges Mal hatte er nicht danach gehandelt und dieser Fehler würde ihm nicht noch einmal unterlaufen. Sein Plan hatte funktioniert, und das sollte es sein, was zählte. Missmutig biss er in seine Semmel.

Kurze Zeit später kam Rüdiger in den Frühstücksraum, stellte seine Tasche ab und setzte sich zu ihm. »Guten Morgen.« Seine Stimme hatte einen eisigen Unterton.

»Guten Morgen. Sind die anderen schon wach?« Gero blickte auf die Uhr.

»Ja, sie sind vor einer Stunde abgereist.«

Die Gedanken überschlugen sich in Geros Gehirn. »Sie sind was? Aber wieso? Wir haben heute viel Arbeit zu erledigen.«

Rüdiger schüttelte den Kopf und seufzte. »Du raffst es echt nicht, oder?«

»Ich glaube, ihr seid es, die nicht verstehen: Wir haben hier eine heiße Spur!«

»Du hast uns gestern reingelegt, ausgetrickst, betrogen. Deine Freunde, deine Kameraden.«

»Und was ist mit Andreas und den Dokumenten?« Gero verschränkte die Arme und wartete darauf, dass Rüdiger fortfuhr.

»Es geht jetzt nicht um irgendeinen Fall. Es geht um uns, um Freundschaft und darum, ein Team zu sein.«

»Ich wusste, dass Inas Plan scheitern würde, und musste Maßnahmen ergreifen.«

»Wir werden nie erfahren, ob Inas Vorschlag geklappt hätte, weil du ihr gar keine Chance gelassen hast.«

»Richtig. Weil ihr meine – eindeutig bessere – Idee nicht hören wolltet.«

Rüdiger beugte sich ein wenig vor. »Sag mal, Gero, wäre es denn so schlimm gewesen, wenn Inas Idee funktioniert hätte?«

Mit dieser Frage hatte Gero nicht gerechnet. Ihm fiel auf, dass er das gar nicht in Betracht gezogen hatte. Ebenso wenig wie die Reaktion seiner Freunde. Das kannte er so nicht. Das hatte keine Struktur.

»Verdammt.«

»Ja, verdammt.«

***

Gero holte seine Sachen, während Rüdiger die Zugpläne nach Celje prüfte. Ein Teil von ihm bereute den Entschluss, nicht mit den Frauen nach Hause gefahren zu sein. Gero war schon immer komisch gewesen und konnte unendlich nerven. Aber bis gestern hatten sie sich stets hundertprozentig auf ihn verlassen können. Rüdiger erinnerte sich noch gut daran, wie mehrere Jungs im Ferienlager auf ihn losgegangen waren und Gero sie gestoppt hatte. Mit dem großen Kerl, der sie schon damals alle überragt hatte, hatte es niemand aufnehmen wollen. Das war zu Beginn ihrer Freundschaft gewesen. Noch im selben Schuljahr hatten sie die Diebe der Madonnenstatue bis nach Irland verfolgt. Danach war aus dem Trio REI das Quartett VIER geworden. Seitdem waren sie ein Team gewesen und nie hatte einer einen anderen hintergangen. Was hatte den Mann verändert?

Gero kam zum Tisch zurück.

»Ich …« Er zögerte. »Ich werde mit Ina und Elli reden.«

»Ja, das ist eine gute Idee.« Rüdiger hoffte, die beiden würden ihm zuhören und Gero die richtigen Worte finden.

Sie brachen zum Bahnhof auf.

»Hast du wirklich etwas herausgefunden?«, fragte Rüdiger schließlich.

Gero nickte. »Willst du es hören? Es hat mit der Burg zu tun.«

»Spuck's schon aus!«, seufzte Rüdiger. Vermutlich platzte Gero schon fast, weil er ihm von seinem Erfolg berichten wollte. Während Gero sprach, wurden Rüdigers Augen immer größer.

***

»Ina, fahr bitte langsamer!« Elli hielt sich an der Beifahrertür fest, als ihre Freundin ein weiteres halsbrecherisches Überholmanöver durchführte. »Ina!«

Ein entgegenkommendes Auto hupte, bevor sie wieder auf ihre Straßenseite einscherten. Kurze Zeit später stoppte Ina den Wagen mit einer Vollbremsung auf einem kleinen Parkplatz am Straßenrand. Sie stellte den Motor ab, hielt das Lenkrad aber noch immer fest umklammert.

Elli schlug das Herz bis zum Hals. Das hätte böse ins Auge gehen können. »Danke fürs Anhalten. Ich hatte echt Angst«, begann sie heftig atmend. Als sie sich beruhigt hatte, fügte sie hinzu: »So schlimm war Geros Verhalten ja auch wieder nicht.«

»Doch!« Ina fuhr zu ihr herum. »Er hat uns hintergangen. Wir konnten ihm noch nie trauen.«

Gero war vielleicht ein Eigenbrötler, aber bisher war er immer absolut vertrauenswürdig gewesen. Am Anfang ihrer Freundschaft hatte Elli zwar auch ihre Zweifel gehabt, doch bis zum Abitur hatte Gero sich stets als grundsolide und als wahrer Freund erwiesen. Ihr Team zerbrach erst, als er …

»Du bist immer noch stinksauer auf ihn, weil er sich damals bei der Bundeswehr verpflichtet hat, stimmt's?«, probierte Elli vorsichtig ihr Glück.

»Ich sag ja, er war schon immer so.«

Da hatte sie als erfahrene Kindererzieherin mal wieder goldrichtig gelegen. Gero hatte es gestern wahrlich zu weit getrieben und damit alte Wunden bei Ina aufgerissen.

»Zum Militär, ausgerechnet! Hätte er nicht Pilot werden können oder Astronaut oder ein verrückter Wissenschaftler? Nein, ein Soldat musste es sein!«

»Er hat getan, was für ihn das Richtige war, und wollte bestimmt niemanden verletzen.« Elli konnte Inas Schmerz nachfühlen und redete sanft auf sie ein.

»Na und? Wir waren Freunde! Er wusste, was er mir damit antun würde, und hat in Kauf genommen, alles kaputtzumachen. Also, was hat sich geändert?« Ina schaute sie wutschnaubend an.

Elli fiel es schwer, neutral zu bleiben. Gero war selten empathisch und wirkte oft wie ein ausgemachter Egoist. Zwar steckte in der harten Schale ein weicher Kern, aber im Zweifelsfall heiligte für ihn der Zweck die Mittel, auch wenn er damit jemanden ungewollt kränkte.

Elli hatte jedoch einen ganz anderen Verdacht. Vermutlich galt Inas Zorn eigentlich ihrem Vater. Sie hatten nie darüber geredet, doch Elli ahnte, warum Geros Entscheidung ihre Freundin so verletzte hatte.

Sie musste an ein Ereignis denken, als sie ungefähr zehn Jahre alt gewesen waren. Elli hatte gerade bei von Treuenfelds klingeln wollen, als sie Inas Vater schreien hörte. Er drohte, sie wieder in den dunklen Schrank im Keller zu sperren. Ina heulte auf. Die kleine Elli radelte nochmals um den Block, bevor sie schließlich mit klopfendem Herzen läutete und von Inas Mutter erfuhr, dass ihre Freundin heute keine Zeit zum Spielen habe. Am nächsten Tag war Ina bleich und in sich gekehrt.

Solche Situationen kamen regelmäßig vor. Und obwohl Elli versucht hatte, Ina darauf anzusprechen, hatte ihre Schulkameradin stets vehement abgeblockt. Der General, so nannten die Freunde Inas Vater, auch wenn er damals noch Oberst gewesen war, war ein harter Mann gewesen. Was er Ina angetan hatte, konnten die anderen nur erahnen. Ihr Urvertrauen hatte er jedoch sicherlich zerstört. Und Ina hatte das Militär hassen gelernt und war zur kompromisslosen Pazifistin geworden.

»Gero ist nicht dein Vater. Er war nie so und er wird nie so sein. Auch wenn er sich beim selben Verein verpflichtet hat.«

»Ha, ›der General‹! Die sind doch alle gleich.«

Elli hatte Ina noch nie so erlebt. Sie war vollkommen außer sich. »Hast du mal mit jemanden darüber geredet? Ich meine, über das, was damals bei euch daheim passiert ist?«

»Selbstverständlich, was denkst du denn!«

Ina funkelte sie angriffslustig an, doch Ellis siebter Sinn für Halbwahrheiten schlug Alarm. Also blickte sie ihre Freundin nur ruhig und abwartend an.

»Was? Was ist?« Ina trommelte auf dem Lenkrad herum. »Schau mich nicht so an, Elli!« Sie schloss die Augen und ließ sich in den Sitz zurückfallen. »Ich möchte das Ganze einfach nur vergessen.« Tränen quollen langsam unter ihren Augenlidern hervor. »Es war so schrecklich.« Sie fing an zu weinen. Erst leise, dann schüttelte es Ina vor Emotionen.

Elli gab ihr Raum. Als die starke Karrierefrau neben ihr etwas ruhiger geworden war, nahm Elli sie fest in den Arm und ließ die letzten Schluchzer an ihrer Schulter verebben.

Ina richtete sich wieder auf und lächelte schwach. »Ich fürchte, das Heimkommen nach München hat die alten Wunden wieder aufgerissen. Das Davonlaufen ist vorbei.« Sie wischte die Tränen aus dem Gesicht. »Ist es schon zu spät, um mit jemandem zu reden?«

Elli musste laut lachen. »Ist es schon zu spät, um wie kleine Kinder Verbrechern hinterherzujagen? Nein, meine Liebe, es ist nie zu spät.«

Ina kniff die Lippen zusammen und nickte. »Kannst du mir helfen?«

»Sehr gerne. Aber das besprechen wir in Ruhe zu Hause.«

Sie schwiegen einige Zeit, bis Ina schließlich das Wort ergriff. »Aber wir lassen Gero noch ein wenig schmoren. Und ich will eine Erklärung für sein absurdes Verhalten.«

Diese trotzige Ina kannte Elli schon aus Schulzeiten. »Darauf kannst du wetten!« Auch sie hatte keine Lust, sich sofort mit ihrem zehnmalklugen Freund zu versöhnen. Sie seufzte. »Jetzt lass uns in Ruhe heimfahren.«

»Ja, wir brauchen einen neuen Plan, wie wir diesen Viktor Jenko finden können.« Ina zögerte. »Aber heute werden wir nichts mehr ausrichten können. Sag mal, wäre ein kleiner Abstecher in Ordnung?«

»Ja, schon.« Elli war neugierig, was ihre Freundin vorhatte.

Ina strahlte. »Dir haben die Fotos in meiner Wohnung so gut gefallen. Es waren auch ein paar aus dieser Region dabei. Lass uns doch auf dem Rückweg eine Pause an der einen oder anderen Ecke Sloweniens machen. Es gibt hier so schöne Stellen, die ich dir gerne zeigen möchte. Vieles liegt sowieso auf unserer Route. Und wenn wir zufällig ein paar Verbrecher auf dem Weg aufgabeln, haben wir Gero wirklich eins ausgewischt.«

***

Der Ausblick von Stari Grad, der Burg aus dem dreizehnten Jahrhundert, die majestätisch zweihundert Meter über der Stadt Celje thronte, war fantastisch. Die Häuserdächer leuchteten warm im Schein der Morgensonne und die beiden Flüsse vereinigten sich zu einem gleißenden goldenen Band.

Gero und Rüdiger hatten die Festung durch das große steinerne Osttor betreten. Sie hatten die Anhöhe zu Fuß erklommen, wobei der Exsoldat von seinem schwitzenden Freund interessante neue Flüche gelernt hatte, während sich der Pelikanweg langsam durch den Wald nach oben wand. Natürlich hätten sie auch mit dem Taxi fahren können, aber Gero fand, dass ihnen ein bisschen körperliche Betätigung ganz guttue.

»Ich fasse mal zusammen, was wir bisher wissen«, erklärte Rüdiger. Er hatte sich schnaufend auf das niedrige Mäuerchen gesetzt, hinter dem es steil nach unten ging, und ließ sich von der Sonne den Rücken wärmen. »Viktors Mutter hat dir erzählt, dass ihr Sohn eine Doktorarbeit über diesen medizinischen Heiltrank schreibt, den Pierre schon erwähnt hat. Trickimus oder so.«

»Theriak«, korrigierte Gero.

Rüdiger winkte ab. »Genau. Und als sie ihm von einem Feuer hier auf der Festung berichtet hat, war er ganz aufgeregt. Du vermutest, dass Viktor nicht nur die Dokumente verkaufen, sondern den Heiltrank selbst brauen will. Deshalb soll er auf der Burg gezündelt haben. Und jetzt sorgt er sich aufzufliegen. Darf ich Regel dreizehn zitieren? ›Hypothesen sind gut, aber was zählt, sind Beweise.‹«

Damit hatte er Geros sorgfältig aufbereiteten halbstündigen Vortrag von heute Morgen in wenigen Sätzen zusammengefasst.

»Dafür sind wir ja schließlich hergekommen. Wir müssen herausfinden, ob jemand Viktor kennt und weiß, was er vorhat. Und wir müssen mehr über dieses Feuer erfahren.« Gero trat an den Schalter und begrüßte die Dame am Empfang. »Guten Tag, wir sind zu Besuch in Celje und interessieren uns für die Renovierungsarbeiten hier in der Burg.«

»Was möchten Sie denn genau wissen?«

»Alles!«, kam Geros erfreute Antwort.

Die Frau wirkte etwas verunsichert. Rüdiger entschärfte: »Können wir vielleicht mit jemandem sprechen, der die Renovierung leitet? Ich habe in Deutschland ein Ingenieurbüro und möchte mehr über die baulichen Details erfahren, um für unsere Projekte zu lernen.«

»Hm, ich denke, das lässt sich machen.« Sie sah auf die Uhr. »Goran Kastelic sollte in der nächsten Stunde auftauchen.

Er kann Ihnen sicherlich weiterhelfen. Sie können ihn nicht verfehlen. Er trägt immer eine neongelbe Windjacke.«

Die beiden bedankten sich und zogen los, um die Burg zu besichtigen. Die Restaurationsarbeiten waren schon weit vorangeschritten. Die zu einem langen Oval gestaltete Außenmauer umschloss den hügeligen Innenbereich. Neben der Hauptstraße, die vom Eingang zum zentralen Platz führte, befand sich eine große Wiese an einem Hang. Ein paar mittelalterlich gewandete Männer zeigten Touristen, wie man mit Pfeil und Bogen schoss. Gero und Rüdiger wanderten über den Burghof zur vorderen Aussichtsterrasse. Die roten Dächer von Celje lagen zu ihrer Rechten und das Flusstal nach Laško zu ihrer Linken. Gero erzählte von einer Legende, nach der es eine Lederbrücke von der Burg hinüber zum Hügel jenseits des Flusses gegeben haben sollte, auf dem heute die Spitze der Nikolauskirche zwischen den Bäumen hervorstach. Rüdiger bezweifelte, dass man damals eine mehrere hundert Meter lange, freischwebende Verbindung hatte bauen können, auch wenn es irgendwo dort drüben angeblich noch immer den eisernen Ring gab, an dem der Steig vertäut gewesen war.

In der Ferne konnte man die bläulichen Ausläufer der Karawanken mit dem Kordeschkopf, dem östlichsten Zweitausender des Massivs, erkennen.

Sie wandten sich wieder der Festung zu und besichtigten die beiden Türme sowie den hölzernen Wehrgang mit den engen Schießscharten.

»Fabelhaft, was die Menschen damals schon gebaut haben. Sieh dir nur diese Holzkonstruktion an!«, rief Rüdiger und zeigte auf etwas, das für Gero wie ein x-beliebiges Stück Fachwerk aussah.

»Solide rekonstruiert, aber nicht das Original«, konterte Gero.

Doch Rüdiger ließ nicht locker. »Natürlich nicht. Aber mit Liebe wieder aufgebaut. Ich muss den Bauleiter unbedingt fragen, ob sie dafür alte Zeichnungen verwendet haben oder …«

Gero räusperte sich.

»Hey, jetzt haben wir schon einmal eine ehrliche Tarngeschichte, dann lass mich auch etwas davon haben!«, entgegnete Rüdiger patzig.

Nach ihrem ersten Rundgang kehrten sie zum zentralen Burgplatz zurück, wo bereits einige leuchtend blaue Stühle für ein Konzert am Abend aufgereiht waren. In der Nähe erblickten sie einen Mann mit Helm und auffallend gelber Jacke, der sich mit ein paar Leuten in Arbeitsoveralls unterhielt. Sie gingen zu ihm und warteten, bis sich die anderen entfernt hatten.

»Herr Kastelic?«, versuchte Gero sein Glück.

»Aha, Sie müssen die beiden Bauarbeiter sein, von denen mir Daria erzählt hat.«

Gero wirkte etwas säuerlich, sodass Rüdiger schnell antwortete. »Bauingenieure trifft es besser. Ich habe in München ein Ingenieurbüro und interessiere mich für die Renovierungen.« Er war froh, dass bisher alle Einheimischen fließend Deutsch sprachen.

»Gerne. Wir arbeiten schon seit mehreren Jahren an der Burg, um sie zu erhalten und für das Publikum zugänglich zu machen.«

»Wie viele Leute sind denn hier beschäftigt?«

»Das hängt von der Jahreszeit ab. Zwischen fünf und fünfundzwanzig.« Kastelic kratzte sich am Bart.

Rüdiger wollte gerade nach dem restaurierten Fachwerk fragen, doch Gero ergriff die Gelegenheit.

»Wir kennen einen von ihnen. Viktor Jenko ist ein Freund von uns. Ganz versessen auf die Burg.«

»Sie kennen Viktor?« Kastelic war freudig überrascht. »Er ist einer der engagiertesten freiwilligen Helfer. Will auch kaum Geld, sondern macht alles aus Überzeugung.«

»Deshalb hat ihn das Feuer wohl besonders getroffen.«

»Sie sind ja gut informiert. Aber das war halb so wild. In der Stadt hat jemand einen Feuerschein hier oben gesehen. Wissen Sie, es gibt da eine alte Legende. Kennen Sie die?«

Rüdiger schaute zu Gero. Vermutlich hatte er mehr alte

Geschichten über die Burg parat als die Einheimischen. Doch der schüttelte bloß höflich lächelnd den Kopf.

Kastelic fuhr fort: »Ein Bauer erblickte einst in der Nähe der Burg ein weißes Gespenst, das verkündete, die Festung zerstören und alle Adligen töten zu wollen. Es spie Feuer und stank grässlich nach Schwefel. Vor Schreck fiel der Mann in Ohnmacht. Als seine Familie schließlich nach ihm suchte, war die ganze Burg in einen unheimlichen Flammenschein getaucht. Am nächsten Morgen war Stari Grad nur noch eine Ruine. Viele Menschen in der Gegend sind noch immer abergläubisch. Und ein Feuer hier oben ist ein böses Omen für sie.«

»Wo hat es denn gebrannt?«

Kastelic zeigte in Richtung des großen Turms. »Angeblich dort oben. Man hat aber nichts gefunden. Deshalb war das Ganze umso geheimnisvoller und hielt sich ein paar Tage in den Zeitungen.«

»Es wurde also nicht gefunden? Keine Holzreste, keine Asche, gar nichts?«

»Ich war nicht hier, als es passierte. Ich betreue auch die Renovierungen der Burg von Ljubljana. Aber nein, es gab keine Spuren, die auf ein Feuer hingedeutet hätten.«

»Gibt es da oben elektrische Geräte, die brennen können? Kann es ein Blitzschlag gewesen sein? Lagern Sie Kerosin, Spiritus oder andere entflammbare Flüssigkeiten?«

Kastelic wusste gar nichts auf Geros Fragenbeschuss zu antworten. »Ich dachte, Sie interessieren sich für die Bauarbeiten. Wieso fragen Sie mich dann über das Feuer aus?«

Rüdiger wechselte schnell das Thema. »Ich habe gehört, dass Viktor hier Aufzeichnungen gefunden hat, die er für seine Arbeit an der Universität verwenden wollte.«

»In der Tat. Das ist aber schon eine Weile her. Bestimmt ein Jahr oder so. Wir haben Ausgrabungen an der Südmauer gemacht und sind dabei auf eine alte Truhe mit Schriften gestoßen. Sie werden gerade restauriert.«

»Sie wissen nicht zufällig, was darin stand?«, bohrte Gero weiter.

Kastelic seufzte. »Es ging um irgendetwas Kosmisches. Sagt man das so?«

»Es hatte mit Sternen und Medizin zu tun?«

»Ja, etwas in diese Richtung. Hören Sie, ich bin hier für die Bausubstanz verantwortlich. Die geschichtlichen Sachen überlasse ich anderen. Haben Sie jetzt noch Fragen zur Renovierung?«

Ein paar Minuten später verabschiedeten sie sich von dem Mann.

»Das war ja eine totale Pleite!«, resümierte Rüdiger.

»Ganz und gar nicht«, widersprach Gero. »Ich wüsste zu gerne, was in den Dokumenten steht. Aber zuerst gehen wir noch einmal auf den Turm!«

»Wieso?«, maulte Rüdiger. »Das waren doch mindestens hundert Stufen.«

»Nur dreiundneunzig. Und keine Widerrede. Wir suchen bestimmt gewissenhafter als die Feuerwehr.« Und schon war Gero unterwegs.

Wenig später standen sie erneut auf der Spitze des hohen Ostturms der Burg. Rüdiger keuchte. Die quadratische Oberfläche war von einem Kranz aus dicken Zinnen umgeben. Der Boden bestand aus verwitterten Holzplanken. Nur der moderne glasüberdachte Aufgang, über den sie gerade gekommen waren, wollte nicht so richtig ins Bild passen. Gero schaltete die Taschenlampenfunktion seines Handys ein und ging dann gebückt mäandernd den quadratischen Grundriss ab.

»Glaubst du wirklich, hier noch etwas zu finden?«, fragte Rüdiger gelangweilt.

»Natürlich. Überreste des Feuers und damit Beweise entsprechend der von dir zitierten Regel dreizehn.«

Rüdiger überließ den Spürhund seinem Fährtenlesen und genoss die Aussicht. Nach Westen erstreckte sich der weitläufige Burgbau. Im Hintergrund verloren sich die Hügel bis zum Horizont. Rüdiger machte einige Belichtungsreihen, die später fantastische HDR-Fotos ergeben würden. Als er sicher war, genügend Aufnahmen zu haben, lehnte er sich an eine Zinne und schaute Gero zu. Gut, dass niemand sonst gerade hier oben war. Rüdiger musste die Augen etwas zusammenkneifen, da sich die Sonne in dem gläsernen Aufgang seltsam brach. Und dann sah er es.

»Gero!«

»Stör mich nicht, ich bin erst zu sechzig Prozent fertig.«

Egal, er konnte es auch allein untersuchen. Er ging zurück zu dem Glasbau, öffnete die Tür zur Treppe und blickte nach oben durch das Dach. In diesem Winkel war es verschwunden. Ein paarmal lief er hin und her, bis er sich sicher war. Sein Freund konnte da draußen lange suchen, das Feuer hatte ganz woanders gebrannt.

»Gero«, versuchte er es noch einmal.

»Einundachtzig Prozent«, lautete die stoische Antwort.

Rüdiger zuckte die Achseln und ließ ihn weitersuchen. Er wollte sowieso den beiden Frauen schreiben.

***

Ina antwortete Rüdiger, als sie gerade auf der Burg von Ljubljana angekommen waren.

»Meinst du wirklich, wir müssen Kastelics Alibi überprüfen?« Auch Elli hatte die Nachricht von ihrem Technikfreund gelesen. »Warum sollte er das Feuer gelegt haben?«

»Schaden tut es nicht. Wir können uns ja ein wenig umhören. Vielleicht kennt sogar jemand Viktor Jenko.«

Ina blickte sich um. Die Festung war ein Vorzeigeobjekt, was die Kombination von erhaltener Bausubstanz und neuer Architektur anging. Stahl und Glaskonstruktionen fügten sich nahtlos mit den alten Mauern zusammen. Es würde ihr nicht schwerfallen, einen Mitarbeiter zu finden, der gern über all das redete.

***

Rüdiger freute sich über Inas und Ellis Fotonachrichten. Die Laune der beiden schien schon wieder viel besser zu sein. Er bereute es noch immer ein wenig, hiergeblieben zu sein. Aber wer hätte sonst auf Gero aufpassen sollen? Rüdiger spielte amüsiert mit der platt gepressten Eincentmünze, die er am Automaten vor dem Eingang durchgedreht hatte und die jetzt die Silhouette der Burg von Celje zeigte. Wer daran wohl eine größere Freude haben würde, Ina oder Elli?

Gero kam mürrisch zu ihm herüber. »Die müssen sich alle geirrt haben, es war vermutlich auf dem anderen Turm. Lass uns hinübergehen.«

»Wenn der gnädige Herr mir nun sein Gehör schenken möge, ich habe etwas zu verkünden.«

Gero schaute gequält. Rüdiger zog ihn ein paar Meter Richtung Mauer und drehte ihn dann zur Sonne. »Dort oben auf dem Glasdach.«

Der Exsoldat reagierte sofort, und eine Räuberleiter später war er auch schon auf dem Dach. Mit seinem Finger wischte er vorsichtig über die leicht vergilbte Oberfläche.

»Wir haben es gefunden!«, erklärte Gero dann stolz. Er nahm sein Handy aus der Tasche und machte einige Fotos. Auf allen vieren kroch er bis zum Rand des Glasdachs. »Reichst du mir mal meinen Rucksack hoch?«

Nachdem Rüdiger seiner Bitte nachgekommen war, holte Gero ein kleines Lederetui heraus, dem er eine Pinzette entnahm. Damit zog er langsam einen Gegenstand aus einer Spalte zwischen den Glasplatten und der Edelstahlverstrebung des Dachs. Zufrieden streifte er was auch immer er da herausgeholt hatte in ein Kunststoffbeutelchen, das er sorgfältig verschloss.

»Der Rest einer Vogelfeder. Das müssen wir im Labor untersuchen lassen«, verkündete er, als er wieder neben Rüdiger stand. »Unsere Fotos würde ich gerne am Computer aufbereiten. Da lässt sich bestimmt noch etwas herausholen.«

***

Ina und Elli schlenderten durch die bildhübschen Gassen der Altstadt von Ljubljana zurück zum Auto und waren gerade an den Tromostovje, den drei berühmten Brücken, angekommen, als eine Nachricht von Rüdiger eintraf.

»Eine angekokelte Feder in einem kleinen Plastikbeutel. Das soll eine Spur sein?« Elli drehte ihr Handy in alle Richtungen, nachdem sie den Text gelesen hatte.

»Sag mal, erinnerst du dich an die Fotos, die Gero in Viktor Jenkos Studentenbude gemacht hat?« Ina studierte die Bilder auf ihrem eigenen Smartphone. »Da waren Abbildungen von Verbrennungen auf einem Altar zu sehen. Wenn wir das mit Viktors Interesse an dem mysteriösen Feuer in Verbindung bringen, könnte das schon relevant sein.«

Sie lehnte am weißen Brückengeländer und ließ ihren Blick zur Burg hoch schweifen. Dort hatten sie zwei Handwerker befragt, laut denen Goran Kastelic ein gern gesehener und anerkannter Bauleiter war. Zur Zeit des Feuers in Celje war er Tag und Nacht mit einem Konstruktionsproblem hier in der Hauptstadt beschäftigt gewesen. Einen Viktor Jenko hatten sie allerdings nicht gekannt. Damit blieb der Student ihr Hauptverdächtiger und das Foto der Feder relevant.

»Ich schicke das Bild an meine Freunde beim WWF. Die kennen sich mit Wildtieren aus und können vielleicht die Vogelart zuordnen.« Ina begann, an ihrem Handy zu arbeiten.

Währenddessen schickte Elli ihrem Mann eine Nachricht mit den neuesten Entwicklungen, der sie ein Bild vom gegenüberliegenden Prešerenplatz hinzufügte. Ein Künstler hatte dort mithilfe eines Drahtnetzes eine fast unsichtbare Dusche aufgebaut und ihn ›den Ort, an dem es auch im Sommer ewig regnet‹ getauft. Sie freute sich über Andreas' sofortige Antwort und sein Verständnis dafür, dass sie neben den Ermittlungen auch noch die Sehenswürdigkeiten Sloweniens besuchten.

Ihr fiel ein Plakat der Höhlenburg Predjama ins Auge. »Ina, ist es weit dorthin?«

Die Freundin war immer noch mit ihrem Handy beschäftigt. »Nicht ganz eine Stunde. Das ist direkt hinter den Grotten von Postojna.«

Elli deutete auf den Text darunter. »Wenn uns der Zufall schon gnädig ist, sollten wir ihn auch nutzen.«

***

Gero musste anerkennen, dass Rüdiger mit der Bildbearbeitungssoftware eindeutig besser umgehen konnte als er. Die beiden hatten sich in das kleine Café neben dem Haupteingang zur Burg gesetzt. Mit wenigen Klicks hatte der Technikfan die Kontraste angepasst. Das vormals kaum sichtbare Gelb auf der Glasscheibe war nun zu einem kräftigen Braun geworden. Es war aber nicht gleichmäßig verteilt, sondern zog sich in einer schrägen Linie nach oben, machte dort einen Bogen und lief dann wieder diagonal nach unten, wobei es die erste Linie kreuzte.

»Das ist eine Art Schleife«, bemerkte Rüdiger.

»Genauer eine AIDS-Schleife«, ergänzte Gero. »Verstehst du das?«

»Keinen Peil. Der Welt-AIDS-Tag ist doch erst im Sommer.«

»Am ersten Dezember, um ganz genau zu sein«, korrigierte Gero, doch Rüdiger ging nicht darauf ein.

»Schaut so aus, als hätte da jemand eine Spur gelegt und dann angezündet. Vielleicht aus Schwarzpulver? Muss ja ordentlich heiß werden, damit das Glas so vergilbt.«

»Das Feuer passt zu den Abbildungen in Viktor Jenkos Zimmer. Aber diese Schleife habe ich nirgendwo gesehen. Auch bei meinen Recherchen über den Theriak habe ich nichts dergleichen gefunden.«

»Glaubst du, dass die Feder nur ein Zufall ist, oder hat Viktor sie verbrannt?«

»Einen Vogel geopfert, meinst du vermutlich. Und wenn er das hat, versucht er womöglich einen ganz besonderen Theriak zu brauen. Das gehört auf jeden Fall nicht zu den Standardzutaten. Ich werde meinen Neffen Bernd bitten, die Feder und die Aschereste in München im Labor auf Rückstände oder andere Spuren untersuchen zu lassen. Wenn wir schon Beziehungen zur Polizei haben, sollten wir sie auch nutzen. Und Andreas als Paläozoologe könnte eine DNA-Analyse machen und herausfinden, welches Tier es war.«

Rüdiger verkniff es sich, ›ein Vogel‹ zu sagen. Vermutlich wollte sein begeisterter Freund die genaue Gattung bestimmen lassen. »Zusammen mit den Informationen, die du von Viktors Mutter bekommen hast, sind wir hier in Celje wohl fertig.« Rüdiger packte seinen Laptop in die Tasche und schaute hoffnungsvoll auf die Uhr. »Wir könnten den nächsten Zug noch erwischen, wenn wir ein Taxi nehmen.«

»Ja, lass uns fahren. Wir müssen mehr über diesen Astraltrank herausfinden. Und der Experte dafür sitzt in München, Professor Ledoux.«

»Wunderbar. Und zu Hause kannst du dich gleich bei Ina und Elli entschuldigen.«

Er erntete lediglich ein Grunzen von Gero.

***

»Ina, das ist ja traumhaft schön hier! Warum nur ist Rüdiger nicht mitgekommen?«

Die beiden Frauen standen vor der Burg von Predjama, die halb in den Felsen und die dahinterliegenden Höhlen hineingebaut worden war. Eine uneinnehmbare Festung. Es sei denn, man schoss den Burgherren mit einem Katapult ab, während er auf dem außen angebauten stillen Örtchen saß. Elli konnte die Geschichte aus dem Reiseführer noch immer kaum glauben.

»Da vorne ist der Falkner.« Ina ging zu dem Mann mit dem Greifvogel auf dem Arm. Den Hinweis auf ihn hatten sie auf dem Plakat in Ljubljana gesehen. Elli fand, einem solchen Wink des Schicksals, das Land weiter zu erkunden, durfte man frohen Herzens zustimmen.

Eine halbe Stunde und einen Vortrag des Wildtierhüters in gebrochenem Englisch später waren sie so schlau wie zuvor. Das Federfragment war keine Hand-, Armschwingen- oder Schwanzfeder, also nicht eindeutig zuzuordnen. Eventuell stammte sie von einem Greifvogel, vermutlich keiner Eule. Aber ohne genaue Maße sei das alles schwer zu sagen. Ähnliches hatten auch Inas Experten per WhatsApp in der Zwischenzeit geschrieben.

»Tja, war einen Versuch wert.« Ina zuckte mit den Schultern.

»Dann müssen wir uns jetzt wohl die Burg anschauen.«

»Sieht so aus. Und danach eine Zugfahrt durch eine der größten Tropfsteinhöhlen Europas machen.« Ina grinste breit.

München

Rüdiger hatte ›gekocht‹. Der Salat war ein klein wenig zu salzig, aber die Pizzen rochen herrlich. Der Tisch war so schön gedeckt, dass Sonja stolz auf ihn gewesen wäre. Schnell räumte er die Kartons des Lieferdienstes in den Müll und bat *Alexa* um ruhige Musik zum Abendessen. Rüdiger hatte vergeblich versucht, seinen alten Radiotoaster WLAN-fähig zu machen und sich stattdessen eine digitale Assistentin angeschafft. Die wusste nicht nur, wo es die besten Pizzen zu bestellen gab, sondern spielte auch seinen Lieblingssender *Metal Express Radio* oder die neueste Hard-Rock-Playlist. Für den heutigen Abend hatte er sich allerdings Klaviermusik gewünscht. Rüdiger war nervös und hoffte auf einen guten Ausgang ihres Gesprächs. Er atmete noch einmal tief durch. Die anderen mussten jeden Moment kommen.

***

Ina betrat Rüdigers Vorgarten mit gemischten Gefühlen. Sie freute sich, dass das Gartentor nicht mehr quietschte, auf die Begegnung mit Gero hatte sie jedoch keine Lust. In den letzten beiden Tagen hatte sie die Geschehnisse immer wieder Revue passieren lassen, aber sie konnte nichts entdecken, was sie falsch gemacht hätte. Sie war gespannt, wie sich der Querkopf für sein schreckliches Verhalten entschuldigen würde. Gerade als sie klingeln wollte, sah sie Elli mit ihrem Peugeot auf die Garageneinfahrt einbiegen. Sie trug ein elegantes altrosafarbenes Kleid.

»Du hast dich ja schick hergerichtet!«, rief Ina ihr zur Begrüßung zu.

Elli zuckte die Achseln. »Wir sind zum Essen eingeladen, da zieht man sich ordentlich an.«

»Also Appetit habe ich noch keinen.« Ina seufzte.

Elli legte ihr die Hand auf die Schulter. »Ich kann deine Stimmung nachvollziehen. Glaubst du, ich habe Lust, heute mit Gero zusammenzutreffen? Ich hoffe, er hat die Zeit wirklich genutzt, um über sein Verhalten nachzudenken. Rüdiger behauptet es zumindest.«

Ina blickte auf. »Hoffentlich hat er das.« Doch ihre Stimme klang wenig zuversichtlich.

»Er hätte wenigstens mal anrufen können.«

»Hat er zweimal. Ich habe ihn weggedrückt«, gab Ina mit einer schiefen Grimasse zu. »Das kann man doch nicht am Telefon klären.«

***

»Schön, dass ihr hier seid!« Rüdiger umarmte die beiden.

»Ist er schon da?« Elli klang missmutig wie selten.

»Nein, ich habe Gero gebeten, etwas später zu kommen. Ich wollte das Eis für ihn brechen.«

Rüdiger führte sie in die Küche. Er erhielt kein Lob für sein so liebevoll vorbereitetes Abendessen, konnte das unter diesen Umständen jedoch verstehen.

»Wann kommt er? Ich will hören, was er zu sagen hat. Seit wann springst du ihm denn bitte zur Seite?« Elli war wirklich schlecht gelaunt.

Rüdiger schenkte ihr ein Glas Rotwein ein. »Ich weiß, ich stichle ständig gegen Gero. Er nervt mich fast jede Sekunde. Aber es ist Gero. Was hat er nicht schon alles für uns getan! Vor allem für mich. Er ist irre, aber er ist unser Freund und ein durch und durch anständiger Kerl.«

Elli schnaubte und Ina schwieg vielsagend.

»Die Aktion war unterirdisch. Klar. Aber hört euch bitte an, was er zu sagen hat. Und gebt ihm Zeit. Es ist …«, Rüdiger fand kein passendes Wort. »Hört es euch einfach an.«

Er holte eine Pizza aus dem Ofen. Doch auf Essen hatte noch keiner Lust.

***

Gero ging unentschlossen die Einfahrt vor Rüdigers Haus auf und ab. Am liebsten würde er umdrehen und zurück nach Hause fahren. Er könnte morgen einfach seine vertraute Routine wieder aufnehmen und das alles vergessen: die Schnapsidee, VIER zu reaktivieren, und den neuen Fall, der ihm bisher vor allem Ärger eingebracht und alte Wunden aufgerissen hatte. Verdammt! Rüdiger war der Erste gewesen, dem er die Geschichte je erzählt hatte.

Auf der Rückfahrt nach München hatten sie allein in einem Abteil gesessen. Rüdiger hatte seit geraumer Zeit schweigend aus dem Fenster in das Abendrot gestarrt. Da war es einfach aus Gero herausgesprudelt. So etwas kannte er gar nicht von sich. Ganz unerwartet hatte er sich danach seltsam erleichtert gefühlt. Aber konnte er das Ganze noch mal aussprechen? Vor Elli und Ina? Er wusste, dass es keinen anderen Weg als den nach vorn gab. Er war es ihnen schuldig.

Eine Viertelstunde später saß er mit den anderen am Tisch und drehte sein Wasserglas in der Hand. Man konnte die Wanduhr ticken hören.

***

Rüdiger rutschte unruhig auf dem Stuhl hin und her. Wie lange dauerte das noch? Er ahnte, wie schwer es Gero fallen musste, aber wie viel Geduld würden Ina und Elli haben? Er wollte sich gerade räuspern, um das Gespräch in Gang zu bringen, als sein Freund begann.

»Ich kannte Franz und Toni schon seit meiner Jugend.«

Gero erzählte von Abenden am Lagerfeuer, langen Bergwanderungen und dem gemeinsamen Wunsch, die Welt besser und sicherer zu machen. Folgerichtig waren die drei zum Bund gegangen und über Umwege schließlich zusammen auf einen Auslandseinsatz geschickt worden. Alle wussten, dass er in den Ferien meistens bei seiner Großmutter in Garmisch-Partenkirchen gewesen war. Dass er dort aber ein paar richtig gute Freunde gefunden hatte, war Elli und Ina neu.

»Für uns war es das Beste, was passieren konnte. Wir haben einander den Rücken gedeckt. Immer.« Gero hielt inne und trank einen Schluck. »Wir sollten einen Sicherungseinsatz durchführen. Ich darf euch nicht sagen, was unser Auftrag war, aber er war so wichtig, dass wir selbst mit raus mussten Ich hatte alles geplant, bis ins letzte Detail. Es konnte nichts schiefgehen.« Er schüttelte den Kopf. »Es durfte nichts schiefgehen.«

Aus Gründen, die ihm nicht näher erläutert worden waren, hatte sein Kommandant aber kurzfristig eine Wegänderung angeordnet. Gero hatte vergeblich dagegen argumentiert, doch letztlich keine Chance gehabt. Ober sticht Unter. Und sein Vorgesetzter musste schließlich wissen, was er tat. Vermutlich fußte seine Strategie auf Daten, die Gero nicht zugänglich waren.

Wenige Stunden später waren sie genau an diesem Ort in einen Hinterhalt geraten. Gero war der einzige Überlebende.

»Ich habe nie jemandem davon erzählt, dass der Kommandeur die Pläne geändert hatte. Die Truppe vertraute ihm. Wenn das nicht mehr der Fall gewesen wäre, hätte ich den ganzen Einsatz gefährdet. Ich habe meinen Vorgesetzten gedeckt und die Schuld auf mich genommen … Vorruhestand.

Und sehr viel Zeit, die Gräber meiner Kameraden auf dem Partenkirchner Friedhof zu besuchen.« Er machte eine kurze Pause. »Und seit diesem Tag habe ich mir geschworen, nie mehr von meinen Plänen abzuweichen, egal wer eine andere Meinung hat.«

Er schaute Ina mit entschlossener Miene an. Doch in seinem Blick konnte Rüdiger tiefen Schmerz erkennen.

Die darauf einsetzende Stille lastete schwer auf ihren Schultern. Draußen war es inzwischen dunkel geworden, die Küche wurde nur durch das kleine Licht über der Anrichte und die Kerzen auf dem Tisch erleuchtet.

Ellis Augen schimmerten feucht, als Gero schließlich den Satz aussprach, auf den alle gewartet hatten. »Entschuldige bitte, Ina. Ich wollte dich nicht verletzen. Dich auch nicht, Elli. Ich habe …«

Ina stand auf. Sie kämpfte sichtlich mit sich. »Gero, das alles tut mir aufrichtig leid. Über die Verabscheuungswürdigkeit von Krieg brauchen wir jetzt nicht zu reden.« Ihre Stimme war leicht belegt und Rüdiger ahnte, dass auch sie von dem Erlebten bewegt war. »Aber verstehst du …« Ina rang sichtlich nach Worten. »Wir sind nicht beim Bund. Keine Ober und Unter, sondern ein Team. Vor allem sind wir Freunde und das geht nur, wenn ich dir vertrauen kann. Wenn wir alle einander vertrauen können.«

Vielleicht war es das Kerzenlicht, aber die Falten in Geros Gesicht wirkten tiefer als sonst. »Vertraut habe ich schon lange niemandem mehr.« Er blickte jedem nacheinander in die Augen. »Falls ich das je wieder kann, dann euch.« Er starrte in sein Glas. »Aber ich muss vielleicht noch ein wenig üben.«

Elli versuchte, unauffällig die Nase hochzuziehen.

»Könnt ihr Gero also verzeihen? Bleiben wir VIER?«, fragte Rüdiger leise.

Elli nickte nur und blickte zu ihrer Freundin.

Ina räusperte sich. »Schwamm drüber.«

Rüdigers Schultern entspannten sich und auch Gero seufzte sichtlich erleichtert.

»Willst du noch mehr von damals erzählen?« Inas Stimme war ungewöhnlich weich.

»Nein, das ist vorbei und ich würde es gerne ruhen lassen.« Gero blickte mit einem verhaltenen Lächeln in die Runde.

»Ich bin so froh, dass wir darüber gesprochen haben. Jetzt wo wir wieder zusammen sind, will ich euch nicht einfach wieder verlieren!«, sagte Elli. Sie hatte endlich ein Taschentuch gefunden.

Rüdiger hatte das Gefühl, sie hatte damit allen aus dem Herzen gesprochen.

Ina ging zum Geschirrschrank. »Ich brauche jetzt einen Drink. Rüdiger, was kannst du empfehlen?«

Rüdiger sprang auf und kam mit einem Whiskey aus dem Wohnzimmer zurück.

Ina füllte die kleinen Gläser bis zum Rand, Geros mit Apfelsaft, und stellte vor jeden eines hin. Dann hob sie ihres. »Auf die Freundschaft!«

»Auf Ehre und Vertrauen!«, antwortete Gero und kippte den Inhalt schwungvoll hinunter. Die anderen taten es ihm gleich, aber begannen schwer zu husten.

»Rüdiger! Was ist denn das für Teufelszeug?« Elli standen jetzt wirklich die Tränen in den Augen. Sie schien kaum Luft zu bekommen.

»Nur das Beste von Dingle.«

»Die irische Halbinsel, auf der wir als Kinder den Madonnenräuber gejagt haben?«, röchelte Elli.

»Genau die. Mann, war das verrückt.« Ina studierte begeistert die Flasche. »Ich war tatsächlich vor zwei Jahren dort und habe unsere Gastfamilie von damals besucht.«

»Genug alte Geschichten für heute«, unterbrach Gero sie.

Elli betrachtete die golden schimmernde Flüssigkeit. »Sollte man den nicht langsam genießen?«

»Ja, aber heute ist alles erlaubt.« Rüdiger hätte die Welt umarmen können.

»Wunderbar! Früher ein Team und heute ein Team.« Ina atmete tief durch. »Dann lasst uns endlich wieder Spaß am Kombinieren haben. Rüdiger, ist die Pizza noch essbar? Und du, Gero, erzählst uns jetzt jedes Detail deines genialen Plans, mit dem du Viktors Mutter um den Finger gewickelt hast.«

Rüdiger hatte Gero selten so strahlen gesehen.

»Ich habe mich als Priester verkleidet.«

»Du hast was?« Ina schüttelte den Kopf und griff erneut zur Whiskeyflasche.

***

Die Aktion in Celje hatte einiges an Vorbereitung bedurft. Sie hatten Pierre um ein Bild von Viktor gebeten. Das einzige, was dieser anzubieten hatte, war das Gruppenfoto eines Ausflugs aller Doktoranden gewesen. Pierre stand in der Mitte, ganz in schwarz gekleidet, und Geros erste Assoziation war ›Priester‹ gewesen. Damit hatte sein Plan wie von selbst Form angenommen. Ihm war sofort klar, dass er als Hochschulpfarrer das Vertrauen von Viktors Mutter gewinnen konnte. Also besorgte er sich ein passendes Gewand bei einem Kostümverleih. Ein befreundeter Fotograf brauchte nicht lange, um den Kopf des Professors so geschickt durch ein Passfoto von Gero zu ersetzen, dass es aussah, als wäre dieser tatsächlich dabei gewesen. Auch der typische römische Kragen war mit ein paar Klicks an seinem Hals zu sehen. Pfarrer Gero auf Ausflug mit seinen Schäfchen der Hochschulgemeinde.

Es passte ihm ganz gut, dass sich die anderen von der Autofahrt erholen wollten, denn so konnte er seinen Plan ungestört umsetzen. Viktor Jenkos Mutter wohnte nur wenige Gehminuten von seinem Hotel entfernt in einem gepflegten ockerfarbenen Haus mit weißen Fensterläden und bunt bepflanzten Blumenkästen. Er rückte den Stehkragen nochmals zurecht und läutete.

Marija Jenko war eine stolze Frau. Gero registrierte ein makelloses Make-up und ordentlich zu einem Zopf geflochtene dunkelbraune Haare. Dazu trug sie ein schlichtes hellgrünes Kleid.

Er hatte sie schon von Deutschland aus angerufen und dieses Treffen vereinbart. Vielleicht hatte sie sich für den hohen Besuch fein gemacht. Ein Fünkchen schlechten Gewissens regte sich in ihm, ihre Gläubigkeit für seine Zwecke zu benutzen. Aber sie benötigten diese Informationen. Schade, dass Ina sich so dagegen gesträubt hatte, sich seine Idee anzuhören.

Er begrüßte Marija Jenko höflich. Am Telefon hatte er schon festgestellt, dass ihr Deutsch nur brüchig war, aber mit Englisch waren sie gar nicht weitergekommen.

Als sie wenig später bei Kaffee und Kuchen in der Wohnstube saßen, bemühte sich Gero um eine positive Atmosphäre. Er lobte ausführlich das Gebäck, die geschmackvolle Inneneinrichtung, die geklöppelten Platzdeckchen und die gepflegten Blumenarrangements. Dann kam er zur Sache.

»Liebe Frau Jenko, ich habe Ihnen ja bereits am Telefon gesagt, dass ich dieser Tage im schönen Slowenien an einem internationalen Priesterseminar teilnehmen werde. Und dabei wollte ich die Gelegenheit nutzen, Ihren Sohn Viktor zu besuchen. Ich habe ihn schon seit einigen Wochen nicht mehr gesehen und er ist ansonsten ein sehr zuverlässiges und gewissenhaftes Mitglied meiner Gemeinde.« Er zog das manipulierte Foto aus der Tasche und reichte es Marija Jenko. »Das haben wir letztes Jahr aufgenommen.«

Viktors Mutter betrachtete das Bild überrascht. »Ich gar nicht gewusst, dass Viktor wieder in Kirche geht. Seit Papa gestorben, war er ...«, sie zögerte. »Er war traurig, dunkel. Ich kenne nicht das richtige Wort.«

Spielte sie damit auf eine böse Seite ihres Sohns an, die ihn die alten Dokumente stehlen und verkaufen ließ? »Er hat davon geredet. Das muss für Sie alle sehr schwer gewesen sein.« Wie konnte er nur Viktors Aufenthaltsort herausfinden?

»Ja, Viktor nur glücklich auf Burg.«

»Ihr Sohn hat von den Ausgrabungen auf Stari Grad erzählt und wie viel Freude ihm das Helfen dort bereitet. Darum hatte ich auch angenommen, er wäre hier.« Ein gelungener Themenwechsel.

»Sie haben ihn leider verpasst. Viktor war sogar zweimal bei mir letzte Zeit. Zuerst für Doktorarbeit und dann noch mal wegen Feuer.«

»Es hat gebrannt? Hier?« Gero hatte nichts am Haus bemerkt, sie musste von einem anderen Ort reden.

»Nein, Gott bewahre!« Frau Jenko bekreuzigte sich. »Das Feuer auf Stari Grad. Ich ihm ein paar Tage später erzählt an Telefon und er gleich wieder hergefahren.« Sie schüttelte den Kopf und lachte. »Er schon immer alte Geschichten von Feuergespenster auf unserer Burg geliebt.«

»Die Burg wird doch gerade restauriert? Ist der Brand deshalb ausgebrochen?«

»Mitten in Nacht? Herr Pfarrer, das glaube ich nicht. Das war bestimmt ein Geist.«

»Wurde das Feuer denn weiter untersucht? War die Polizei da?«

»Ich denke schon, war auch in Zeitung. Leute viele Geschichten erzählt. Viktor wollte alles darüber wissen. Sind Sie auch Geschichtenforscher?«

»Historiker? Nur ein wenig. Viktor ist also deswegen hierhergekommen?« Gero runzelte die Stirn. Das war seltsam.

»Ja, mein Sohn sehr aufgeregt. Alle gefragt, wer Feuer gemacht hat. Wissen Sie, warum er so komisch geworden?«

Sollte er der armen Frau sagen, dass ihr Sprössling vermutlich ein Dieb war? Wieso war er so an dem Brand interessiert gewesen? Machte er sich Sorgen um das alte Bauwerk? Gab es dort noch mehr Schriften, von denen niemand wusste? Oder – und das schien ihm mit einem Mal am einleuchtendsten – hatte er etwas mit der Sache zu tun und wollte herausfinden, ob ihm jemand auf den Fersen war? Sie mussten sich auf jeden Fall auf der Burg umsehen.

»Wie soll ich sagen. Er kam mir auch in München recht unruhig vor. Darum wollte ich ihn ja besuchen. Wissen Sie, wo er gerade ist? Ich würde mich gerne mit ihm treffen.«

Marija Jenko knetete ihre Unterlippe. »Jetzt mache ich mir wirklich Sorgen.«

Gero beugte sich vor und legte seine Hand auf ihren Arm. »Vielleicht kann ich ihm helfen.«

Die Frau war offensichtlich hin- und hergerissen. »Ich soll niemandem sagen, wo er ist. Ist so weit weg, da können Sie nicht hinfahren.«

Weit weg? »Ich reise im Moment sehr viel, möglicherweise ist der Ort auf meiner Route. Ich würde mich freuen, Viktor zu sehen. Er scheint priesterlichen Beistand gebrauchen zu können.« Gero faltete bedächtig die Hände.

»Er wohnt bei alten Freunden. Das ist gut.« Sie zögerte einen Moment. »Aber ja, vielleicht hilft es ihm, wenn Sie ihn treffen. Er ist in Venedig.«

»Hervorragend. Ich werde in den nächsten Tagen nach Rom reisen. Da liegt Venedig direkt auf dem Weg. Ich freue mich immer, wenn ich einen Grund habe, die Lagunenstadt zu besuchen.« Der letzte Satz war sogar die reine Wahrheit.

»Aber …« Viktors Mutter wirkte etwas verlegen. »Ich habe keine Adresse von ihm.«

Geros Hochgefühl verflog sofort. »Das ist natürlich schade.«

»Ich weiß, seine Freunde haben ein Geschäft für Masken. Ein Foto in seinem Zimmer hängt.« Sie erhob sich.

Viktors Zimmer! Das musste Gero sehen. Geistesgegenwärtig griff er nach der Kaffeetasse und eilte Viktors Mutter mit großen Schritten nach.

Als er die Tür erreichte, nahm Frau Jenko gerade ein Bild von der Wand. Gero erfasste den Raum, so schnell er konnte. Aber er brauchte Fotos für die Details und um sie den anderen zu zeigen. Deshalb hatte er vorgesorgt. Mit einer ungeschickten Bewegung goss er sich den Kaffee über das Hosenbein.

»O nein. Ich hole Tuch!« Die Frau lief aus der Tür.

Voller Erfolg. Schnell zückte Gero seine Minikamera und lichtete jede Ecke ab. Er brauchte nur ein paar Sekunden dafür.

»Hier das Tuch.«

Gero ließ den Fotoapparat mit der einen Hand in der Hosentasche verschwinden und griff mit der anderen nach dem Lappen, um das verschüttete Getränk abzuwischen.

»Herzlichen Dank. Es tut mir so leid. Ich hoffe, der Boden ist nicht schmutzig geworden.«

»Nicht schlimm, Herr Pfarrer. Soll ich Hose waschen?« Sie schaute ihn an, also ob sie es wirklich ernst meinte.

»Nein, nein. Ich habe noch eine andere in meinem Hotel.« Es war Zeit zu gehen.

Frau Jenko begleitete ihn zur Tür und gab ihm das Foto des Maskenladens. »Sie können Viktor zurückgeben, wenn Sie ihn sehen.«

»Das werde ich machen.« Auch wenn er es schon abgelichtet hatte, nahm Gero das Original gern an sich. Die Qualität war besser und vielleicht befand sich auf der Rückseite noch eine Information, die er nutzen konnte. »Ach, Frau Jenko, sagen Sie Viktor doch bitte nichts von meinem Besuch. Ich würde ihn gerne überraschen. Das freut ihn bestimmt. Und falls ich ihn nicht finde, ist er nicht traurig.« Das hörte sich in seinen eigenen Ohren nicht ganz logisch an, aber die Mutter nickte lächelnd. Sie verabschiedeten sich und Gero machte sich bestens gelaunt auf den Weg zum Abendessen mit dem Rest der Mannschaft.

***

»Hier sind die Fotos.« Gero zog seinen Laptop aus der Tasche und holte mit einem zufriedenen Gesichtsausdruck die Aufnahmen auf den Monitor.

»Gute Arbeit, mein Lieber!« Ina klickte durch die Bilder. »Das sieht Jankos Studentenbude sehr ähnlich. Wenn das keine Recherche für eine Doktorarbeit wäre, könnte man auch einen Psychopathen dahinter vermuten.« An den Wänden waren wieder Sternenkarten und unterschiedliche Darstellungen der Tierkreiszeichen angebracht. Die Abbildungen waren auch hier mit allen möglichen okkulten Zeichen und bemalten Klebezetteln übersät. Über dem Schreibtisch hing eine riesige Weltkarte, die mit Notizen, roten Nadeln und dazwischengespannten Fäden gespickt war. Darunter waren alte Seefahrerkarten, die nicht weniger vollgemalt waren. Auf der Arbeitsfläche und dem Boden lagen viele Bücher, deren Einbände magische Runen oder astrologische Symbole zeigten. Und auch hier gab es wieder Abbildungen von Opferungen auf einem Altar.

»Du hast den kompletten Raum erfasst. Ich bin beeindruckt, dass du das in der kurzen Zeit geschafft hast.«

Gero schien erfreut über Rüdigers Anerkennung.

»Aber ich glaube, dieser Viktor ist völlig harmlos.« Der Elektroingenieur schenkte sich Whiskey nach.

»Ach, und woraus hast du das jetzt geschlossen?« Gero zog eine Augenbraue hoch.

»Schaut euch die Poster hier drüben an.« Rüdiger deutete auf eines der Fotos. »Er ist offensichtlich ein Metal-Fan!«

»Das bedeutet wohl eher das Gegenteil«, widersprach Gero. »Das sind doch alles Satanisten. Wer so einen Krach hört, ist bestimmt auch zu okkulten Handlungen bereit.«

Rüdiger war konsterniert. »Das ist jetzt nicht dein Ernst, oder? Nennst du mich einen Teufelsanbeter? Bruce Dickinson hat gesagt …«

»Wer?«

»Der Sänger von Iron Maiden! Lass mich ausreden. Von ihm ist das Zitat ›Wenn Heavy-Metal-Bands die Welt regierten, wären wir alle besser dran.‹«

»Alles klar, dann muss es natürlich stimmen.«

»Du kannst dir ja gerne die Statistiken besorgen. Metal-Musikfestivals gehören zu den friedlichsten Großveranstaltungen. Wacken, die MetalDays in Slowenien …«

»Apropos. Ich vermute, du hast das ganze slowenische Gekritzel auf den Notizzetteln schon übersetzt?« Elli unterbrach den Streit der beiden Männer und deutete auf das Foto von einer der Wände.

»Selbstverständlich!« Gero war wieder in seinem Element. Er zog ein Blatt Papier hervor und erläuterte die einzelnen Aufnahmen. Es ging um Sternzeichen, Sterne, Tiere, Pflanzen und Städtenamen. Mehrmals fiel das Wort Ritual, Opferung und Evolution.

»Ich frage mich, was seine Mutter davon hält.« Ellis Stimme klang bestürzt.

Ina schürzte die Lippen. »Wahrscheinlich denkt sie, das gehört zu seiner Doktorarbeit über den mittelalterlichen Heiltrank. Ich treffe mich morgen mit Pierre, vielleicht kann er mir noch mehr darüber erzählen.«

»Das hast du gar nicht erwähnt.« Gero kniff die Augen zusammen.

»Wir haben nicht miteinander geredet, wenn ich dich erinnern darf.« Ina war sauer über seine Reaktion.

Gero breitete die Arme aus. »Wärst du ans Telefon gegangen …«

Rüdiger räusperte sich lautstark. »Zurück zum Fall.«

Ina schüttelte den Kopf. »Ganz ehrlich? Dieser Viktor scheint besessen, das ist beängstigend.«

»Glaubst du, er bringt Andreas in Probleme?« Elli kaute an einem Fingernagel.

Rüdiger schaute entschlossen. »Wir müssen den Kerl finden, was auch immer er vorhat!«

»Liegt das nicht auf der Hand?«, fragte Ina. »Ich stehe hinter Geros Theorie. Viktor will den Theriak brauen. Ich habe mittlerweile alles darüber gelesen, was mir in die Finger gekommen ist. Es handelt sich um ein angebliches Allheilmittel, das schon in der Antike bekannt war. Ein frühes Rezept wurde in die Mauer des Asklepieions auf Kos eingemeißelt, benannt nach dem Gott der Heilkunst. Etwa hundertsiebzig vor Christus legte der Dichter Nikandros von Kolophon den Namen ›Theriak‹ in einem Lehrgedicht über die Behandlung von Bissen wilder Tiere fest. Eine andere Bezeichnung, ›Mithridates‹, geht auf den gleichnamigen König von Pontos zurück, der sich mit dem Mittel vor Giftanschlägen schützen wollte. Die

Legende besagt, dass er am Ende von einem Diener erdolcht wurde, weil ein Selbstmord mit Gift nach jahrelanger Einnahme der Medizin misslang. Im Mittelalter wurde sie insbesondere gegen die Pest eingesetzt. Ich habe viele sehr unterschiedliche Anleitungen gefunden, die von vier bis über dreihundert Zutaten gehen. Neben getrockneten Heilpflanzen waren besonders tierische Bestandteile wichtig, zum Beispiel Vipernfleisch, Entenblut, Eidechsen, Krebse und noch einiges mehr, aber auch Opium. Vermutlich hat Letzteres aufgrund seiner schmerzlindernden und antispasmischen Eigenschaften die schlimmsten Symptome der Kranken gelindert und den Kult um die angebliche Medizin geschürt. Und weil die Herstellung des Theriaks äußerst kompliziert war und teilweise sogar an magische Riten erinnerte, wurde sie, um Quacksalberei vorzubeugen und eine einheitliche Qualität sicherzustellen, schließlich in einer öffentlichen mehrtägigen Prozedur vollzogen. Die bedeutendste Fabrikation befand sich übrigens in Venedig!«

Jetzt übernahm Gero. »Und offenbar kam es nicht nur auf die Inhaltsstoffe an, sondern auch auf eine hinreichende Fermentation des Tranks, wofür oft kostbare Porzellangefäße verwendet wurden. Die Herstellung dauerte schon bis zu vierzig Tagen, aber Galen, der Leibarzt von Mark Aurel, empfiehlt eine Reifung von zwölf Jahren für die volle Heilungskraft. All das machte den Theriak sehr teuer. Heute ist er jedenfalls kein zugelassenes Arzneimittel in Deutschland mehr, auch wenn er bis 1872 in der *Preußischen Pharmakopöe* zitiert wurde. In esoterischen Kreisen wird er allerdings immer wieder heiß diskutiert.«

Nach den Ausführungen der beiden entstand eine Pause, die Elli als Erste unterbrach. »Venedig, Rituale, Pflanzen und Tiere als Zutaten. Es passt erschreckend gut zusammen.«

»Bleibt nur noch die Sache mit den Sternen.« Rüdiger seufzte.

»Kwalle, zeig mir bitte noch mal die Fotos von der Brandstelle auf Stari Grad«, bat ihn Ina.

Rüdiger holte seinen Computer aus dem Wohnzimmer.

»Seht her.« Gero brachte ein Bild des verschnörkelten Zeichens auf dem Glasvorbau auf den Monitor und vergrößerte einen Notizzettel aus Viktors Zimmer, der neben dem Ausschnitt einer Himmelskarte hing.

»Alpha! Die Schleife ist in Wirklichkeit ein griechischer Buchstabe!«, rief Rüdiger. »Die Sterne in jeder Konstellation werden ihrer Helligkeit nach durchnummeriert. Alpha Lyrae ist zum Beispiel die Wega in der Leier und einer der hellsten Sterne des Nordhimmels überhaupt.« Er war sichtlich zufrieden mit seinem Wissen.

»Ist es nicht schon esoterisch genug, an ein Allheilmittel zu glauben? So wie es aussieht, will Viktor seinen Theriak noch mit kosmischen Kräften ausstatten. Was für ein Humbug!« Gero wirkte verärgert.

Ellis Stimme war fast nur ein Flüstern, als sie auf ein anderes Foto klickte. »Vielleicht ist es mit Alpha nicht vorbei? Was, wenn das der Anfang einer Reihe von Opferungen war?«

Das Bild zeigte mehrere Tiere, darunter einen Vogel, eine Schlange und einen Fisch, aber auch zwei Fragezeichen. Eine Figur war aber eindeutig …

»Ist das ein Mensch, der in Flammen steht?« Ina packte das Grauen.

»In was ist Andreas da nur hineingeraten? Will dieser Viktor wirklich einen Menschen ermorden, um seinen Theriak zu brauen?« Ellis Hände zitterten.

»Wir müssen nach Venedig. Wenn das schon im Mittelalter die Hochburg für den Trank war, ist Viktor nicht nur zufällig dort!«

»Sollten wir nicht doch lieber die Polizei einschalten?«, fragte Elli.

»Die Polizei?«, polterte Rüdiger. »Die wird kaum wegen eines verbrannten Vogels einen internationalen Haftbefehl ausstellen.«

»Ich stimme dir zu. Wir brauchen auf jeden Fall stichhaltige Beweise«, sagte Ina.

Gero nickte. »Jetzt wundert es mich auch nicht mehr, dass Jenko so entsetzt war, als das Feuer in den Nachrichten erwähnt wurde. Er verbrennt einen Vogel auf der Burg. Zugang zu ihr hat er natürlich, schließlich arbeitet er schon jahrelang an der Renovierung mit. Er glaubt, unbeobachtet zu sein, und säubert die Opferstelle wieder ordentlich. Doch jemandem ist der Flammenschein aufgefallen. Als seine Mutter ihm das erzählt, bekommt er Panik, dass man ihm auf die Schliche kommt.« Gero schlug unvermittelt auf den Tisch und Elli schreckte zusammen. »Wir werden diesen Irren in Venedig ausfindig machen! Und zwar gemeinsam. Elli, wir sind VIER gegen einen. Das wäre doch gelacht, wenn wir als Team einen kleinen abtrünnigen Studenten nicht fangen könnten!« Seine Augen leuchteten.

***

Am nächsten Tag traf sich Ina im *Seehaus* mit Pierre zum Brunch. Es war ein strahlender Sommertag und sie konnten von ihrem Platz aus dem bunten Treiben der Menschen im Biergarten am See und den Enten auf dem Wasser zuschauen.

»Mich hat dein Anruf sehr gefreut.« Pierre prostete ihr mit seinem frisch gepressten Orangensaft zu.

»Und mich deine spontane Zusage.«

Ina war ein klein wenig aufgeregt. Pierre übte eine verwirrende Faszination auf sie aus, die sie schon lange bei keinem Mann mehr gespürt hatte. Er war höflich und zurückhaltend, ganz anders als ihr letztes Date. Der Typ hatte sie am ersten Abend schon ins Bett kriegen wollen. Ina würde diesem neuen Gefühl Zeit geben. Deshalb kam ihr die Ausrede der Ermittlungen gerade recht, um sich ganz unverfänglich mit Pierre treffen zu können. Dem Franzosen schien es ähnlich zu gehen.

Ina lachte. »Ich war mir nicht sicher, wie ich unser Treffen einordnen soll.«

Er zuckte die Achseln. »Ich schlage vor, wir diskutieren

erst die ernsten Dinge und gehen dann zum gemütlichen Teil über.«

Ina fand seine Direktheit angenehm. Das machte es für sie einfacher. »Wir waren in Celje und haben Viktors Mutter aufgespürt.«

»Ihr seid bis nach Slowenien gefahren?« Pierre war erstaunt. »Ihr seid ganz schön – Wie heißt das? – hingebungsvoll.«

»Ja, wenn wir einen Fall übernehmen, dann richtig.«

»*Très bien.* Ihr habt mit Viktors Mutter geredet? Was hat sie gesagt?«

Bei dem Wort ›ihr‹ biss Ina kurz die Zähne zusammen, aber dann begann sie zu erzählen, was sie von Gero erfahren hatte. Ihren Streit erwähnte sie allerdings nicht. »Wir haben auf der Burg Anzeichen eines Feuers gefunden. Vermutlich ist Viktor jetzt in Venedig, um die nächste Opferung durchzuführen«, schloss sie ihren kurzen Bericht.

Pierre hatte ihr konzentriert zugehört. »Er braut einen echten Theriak? Warum sollte er so etwas machen?«

»Das wissen wir nicht. Wir hatten gehofft, dass du uns weiterhelfen könntest.«

»Ich fürchte nicht.« Es schien Pierre peinlich zu sein. »Er hat erst vor ein paar Monaten bei mir angefangen und ich war viel auf Reisen. Wir haben das Thema seiner Doktorarbeit bisher nur grob abgesteckt. Es geht um den Theriak und mögliche neue Erkenntnisse aus den Dokumenten, die er in Slowenien gefunden hat. Mehr weiß ich auch nicht.«

»Wie klingt das mit den Opferungen für dich?«

»Absurd!« Pierre riss die Hände in die Höhe. »Den Theriak als Medizin einsetzen zu können, ist Wunschdenken. Aber ich will nicht urteilen. Wenn jemand verzweifelt ist, klammert er sich an jeden Strohhalm. Oder?«

Ina ging nicht darauf ein. Sie wollte mehr über Viktor erfahren. »Sicherlich«, antwortete sie deshalb nur. »Andere Frage: Weißt du, wo er sich in Venedig aufhalten könnte?«

»Nein. Ich kenne ihn wirklich kaum.«

»Wo würdest du in der Lagunenstadt eine Opferung durchführen?«

Pierre zuckte zusammen. »Du glaubst tatsächlich an diese Rituale? In Ordnung.« Er legte einen Finger an die Lippen. »Ich bin kein Experte auf dem Gebiet. Meines Wissens gibt es ganz verschiedene Möglichkeiten. Primär unterscheidet man nach dem Zweck, also zum Beispiel ein Bitt- oder Dankopfer, dann nach der Art. Oft werden Tiere im Rahmen eines Rituals getötet und anschließend verspeist. In unserem Fall sieht es allerdings eher nach einem Brandopfer aus. Das kennen wir sowohl von den alten Ägyptern als auch aus dem Judentum. Genaueres müsste ich noch einmal nachschlagen. Üblicherweise verwendet man dafür eigens angefertigte Opferschalen oder spezielle Brandaltäre. Habt ihr so etwas in Celje gefunden?«

Ina verneinte. »Aber wo genau würde man das Ritual durchführen? In einer Kirche?«

»Das ist eine Möglichkeit. Aber bedenke, Kirchen sind christlich, und hier haben wir es nicht mit einem ursprünglich religiösen Trank zu tun. Also kommen außer Kirchtürmen oder Minaretten auch andere Kultstätten infrage.«

»Vielleicht lediglich ein Turm, der den Sternen nahe ist. Schließlich war doch die Rede von Astralenergie, richtig?«, sinnierte Ina. »In Venedig wären dann der Markusdom oder einer der Campanile prädestiniert.«

»Hm, normalerweise würde ich eher auf historische Kultstätten tippen, einen der kleineren Plätze, die Friedhofsinsel, eine alte Apotheke, irgendeinen Ort, an dem er eine Brandschale aufstellen kann. Wie sollte er denn auf dem Markusdom ein Feuer anzünden?« Pierre kniff die Lippen zusammen. »Ich habe nicht erwartet, dass ich euch auf so etwas Absurdes bringe. Ich kann es immer noch nicht glauben.«

»Geht mir ähnlich. Das ist schon eine irre Geschichte.« Ina blickte nachdenklich in die Ferne.

»Habt ihr eigentlich Fotos von seiner Bude gemacht? Vielleicht fällt mir da noch etwas auf.«

Ina fand die Idee naheliegend und ärgerte sich, dass sie

nicht daran gedacht hatte. Andererseits hatte sie damit einen zwanglosen Grund, Pierre wiederzusehen. »Nicht nur dort. Wir haben auch Bilder von seinem Zimmer in Celje. Ich bringe sie gerne zu unserem nächsten Treffen mit.«

Pierre strahlte sie an. »Einverstanden. Dann lass uns jetzt über schönere Dinge reden.«

Venedig

Karte 2

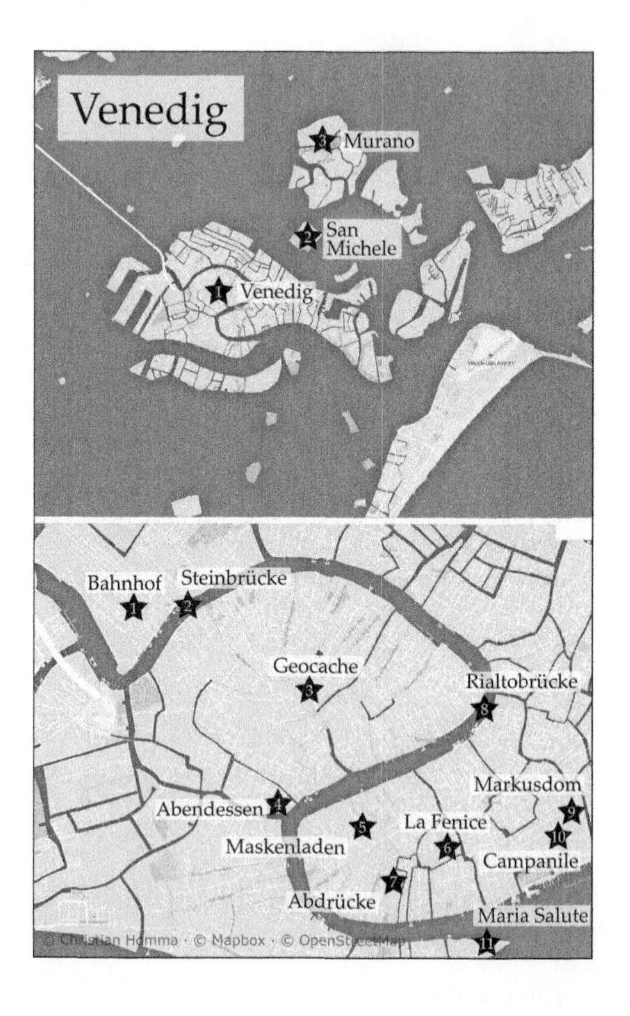
Venedig
Murano
San Michele
Venedig
Bahnhof
Steinbrücke
Geocache
Rialtobrücke
Markusdom
Abendessen
La Fenice
Maskenladen
Campanile
Abdrücke
Maria Salute
© Mapbox

Die Lagune glitzerte in der Nachmittagssonne, als wäre sie mit Millionen Diamanten überzogen. Gondeln und Vaporetti zogen ihre Bahnen durch das schimmernde Wasser. Dahinter erhob sich die Silhouette Venedigs mit den typischen Türmen und Kirchenkuppeln. Elli war von dem Anblick verzaubert, während der Zug sich über die Ponte della Libertà ihrem Ziel näherte. Andreas und sie waren gerade frisch verlobt gewesen, als sie ein paar wunderschöne Tage in dieser romantischen Stadt verbracht hatten.

Schade, dass er nicht dabei war. Jetzt, da sie das Reisefieber ihrer Jugend wieder fühlte, konnte sie sich kaum noch in die alte Elli hineinversetzen, die Kirchheim am liebsten nie verlassen hätte. Ihre Freunde hatten ihr beim letzten Schritt geholfen, um das Trauma, das sie beim Überfall an der Ausgrabungsstätte in Äthiopien erlitten hatte, endlich zu überwinden. Die Erlebnisse damals hatten ihr Leben lange beeinträchtigt. Doch zu viert war es so einfach und natürlich gewesen, erneut auf große Fahrt zu gehen. Sie freute sich schon darauf, auch mit Andreas wieder die Welt zu erkunden. Wenn er nur nicht diese dumme Bürgschaft für die alten Schriften eingegangen wäre! Sie machte sich Sorgen. Wenn sie die Unterlagen nicht fanden, würde er vielleicht seinen Job verlieren. Was würde das finanziell bedeuten? Mussten ihre Kinder dann für sie einspringen? War das Haus in Gefahr? Bestand sogar die Möglichkeit, dass er ins Gefängnis kam?

Gero riss sie aus ihren Gedanken. »Viktor Jenkos Mutter meinte, dass ihr Sohn in Venedig bei guten Freunden untergekommen sei. Als einzigen Anhaltspunkt haben wir ein Foto vom Maskenladen, der einem von ihnen gehört. Weitere Hinweise habe ich auf dem Bild leider nicht gefunden.«

Rüdiger übernahm gut gelaunt und Gero ließ ihn wegen des neu gefundenen Teamgeists gewähren. »Ziel der Aktion ist es, die Dokumente sicherzustellen, damit Andreas keine Probleme bekommt. Außerdem wollen wir Viktor zu fassen kriegen oder zumindest herausfinden, was genau er plant, und das notfalls vereiteln.«

»Genau die richtige Aufgabe für uns. Über intensive Recherchen in Venedig werde ich mich niemals beschweren.« Auch Ina war bester Stimmung.

Langsam schlängelte sich der Zug in den modernen Bahnhof hinein. Nach der langen Fahrt war es schön, endlich wieder etwas Bewegung zu bekommen. Doch mit der entspannten Stille im Waggon war es vorbei, die Hektik der Pendler und Touristen erschlug Elli fast.

Auf dem Vorplatz genossen sie den ersten Blick auf Venedig. Vor ihnen zog sich eine der breiten Wasserstraßen entlang, gesäumt von den allbekannten Palazzi, die von dem einstigen Reichtum der Händlerstadt zeugten. Boote aller Art kreuzten in unterschiedlichem Tempo hin und her. Die gegenüberliegende Kuppelkirche war von den typisch venezianischen Häuserfronten umrahmt. Zu ihr führte eine der malerischen weißen Brücken, auf der sich Touristen wie Ameisen tummelten. Es herrschte große Betriebsamkeit, doch strahlte die Umgebung mit ihren jahrhundertealten Gebäuden gleichzeitig eine majestätische Ruhe aus. Auch dass die Autos fehlten, trug einen Teil dazu bei. Während sie den Geruch von Meer und Salz einatmete, hätte sich Elli gern noch mehr auf die spannenden nächsten Tage in dieser magischen Stadt gefreut: Vaporetto fahren, Eis essen, Cappuccino und Affogato trinken, Pizza Frutti di Mare und Spaghetti Aglio e Olio verdrücken, auf den Campanile hinauf- und in den Markusdom hineingehen, Postkarten schreiben, kleine Glasfiguren in Murano kaufen und, das wäre die Krönung, mit einer Gondel fahren. Doch zunächst mussten sie Viktor und die Dokumente finden.

***

Ina wollte als Erinnerung ein Foto von VIER in Venedig haben, wofür sich die Brücke hervorragend eignete. Elli befahl Gero zu lächeln und Rüdiger machte mit lang gestrecktem

Arm ein Selfie von allen. Die neu gefundene Harmonie tat ihnen gut.

Der Weg zur Unterkunft war nicht weit. Als Ina die schwere Tür aufzog, stand sie vor einer halsbrecherisch steilen und engen Treppe. Sie kannte diese dem wenigen Platz geschuldete Besonderheit venezianischer Häuser. Lift – Fehlanzeige. Sie schnauften alle, als sie mit ihren Koffern den kleinen Tresen erreichten, der die Rezeption darstellte. Nachdem sie die Anmeldeformalitäten erledigt hatten, deutete der Rezeptionist, ein junger Mann in Jeans und T-Shirt, auf einen weiteren schmalen und steilen Aufstieg am Ende des Gangs.

Fünf Minuten später ließ Elli sich neben Ina auf das Doppelbett im vierten Stock fallen. Es war gar nicht leicht gewesen, so kurzfristig eine annehmbare Unterkunft zu finden.

»Mit dir zusammen auf einem Zimmer komme ich mir fast wieder wie ein Teenager vor.« Elli grinste breit und wischte sich den Schweiß von der Stirn.

»Kaum zu glauben, dass unsere Klassenfahrt Jahrzehnte her ist. Fühlt sich wie gestern an. Weißt du noch, wie sich die Jungs auf unser Zimmer geschlichen und von Herrn Renner den Anpfiff ihres Lebens bekommen haben?«

Ina lachte herzlich und machte die Fenster auf. Meeresluft gemischt mit dem leichten Duft frischer Backwaren zog herein. Die Gasse, in der sich das Hotel befand, war so eng, dass man zu den gegenüberliegenden Häusern hätte springen können. Die grünen Fensterläden standen offen und in einem der Räume dahinter kochte gerade jemand am Herd. Weit unter ihr flanierten einige Venezianer und noch mehr Touristen über das Kopfsteinpflaster. Sie waren mitten in Venedig.

»Die Lage ist perfekt, um die Stadt zu erkunden.«

Elli stöhnte. »Ich brauche erst ein paar Minuten Ruhe und eine Dusche, bevor ich wieder nach unten steige. Anschließend können wir von mir aus alle Verbrecher Venedigs ausfindig machen.« Und schon war sie eingenickt.

Ina schaute nachdenklich nach draußen. Wenn sie den abtrünnigen Studenten fanden, würde ihr das fürs Erste vollkommen genügen.

***

Rüdiger lächelte, als Ina ihm Elli als Partnerin zuteilte. Er war in Celje überraschend gut mit Gero ausgekommen, aber es musste nicht gleich noch ein zweiter Stadtausflug mit ihm innerhalb so kurzer Zeit sein.

Gero hielt das Foto hoch und gab letzte Instruktionen. »Wie ihr seht, verkauft der Laden, den wir suchen, eine Mischung aus Masken und sonstigem unnützem Touristenkrimskrams. So etwas findet man hier an jeder Ecke. Ihr müsst also ziemlich genau schauen. Vielleicht ist die Auslage mittlerweile auch umdekoriert worden.«

»Wird schon schiefgehen«, erwiderte Elli sichtlich angespannt.

»Null Problemo.« Rüdiger bemühte sich, seine Freundin aufzumuntern. »Wir werden das Geschäft aufstöbern und nebenbei reichlich venezianisches Flair abbekommen.«

Elli lächelte zaghaft und Ina ergänzte verschmitzt: »Ja, das werdet ihr. Ich habe euch nämlich San Polo und San Marco zugeteilt. In den beiden Touristenvierteln gibt es am meisten zu sehen.«

Das hob Ellis Stimmung beträchtlich. »Ihr drei seid super! Ich danke euch.«

»Das *Hard Rock Cafe* muss auch dort irgendwo versteckt sein.«

Nun grinste auch Rüdiger. Er hatte die GPS-Koordinaten natürlich schon gespeichert. Gero konnte ihm den Spaß daran sicher nicht verderben, auch wenn er im Vorfeld süffisant darauf hingewiesen hatte, dass laut Internet der einzige Bezug Venedigs zu Heavy Metal ein Artikel über die steigende Schwermetallverunreinigung des Seegrases aus der Lagune war.

Gero hatte bereits eine Liste mit allen Maskenläden nach

Vierteln sortiert vorbereitet und diese in einen Stadtplan eingezeichnet, von dem er jedem eine Kopie aushändigte. »Ich habe sie nummeriert und Felder zum Ankreuzen gemacht: *Ja, Nein, Vielleicht.* Möglicherweise haben wir keinen eindeutigen Treffer. Die grüne Route ist die kürzeste, wobei jetzt am frühen Nachmittag eventuell die blaue schneller ist, da sie die Haupttouristenstraßen meidet.«

Rüdiger nahm den Plan. Ausnahmsweise war er dankbar für Geros akribische Vorarbeit. »Wir starten mit der grünen Sightseeingtour und schwenken auf die blaue um, wenn es zu langsam geht. In Ordnung, Elli?«

»Absolutamente!« Und schon lief sie los.

***

»Wenn das mal gut geht«, maulte Gero.

»Ein bisschen wirst du ihnen schon vertrauen müssen.« Ina schulterte ihre Tasche. »Aber du kannst ja mir auf die Finger schauen, damit ich meine Kreuzchen auch an den richtigen Stellen mache. Ich hoffe, du hast an verschiedenfarbige Stifte gedacht?«

Gero strahlte. »Hätte nicht erwartet, dass du danach fragst!«

Ina stieß die Luft aus. »Vielleicht sollte ich ab und zu doch ›Ironie an‹ und ›Ironie aus‹ hinzufügen.«

»Wieso? War das denn nicht ...?« Gero hörte auf, in seinem Rucksack herumzukramen.

Ina war schon losgegangen.

***

Es war früher Nachmittag und die Sonne stand hoch und heiß am Himmel. Der erste Teil ihrer Route führte Elli und Rüdiger durch die engen und relativ leeren Gassen eines wenig touristischen Wohngebiets. Trotzdem offenbarte jede Ecke neue Wunder, ehrwürdige Palazzi, eine Brise Tang und Fischgeruch, kleine Brunnen auf winzigen Plätzen oder weit über ihren Köpfen Leinen voller Wäschestücke, die wie bunte Wimpel aussahen. Eine schlafende Katze hatte sich eng an die schattige Seite eines Hauseingangs geschmiegt und eine gebeugt gehende Venezianerin mit dunkelbrauner, runzliger Haut warf ihnen einen desinteressierten Blick zu, bevor sie hinter einer knarrenden grünen Tür mit dekorativem Messingklopfer verschwand.

Bei einem Geschäft mit großem *Gelato*-Schild war die Zeit reif für die erste Pause.

»Wie geht es eigentlich deiner Tochter?«, fragte Elli, als sie vor einem winzigen Tischchen saßen, das trotzdem die halbe Gasse blockierte. Genüsslich schlürfte sie ihren kühlenden Eiskaffee durch einen dicken Strohhalm. Rüdigers Glatze glänzte in der Sonne. Er hatte wieder eines seiner schwarzen Metal-Shirts angezogen und schwitzte ordentlich. So gern Elli ihren Teamkameraden hatte, so konnte sie doch dessen verstorbene Frau verstehen, die die flammenspuckenden Totenköpfe und unleserlichen Bandnamen in gezackter Schrift aus seinem Kleiderschrank verbannt hatte.

»Ach, wunderbar. Mara ist gerade in San Francisco. Hat mir ein Foto vom Hollywood Sign geschickt und in Beverly Hills waren sie auch schon. Bist du mal dort gewesen?«

»Mhm. Muss aber über dreißig Jahre her sein. Andreas war auf einem Kongress in Las Vegas. Auf dem Rückweg waren wir an der kalifornischen Küste.«

»Mann, nach Vegas möchte ich auch mal. All die Spielkasinos mitten in der Wüste!«

»Wer weiß. Vielleicht führt uns der nächste Fall dorthin. Aber zuerst ist unser europäischer Verbrecher dran. Lass uns weitermachen.« Elli stand seufzend auf und nahm die Liste aus der Hosentasche. »Wir haben vierundzwanzig Geschäfte zu prüfen. Und auf Geros Routen kommen wir möglichst effizient an allen vorbei. Er hat irgendwas mit ›Handelsreisender‹ gesagt.«

Rüdiger nickte. »Eine Standardaufgabe in der Informatik.

Was ist der kürzeste Weg, wenn ich viele Punkte auf einer Karte nacheinander ansteuern muss? Und wir werden uns bis auf einen kleinen Umweg daran halten. Es gibt hier nämlich einen Fünf-Sterne-Geocache. Der ist einen Abstecher wert.«

»Sollte ich wissen, was das ist?« Elli schaute skeptisch.

»Ich hab es auch erst von meiner Tochter gelernt: Geocaching ist eine Art Schatzsuche für Erwachsene. Überall auf der Welt sind unterschiedlich große Gefäße versteckt. Zumeist an außergewöhnlichen Orten, die man sonst gar nicht beachten würde. Mit der richtigen App kriegst du die Koordinaten dafür und kannst sie suchen. Wenn man eine Dose entdeckt hat, gibt es darin ein Logbuch, in das sich alle Finder eintragen, und oft auch kleine Tauschgegenstände. In Kanada scheint Geocaching eine Art Volkssport zu sein. Zumindest sind Mara und Steve wohl ständig auf der Suche nach dem nächsten Schatz.«

»Das klingt verrückt. Also lass es uns versuchen!«

Elli ließ Rüdiger den Vortritt, der sie kreuz und quer durch das Labyrinth der mal breiten, dann wieder engen Gassen führte. Teilweise war der Boden mit Platten belegt, andernorts bestand er aus von vielen Schuhen glattpoliertem, holprigem Kopfsteinpflaster. Ab und an konnte sie das Meer riechen oder den Duft frischen Knoblauchs aus einem der zahlreichen Restaurants. So hatte sie Italien und Venedig in Erinnerung. Wenn Rüdiger nicht gerade ihren Standort checkte, machte er begeistert Fotos. Elli hielt nach den Läden Ausschau. Auch wenn die Sorgen um die möglichen Konsequenzen ihres Misserfolgs sich immer wieder in ihre Gedanken stahlen, bewunderte sie die Schönheit dieser Stadt. Sie sah die leuchtenden Farben, die rotgelblichen Hauswände mit hohen alten Fenstern, typischen braunen Fensterläden und oft kleinen dicht begrünten Blumenkästen auf metallenen Balkonen.

Die drei Maskengeschäfte, an denen sie vorbeikamen, prüfte sie sorgfältig anhand des Fotos, das Gero ihnen gegeben hatte. Doch keines passte.

Wir haben schon 18, schrieb Gero. *Und ihr?*

Elli zog eine Grimasse.

Rüdiger blickte auf seine Kamera. »Schreib ›neunundachtzig‹. Das ist die Zahl der Bilder, die ich bis jetzt gemacht habe. Nicht mehr weit, dann sind wir übrigens beim Cache.« Er deutete auf einen niedrigen Durchgang, den sie normalerweise nicht betreten hätte. Die Wände waren mit Graffiti beschmiert und auf dem feucht schimmernden Boden lag Unrat. Rüdiger schien das nicht zu stören, er war schon mit eingezogenem Kopf voranmarschiert.

Sie folgte ihm zögerlich, wurde auf der anderen Seite aber von dem malerischsten kleinen Platz entschädigt, den sie bisher in Venedig gesehen hatte. Um einen aufwendig behauenen Marmorbrunnen standen einige schattenspendende Bäume und zwei steinerne Bänke.

»Das ist Geocaching. Orte besuchen, die man als Tourist niemals finden würde. Das verborgene Venedig!«

Elli drehte sich im Kreis. »Das ist wunderbar! Was für eine tolle Idee. Das muss ich Andreas und meinem Sohn erzählen!« Sie machte ein paar Fotos, um sie später ihrer Familie zu schicken.

Rüdiger prüfte die GPS-Koordinaten. Die Dose musste unter einer der Bänke sein. Schon kroch er auf dem Boden entlang. Bei der zweiten wurde er fündig. »Hier ist der Cache!« Triumphierend hielt er eine grüne Kunststoffschachtel in die Höhe.

»Das ist der Schatz?« Elli hatte ihn sich etwas anders vorgestellt. Auch das Innere war enttäuschend: eine schmutzige *Überraschungsei*-Figur, ein Notizblock und ein Aufkleber.

Rüdiger lachte sie an. »Was hast du denn erwartet? Gold und Edelsteine? Der Weg ist das Ziel und das Suchen der Spaß. Aber warte mal, bis wir die erste Geocoin oder einen Travelbug entdecken. Und jetzt notieren wir noch, dass wir hier waren. Mein Cacher-Spitzname und das Datum.«

Interessiert beobachtete Elli, wie er das winzige Stückchen Papier beschrieb. »Und was heißt TFTC?«

»*Thanks for the cache.* Es ist üblich, sich für das Verstecken zu bedanken.«

Nachdem er das Kästchen verschlossen hatte, verstaute er es wieder sorgfältig an seinem Platz.

»Du bist ganz schön kindisch für dein Alter«, lachte Elli.

»Na, das will ich doch hoffen!« Er strahlte voller Lebensfreude.

***

»Neunundachtzig? Witzbold! Kugeln Eis, oder was?« Gero steckte unwirsch das Handy in die Tasche.

Ina hatte ihm die Führung überlassen. Er manövrierte sie zielstrebig durch das verwinkelte Gassenlabyrinth zu den dreiundvierzig Läden, die er ihnen zugeteilt hatte.

Sie hatten im nördlichen Teil von Santa Croce begonnen und waren mittlerweile mit dem Viertel gegenüber dem Bahnhof fast fertig. Während Gero kein Auge für die Schönheiten der Umgebung zu haben schien, sondern akribisch nach seiner Liste vorging, genoss Ina jeden Moment. Sie liebte Venedig und fühlte sich hier unglaublich wohl. Speziell die wenig touristischen Ecken hatten einen ganz besonderen Charme.

Als ihr Kompagnon den zwanzigsten Laden seiner Aufstellung gestrichen hatte, erklärte sie: »Stopp! Wir machen eine Pause.«

»Wo wir gerade so gut in Fahrt sind? Wir haben doch nur noch dreiundzwanzig Geschäfte, dann sind wir durch.«

»Nein, mein Lieber, wir machen jetzt eine Pause. Da drüben ist ein Café. Ich brauche jetzt eine Brioche und einen Cappuccino. Komm, ich lade dich ein.« Ohne Widerspruch zu dulden, ging sie voran.

***

Einem Wegweiser zur Rialtobrücke folgend, befanden sie sich von einer Sekunde auf die andere inmitten einer Touristenmenge, die sich langsam durch die Straße schob. Elli war sogleich für den friedlichen Start ihrer Suche im ruhigeren Teil von Venedig im Nachhinein dankbar. Das hier war eher wie ein Vergnügungspark! Aber wenigstens kamen sie jetzt mit dem Abstreichen auf ihrer Liste schnell voran, da sich an fast jeder Ecke ein Maskenladen befand.

»Du willst da wirklich hoch?« Elli blickte zweifelnd auf die dicht gedrängte Menge auf der äußeren Treppe der Rialtobrücke. Sie hätte den weniger geschäftigen Weg in der Mitte des weißen Wahrzeichens gewählt, der zu beiden Seiten von Souvenirbuden begrenzt war.

»Für ein gutes Foto habe ich schon mehr riskiert.« Rüdiger grinste sie glücklich an und Elli ließ sich von ihm widerspruchslos durch die Menschentrauben ziehen.

Erstaunlich, wie elegant er es schaffte, sich an allen anderen Touristen charmant, aber mit Nachdruck vorbeizuschieben, bis sie ganz vorn einen freien Blick auf den Canal Grande hatten. Das Wasser glitzerte unter ihnen in der heißen Nachmittagssonne. Eine leichte Brise trug den schon vertrauten Geruch von Meer, Tang und Dieselmotoren mit sich. Zu beiden Seiten der Hauptverkehrsader der Stadt erstrahlten die pastellfarbenen Palazzi. Jeder hatte seine eigene Bauart und Größe und doch bildeten sie alle eine harmonische Einheit. Die wunderschönen venezianischen Gondeln, dicht besetzt mit Touristen, fuhren in einem unablässigen Strom unter ihnen auf und ab und teilten sich die Wasserstraße gekonnt mit Vaporetti, Taxibooten und vielerlei anderen Transportschiffen. Neben unzähligen kleinen Stegen mit bunten Pollern befand sich direkt vor ihnen eine der gelben Anlegestellen für die Wasserbusse der Stadt. Während Rüdiger eine Fotoserie nach der anderen schoss und mehrmals seine Objektive wechselte, betrachtete Elli fasziniert die lässige Routine, mit der die Kapitäne und ihre Helfer im Minutentakt an- und ablegten.

Nach einer weiteren Stunde Geschiebe durch aufgeheizte enge Gassen standen sie unversehens am Rande des imposanten Markusplatzes. An der Stirnseite thronte der Dom, dessen viele Kuppeln und golddurchwirkten Mosaike ihr in der Sonne entgegenstrahlten. Davor ragte der Campanile mit dem roten Spitzdach majestätisch in die Höhe. Sie bestaunte die gleichmäßigen Fensterreihen der Paläste ringsum und nahm dann erst das rege Treiben vor ihr wahr. Menschen aus aller Welt schauten und fotografierten. Tauben wurden gefüttert oder von Kindern über den Platz gejagt. Einige Schausteller posierten gegen Bezahlung in ihren Maskenballkostümen. Zu beiden Seiten des Platzes spielten kleine Orchester Caféhausmusik vor den Restaurants.

In diese lebendigen Eindrücke mischten sich für Elli Erinnerungen von ihrer Reise mit Andreas und sie schlenderte mit Rüdiger glücklich über die Piazza.

Die Schlangen vor Dom und Turm streckten sich bis zum Canal Grande.

»Ich fürchte, die großen Sehenswürdigkeiten passen heute nicht mehr in unseren Zeitplan.« Rüdigers Handy summte, als wollte es ihn darauf hinweisen, dass sie nicht zum Sightseeing hier waren. Er tippte eine Zeitlang darauf herum und schien im Anschluss sehr zufrieden. »Jetzt haben wir eine Weile Ruhe.«

Er bog in eine Seitenstraße ab, wo sie noch einige weitere Läden von der Liste strichen. Hinter dem Dom machten sie kehrt und schlenderten am Wasser entlang zurück, das schwappend an die Kante der Promenade schlug. Etliche schwarz glänzende Gondeln schaukelten in der leichten Dünung.

Elli seufzte. »Wenn wir es irgendwie einrichten können, würde ich gerne mit einer fahren. Das ist auch ein Punkt auf meiner Sternenliste.«

Eine dichte Menschentraube hatte sich an der steinernen Brüstung gebildet, von der aus man den besten Blick auf die Seufzerbrücke hatte: ein kleiner geschlossener Übergang zwischen dem Dogenpalast und dem Gefängnis mit zwei von Steinkreuzen vergitterten Fenstern.

»Wie traurig, wenn du hier deinen Liebsten zum letzten Mal siehst, bevor er eingesperrt wird.«

Elli wurde das Herz schwer. Sie konnte sich sofort in die armen Zurückgebliebenen hineinversetzen. Hoffentlich würden sie diesen Viktor finden, damit Andreas endlich die Unterlagen zurückbekam. Es waren nur noch wenige Geschäfte auf ihrer Liste.

***

»Schon wieder ein Foto von einer Brücke?«

Ina lachte amüsiert. Seit sich Gero zum dritten Mal erkundigt hatte, wie viele Läden sie bereits geprüft hätten, war Rüdiger dazu übergegangen, ihnen alle fotografierten Sehenswürdigkeiten, Messingklopfer, Plätze und Maskengeschäfte zurückzuschicken. Diesen Wink verstand sogar Gero.

Sie waren inzwischen an der Einmündung des Canal Grande in den Canale della Giudecca angekommen. Ein frischer Wind vom Meer verschaffte angenehme Abkühlung. Die riesige Kirche Santa Maria della Salute ragte vor ihnen auf.

»Und während wir da vorne ein Eis essen, erzähle ich dir, wieso das Gotteshaus auf einer Million Stämmen thront.«

Ina blieb verdutzt stehen. »Du willst Pause machen?«

»Nein, ich habe gesagt, wir essen ein Eis. Das geht im Gehen. Und außerdem soll das laut den Internetbewertungen die beste *Gelateria* Venedigs sein.«

***

»Jetzt haben wir nur noch die Ecke Rund ums Teatro La Fenice. Von da aus ist es nicht weit zurück ins Hotel.« Rüdiger hielt Geros Karte in der Hand. Rechts und links zierten Schaufenster mit teuren Boutiquen die Gassen. Die Tagesbesucher hatten Venedig mittlerweile verlassen, viele Ladenbesitzer räumten ihre Waren weg. Morgen Vormittag würde die Hektik und Geschäftigkeit wieder einsetzen, doch für heute breitete sich allmählich eine angenehme Ruhe aus. Es schien fast so, als würde die Lagunenstadt in Schlaf versinken.

Rüdiger hatte ihre Suche sehr genossen. Er war immer noch ganz berauscht von der Schönheit Venedigs. Die Geschäfte waren zwar alle Nieten gewesen, aber das störte ihn genauso wenig wie seine platt gelaufenen Füße. Jeder Meter war es wert gewesen. Sie hatten wunderbare Plätze, Palazzi und Cafés gefunden und bezaubernde Orte mit Geocaches, die sogar in Spezialreiseführern nur selten erwähnt wurden.

»Da ist schon das Theater.«

Ellis Worte holten ihn wieder in die Realität zurück. Sie wirkte müde. Wegen Andreas war die Suche nach Viktor für sie sehr viel ernster. Rüdiger hatte sofort ein schlechtes Gewissen wegen der Abstecher, die er gemacht hatte.

Sie standen auf einem kleinen Platz. Vor ihnen ragte eine imposante weiße Eingangspforte in die Höhe. Auf dem darüberliegenden Balkon prangten ein goldener Phönix und eine lachende und eine weinende Maske.

»Da würde ich gerne mal reingehen.« Rüdiger war beeindruckt von der tollen Architektur auf diesem engen Raum.

»Ich war damals mit Andreas bei einem Konzert dort. Das war überwältigend. Der Konzertsaal ist wunderschön.«

»Gibt's vielleicht eine Vorstellung in den nächsten Tagen?«

Elli studierte die Plakate. »Übermorgen ist hier ein venezianischer Maskenball. Ist aber leider ausverkauft.« Sie deutete auf den großen *Sold-out*-Aufkleber quer über dem Anschlag. »Lass uns weitergehen. Wir hätten sowieso keine Zeit dafür.«

Rüdiger strich seufzend den Maskenladen an der Ecke von der Liste. Dann holte er sein Handy heraus. Es gab noch zwei Geocaches auf dem Weg. Aber er hatte das Gefühl, dass Elli nicht mehr in der Stimmung dafür war.

***

Die Auslage des Geschäfts war exakt so wie die auf dem Foto. Das Fenster war ein üppiges Bouquet unzähliger Masken:

weiß oder bunt bemalt, blank oder reich verziert, in Form einer schmalen Augenklappe oder weit ausladend mit fächerartigen Sonnenarmen. Eine feuerrote mit gelben und orangefarbenen Federn und einem Schnabel fiel Elli besonders ins Auge. Die Ware sah auf jeden Fall nicht nach billigem Touristennippes aus.

Der Maskenladen befand sich in der hinteren Ecke eines kleinen Platzes im Erdgeschoss eines Wohnhauses. Ein breites Schaufenster, das nur von einer Tür unterbrochen war, nahm die gesamte Front ein. Der Eingang zur darübergelegenen Wohnung befand sich also vermutlich in der schmalen Seitengasse, die rechts neben dem Haus abzweigte und offenbar an einem Kanal endete.

Elli konnte es kaum fassen. Mit jedem Schritt, den sie dem Hotel nähergekommen waren, hatte sie sich größere Sorgen gemacht, das Geschäft nicht zu finden. Und plötzlich standen sie davor.

Rüdiger zog an der Eingangstür.

»Der hat schon geschlossen. Murphy's Law. Wären wir andersrum gegangen, hätten wir uns den weiten Weg gespart und er hätte noch offen gehabt.«

»Immerhin haben wir ihn jetzt gefunden!« Elli verspürte Hoffnung. Noch konnte alles gut werden.

Sie bogen in die Nebengasse, aber an der grünen Haustür waren nur vier unbeschriftete Klingelknöpfe.

Während Elli die anderen informierte, schoss Rüdiger im weichen Licht des frühen Abends einige Bilder. Schließlich zogen sie sich zum Warten auf eine nahe gelegene Brücke zurück, von der aus sie das zweistöckige Gebäude gut im Blick hatten, ohne aufzufallen.

***

»Ab jetzt halten wir hier 24/7 Wache!«, verkündete Gero im Befehlston.

Elli wusste von früher, dass damit so viel wie ›rund um die

Uhr‹ gemeint war. Jetzt ging das schon wieder los! »Dann hoffe ich, du hast dich selbst für die erste Nachtschicht eingeteilt. Ich habe keine Lust, hier draußen in der Dunkelheit herumzulungern.«

Auch Ina war wenig begeistert. »Ich bin dagegen. Wer weiß, wer oder was sich hier nachts so herumtreibt.« Sie schüttelte den Kopf.

»Aber, aber.« Gero grinste verschmitzt. »Habt ihr denn unsere Kreuzfahrt vergessen? Wir werden selbstverständlich eine Überwachungskamera dafür verwenden. Rüdiger!«

Der salutierte und zog zackig einen grauen Gegenstand in der Größe einer Walnuss aus seinem Rucksack. »Melde gehorsamst: die Kamera, Sir! Mit Spezialverkapselung, Sir! Wie Sie befohlen haben, Sir!«

Ina begutachtete das winzige Teil genau. »Wo hast du das denn her?«

Rüdiger lächelte stolz. »Gut, gell? Das Geocaching hat doch was gebracht. Ich habe die Kamera in einen künstlichen Stein eingebaut, in dem normalerweise kleine Schätze versteckt werden. So können wir sie hier«, er nahm sie wieder und bückte sich, »an eine Häuserecke legen und unsere Vollüberwachung wird niemandem auffallen.«

»Klasse, Kwalle!«, lobte Elli. Was würden sie nur ohne Rüdigers Tricks anfangen? Wahrscheinlich wirklich rund um die Uhr bei Wind und Wetter draußen stehen und Gero Lagebericht erstatten. »Allerdings«, gab sie dann zu bedenken, »könnte es einen weiteren Eingang vom Wasser her geben.« Sie deutete auf die kleine Gasse. »Das ist bei vielen Häusern so.«

»Sehr gut kombiniert!« Gero brauchte nur Sekunden, um eine Entscheidung zu fällen. »Dann müssen wir den natürlich auch überwachen. Rüdiger, Kamera an und mir nach!«

Und schon war er davongetrabt.

***

Der Gondoliere trug das typische rot-weiß gestreifte Shirt und steuerte die VIER geschickt durch die Calle. Ina hatte sich entspannt zurückgelehnt und genoss das Schaukeln. Sie hatte ihre Sommerjacke über die Seitenwand des traditionellen Bootes gelegt und ihre kupferfarbene Mähne bewegte sich leicht in der lauen Abendluft. Die jahrhundertealten Palazzi glitten majestätisch an ihnen vorbei. Auch wenn – oder gerade weil – manche einst leuchtend bunte Außenwand vom schwankenden Wasserspiegel verfärbt und der Putz an vielen Stellen abgefallen war, strahlten die Wasserstraßen einen ganz besonderen Zauber aus. Die Gondel glitt fast geräuschlos durch den Abend, nur kleine Wellen schwappten platschend gegen die Häuser. Aus einem Palazzo drang gedämpfte Musik.

»Das war eine fantastische Idee, Gero«, rief Elli und rutschte auf ihrem bequemen roten Sitz nach vorn, um ihrem Schulfreund einen kräftigen Klaps aufs Knie zu geben. »Gondelfahren ist so faszinierend. Jetzt muss der junge Mann nur noch *'O sole mio* für uns anstimmen, während er uns hier durchpaddelt.«

»Ich bin froh, dass du das sagst.« Gero schien das als Aufforderung zu verstehen, eine ausführliche Erklärung der Entstehungsgeschichte der Gondola und deren Steuerung abzugeben. »Das ›Paddel‹ nennt sich ›Riemen‹. Es liegt auf der sogenannten *forcola,* der Gabel, auf. Um den einseitigen Antrieb auszugleichen, ist die Gondel asymmetrisch gebaut, das heißt …«

Rüdiger blickte Elli strafend an.

***

Gero nickte Ina zu, als sie kurz darauf in der Nähe des Maskenladens waren.

»*Scusa*«, rief Ina. Und dann fragte sie in bestem Italienisch: »Können Sie wohl hier abbiegen? Wir möchten gerne in diese Calle hinein.«

Der Mann schüttelte den Kopf. »*Mi dispiace.*« Darauf folgte eine längere Antwort.

»Schaut schlecht aus. Die Wege, die die Gondeln nehmen dürfen, sind klar vorgegeben«, erklärte Ina ihren Freunden die Zwischenbilanz.

Doch dann kam sie erst richtig in Fahrt. Ein wort- und gestenreicher Dialog entspann sich, aus dem für die Außenstehenden nicht erkennbar war, ob sich die beiden gerade über die Lokalpolitik stritten oder über das Wetter debattierten. Zum Schluss konnte Gero zumindest ein paar Zahlen erahnen, die staccatoartig ausgetauscht wurden. Er hoffte stark, dass er sich beim Übersetzen um eine Zehnerpotenz vertan hatte.

Schließlich bog die Gondel mit einem eleganten Schwung doch noch in den Wasserweg ab, der zum Maskenladen führte.

Ina lehnte sich wieder entspannt zurück und Gero fragte nur argwöhnisch: »Wie viel?«

»Ach, nicht so schlimm. Hundertfünfzehn Euro extra. Das kannst du dir gewiss leisten, immerhin war das Gondelfahren deine Idee.« Sie lächelte spitzbübisch.

Gero verschränkte die Arme und schmollte eine Weile. Hoffentlich kamen sie damit bis hinter den Maskenladen, um nach einem möglichen Wasserzugang Ausschau zu halten. Sein Wunsch wurde enttäuscht, denn schon bald erreichten sie eine weitere Abzweigung im Labyrinth der Kanäle. Um an ihr Ziel zu gelangen, hätten sie rechts abbiegen müssen, doch der Gondoliere machte bereits Anstalten, eine Linkskurve zu fahren. Gero wusste, dass ihm nicht viel Zeit blieb, und da der Italiener gerade in die andere Richtung blickte, griff er sich, bevor jemand reagieren konnte, Inas Jäckchen und warf es schwungvoll ins Wasser.

Ina schrie auf und der Gondoliere drehte sich überrascht zu ihnen um. Dieses Mal mussten sie nicht viel erklären. Grimmig schwenkte der Mann die Gondel geschickt in der kleinen Gasse um und steuerte das über Bord gegangene Kleidungsstück an.

Bald darauf hatten sie sich der Rückseite des Gebäudes, das sie überwachen wollten, bis auf dreißig Meter genähert. Auf die Entfernung sah Gero tatsächlich eine Stelle, an der man ein Boot festmachen konnte. Dahinter befand sich eine winzige Tür.

Näher kamen sie nicht heran, ihr Fahrzeug machte bereits wieder eine waghalsige Kehrtwendung in dem eigentlich viel zu engen Kanal. Rüdiger nutzte den günstigen Augenblick und drückte die mit Knetmasse versehene Fischaugenkamera unter einen Mauerabsatz an die Wand des gegenüberliegenden Gebäudes. Einem flüchtigen Blick würde sie so sicher entgehen.

Wenig später gab Gero dem mürrischen Gondoliere den regulären Fahrpreis zuzüglich der von Ina verhandelten hundertfünfzehn Euro. Ein Trinkgeld, beschloss er, war bei diesen Wuchergebühren nicht mehr nötig.

»Ausgezeichnete Arbeit!«, resümierte Ina, als sie sich ein paar Meter entfernt hatten. »Aber hast du nicht noch eine Kleinigkeit vergessen, Gero?« Sie hielt ihm die tropfende und nach Fisch riechende Jacke hin. Ein großes Loch prangte in dem Stoff. »Du schuldest mir eine neue! Der Gondoliere hat sie beim Herausfischen mit dem Haken zerrissen.«

»Leider habe ich mein letztes Geld gerade ausgegeben. Ich wusste nicht, dass einmal abbiegen so teuer sein kann.« Er zeigte ihr das leere Portemonnaie.

Gero war dank seiner Sparsamkeit und seiner wohlhabenden Familie schon als Kind nie knapp bei Kasse gewesen. Seinen versteckten Brustbeutel mit den Reservescheinen musste er dennoch nicht jedem zeigen.

»Lass sie mich bitte bezahlen!« Elli kramte in ihrer Handtasche.

»Nein, alles gut. Das olle Ding ist sowieso schon in die Jahre gekommen. Und du, Gero, lern Italienisch, dann kannst du das nächste Mal selbst verhandeln!« Ina warf die Jacke energisch in den Mülleimer am Steg. »Ich will jetzt nicht streiten, sondern den erfolgreichen Ausflug lieber mit einem ordentlichen venezianischen Essen feiern.«

»Pizza?«, fragte Rüdiger freudig.

»Pasta?«, versuchte Elli ihr Glück.

»Lasst euch überraschen.« Ina lächelte vielsagend.

***

Ina führte sie in ein Lokal, das Elli niemals betreten hätte. An der Außenwand leuchtete eine halb zerbrochene Reklametafel für Pizza und die Scheibe zur Straße war staubig und verschmiert.

»Paolo ist kein Freund von Touristen. So schreckt er die meisten ab.«

Ina ging zielstrebig hinein und durch die Hintertür wieder hinaus. Elli blieb vor Staunen der Mund offen. Dort erstreckte sich ein Garten wie aus einem Märchen. Die Büsche und Bäume bildeten einen starken Kontrast zu den Mauern und Gassen, die sie den ganzen Tag über gesehen hatten. Lichterketten durchzogen das grüne Dickicht und dazwischen waren wie zufällig runde Tische aufgestellt.

»Signora Ina, buonasera!«

Ein älterer gemütlich wirkender Italiener war sofort auf sie zugekommen und umarmte Ina herzlich und mit Küsschen auf beide Wangen, danach begrüßte er auch die anderen mit einem Redeschwall auf Italienisch. Er führte sie an einen Tisch neben einer kleinen verwitterten Engelsfigur. Wein und Wasser standen schon bereit und wurden ihnen reichlich eingeschenkt.

Rüdiger stellte sein Tablet mit den Liveübertragungen der Überwachungskameras so, dass Gero und er es ständig im Auge hatten. Wäre der Maskenladen nicht in Laufdistanz gewesen, hätte Gero dem Abendessen hier vermutlich nicht zugestimmt. Sollte Viktor auftauchen, konnten sie schnell genug hinübersprinten.

»Wollt ihr vegetarisch, mit Fleisch oder mit Meeresfrüchten?«, übersetzte Ina die Frage des Kellners.

»Wie meinst du das?« Elli war verwirrt. »Gibt es keine Speisekarte?«

»Nein. Du wählst nur eins von den dreien und Paolo serviert dir das Beste davon, was du je gegessen hast«, erklärte Ina und bestellte die vegetarische Option.

»Dann Meeresfrüchte.« Elli konnte es kaum glauben.

»Für mich auch.« Gero versuchte es diesmal gar nicht auf Italienisch.

»Ich werde heute Geros Wettschuld von unserer Fahrt nach Celje einfordern. *Con tutto, per favore.*« Rüdiger strahlte über das Nicken ihres Gastgebers, als er alle drei Varianten bestellte.

Der erste Gang bestand aus gerösteten Weißbrotscheiben mit saftig frischem Belag. Elli war begeistert. Es knirschte beim Abbeißen, Olivenöl rann ihr über die Finger und tropfte auf den Teller. Es schmeckte nach Knoblauch, Tomaten, Basilikum und nach Sommer und Urlaub.

Während sie verzückt die Vorspeise verzehrte, konnte Gero nicht umhin, ein vollkommen nutzloses etymologisches Detail zum Besten zu geben: »*Bruschetta* kommt von *bruscare,* was ›über Kohle grillen‹ heißt.« Allerdings hatte er dabei den Mund so voll, dass Elli die Erklärung mehr erraten musste. Wenn der Rest auch so gut war, hatte Ina mit dem Restaurant einen Volltreffer gelandet.

Der Himmel verfärbte sich allmählich zu einem dunklen Blau und der Kellner zündete die Kerzen auf ihrem Tisch an. Hinter einem Hausdach ging die Mondsichel auf.

»Jetzt wäre eine Gondelfahrt noch romantischer!«, bemerkte Elli sehnsüchtig. »Schade, dass Andreas nicht mit dabei ist. Vielleicht können wir ihn irgendwann in unsere Bande aufnehmen.«

»Kaum«, kam es von Rüdiger und Elli schaute schon entsetzt. »Oder sollen wir uns VIERA nennen? Das klingt doch etwas komisch.«

Ina zuckte die Schultern. »Du musst es nur Italienisch aussprechen: Von Köln bis zur Riviera, stets helfen dir VI-ERA!«

Elli tat es leid um den Schluck Wein, den sie wieder durch die Nase ausnieste, und auch ein bisschen um das bis eben noch blütenweiße Tischtuch. Rüdiger klopfte ihr auf den Rücken, als sie laut husten musste.

Gero zerkrümelte stoisch ein Grissino und sah unbeirrt auf den Überwachungsmonitor.

»Alles in Ordnung?«, fragte Ina und kicherte ein wenig.

»Ich wollte eure lustige Unterhaltung nicht stören, aber ich habe soeben Viktor ankommen sehen.«

»Was?«, rief Rüdiger aufgebracht und riss das Tablet an sich. »Wieso sagst du denn nichts?«

Gero schüttelte den Kopf. »Er ist bereits hineingegangen.«

»Los, hinterher!« Rüdiger war schon aufgesprungen.

»Und dann?« Gero blickte zu ihm hoch. »Willst du überall klingeln und, falls er aufmacht, ihn freundlich um die Unterlagen bitten?«

Rüdiger setzte sich wieder etwas bedröppelt hin.

Elli war einfach nur glücklich. »Fabelhaft, wir haben ihn wirklich gefunden. Das wird Andreas und Pierre so freuen!« Sie wischte sich den restlichen Wein aus dem Gesicht.

»Und jetzt?« Rüdiger wirkte verstimmt.

Für Gero war die Sache klar. »Jetzt machen wir einen Plan.«

In diesem Moment kam Paolo mit den *Primi*. Beim Anblick der gemischten Nudelplatten mit einer dicken Tomatensoße, einer glänzenden Carbonara und einem perfekten Pesto, vergaß Elli ihre Suche für einen Augenblick. Den anderen schien es ähnlich zu gehen. Sie hatten alle den ganzen Tag über nicht viel gegessen. Die Pasta war großartig.

»Okay, was schlägst du vor?«, traute sich Elli schließlich zu fragen.

»Wir brechen ein und beschaffen uns Beweise.« Gero kaute genüsslich weiter, als hätte er gerade das Selbstverständlichste der Welt vorgeschlagen.

***

So leicht war das allerdings nicht zu bewerkstelligen. Immerhin mussten sie von mehreren Personen in der Wohnung ausgehen. Sie beschlossen, zweigleisig zu verfahren. Einerseits würden sie Viktor beschatten, da sie noch immer nicht wussten, was genau er in Venedig vorhatte. Gleichzeitig sollte Rüdiger versuchen, das Schloss zu knacken, um das Gebäude weiter auszuspionieren. Nun würde sich Geros hartes Training auszahlen.

Bereits vor Sonnenaufgang saß Gero auf einer kleinen Bank unweit des Maskenladens und las wenig begeistert ein aus Deutschland importiertes Boulevardblatt. Zwar hatten sie die Kamera installiert, aber ohne Mann vor Ort würden sie Viktor verlieren, sobald er in die erste Gasse gebogen war.

Nach einer Stunde ärgerte er sich, nicht noch mehr Zeitungen gekauft zu haben. Nachdem er alle Fenster, Blumentröge und Straßenlaternen im Umkreis gezählt hatte, begann er, die Gazette rückwärts zu lesen. So hatte er immerhin etwas zu tun.

Endlich wurde die Eingangstür geöffnet. Eine junge Italienerin kam schwungvoll heraus, ging um die Ecke und schloss den Maskenladen auf. Kurze Zeit später folgte ihr Viktor. Gero informierte sein Team.

Keine zehn Minuten danach hatte VIER sich an den drei Ausgängen des Platzes postiert. Welchen Weg Viktor auch nehmen sollte, einer von ihnen würde sich an seine Fersen heften. Rüdiger hatte ihre Handys so eingerichtet, dass jeder die Position der anderen verfolgen konnte. Auf diese Weise würden sie sich nicht verlieren. Gero hatte ihnen eingeschärft, in der Nähe der Anlegestellen besonders aufmerksam zu sein, falls Viktor auf die Idee kam, ein Vaporetto zu besteigen.

***

Wenig später erschien Viktor vor dem Maskenladen und verließ den Platz über die Straße, die von Elli bewacht wurde. Ina lief herbei und die beiden Frauen übernahmen mit Gero im Schlepptau die Verfolgung. Rüdiger machte sich in der Zwischenzeit zum Seiteneingang des Hauses auf.

Sie hatten keine Schwierigkeiten, da um diese Tageszeit noch nicht viele Menschen unterwegs waren. Vielleicht fühlten sie sich zu sicher, denn als sie leise plaudernd um eine Ecke bogen, wären sie fast in Viktor gelaufen, der an einem Geldautomaten stehen geblieben war.

Für einen zu langen Moment trafen sich ihre Blicke, ehe Ina die vor Schreck starre Elli weitergeschoben hatte. Sie versuchte, sich so ungezwungen wie möglich zu verhalten, und erzählte ihrer Freundin laut und gestenreich eine lustige Geschichte, bis sie mit ihr in der nächstbesten Boutique verschwand. Sie schwitzte, als hätte sie gerade den Campanile bestiegen, während sie hinter einer Modepuppe durchs Schaufenster lugte. Erst als Viktor wenige Minuten später dicht gefolgt von Gero vorbeigeschlendert war, beruhigte sich ihr Puls etwas. Das war knapp gewesen.

Ein paar hundert Meter weiter betrat Viktor eine Apotheke. Gero ging vorbei und setzte sich auf eine Bank, von der aus er die Tür gut sehen konnte. Die Frauen taten, als betrachteten sie die Auslage. Viktor redete mit einem Mann hinter der Theke und kam kurz danach wieder heraus. Er tippte auf seinem Handy herum und schien dann einer auf dem Telefon gezeigten Route zu folgen, wobei er Gero passierte, ohne ihn eines Blickes zu würdigen.

Gero schloss sich ihm wieder unauffällig an.

Rüdiger schrieb.

Vergesst es!!! Das ist ein Sicherheitsschloss. Keine Chance, das mit meinen Dietrichen zu knacken. Vermutlich wäre es einfacher, die Tür aufzusägen.

Auch gut. Wie lange brauchst du?, schrieb Gero zurück. *Viktor ist etwa 8 Gehminuten entfernt.*

Das war ein Witz, Mann! Ich komme jetzt zu euch.

Fünfzehn Minuten später machten Ina und Elli an der dritten Apotheke Halt. Während sie auf Viktor warteten, erreichte sie eine weitere Nachricht von Gero.

Ina muss beim nächsten Mal mit in den Laden. Ich will wissen, was Viktor sucht.

***

Ina betrachtete den Laden genauer. Ein moderner Verkaufsraum hinter einer alten Fassade, sehr ansprechend gestaltet. Sie ging an ein Regal unfern des zweiten Tresens und studierte intensiv die dortigen Gesichtscremes.

Viktor war an der Reihe. Er sprach ein annehmbares Italienisch, Ina konnte ihn gut verstehen. »Ich suche einen Theriak.«

»Sie meinen die mittelalterliche Medizin? So etwas wird heutzutage nicht mehr hergestellt.« Die Angestellte blieb trotz der ungewöhnlichen Frage freundlich.

»Nein, nicht den Trank, ich meine das Gefäß, in dem er gebraut wurde. In einer venezianischen Apotheke soll es noch ein altes geben. Leider weiß ich nicht, in welcher.«

Die Frau überlegte ein wenig. »Soweit ich weiß, stellte die am Campo Santo Stefano mal eines aus. Aber das wurde an ein Museum verkauft. Sie können trotzdem dort nachfragen.«

Viktor bedankte sich und verließ das Geschäft. Ina schrieb eine Nachricht an die anderen, bevor auch sie nach draußen ging. Wie besprochen hatte sich Rüdiger, der sie mittlerweile eingeholt hatte, bereits an die Verfolgung gemacht.

Plötzlich wurde Ina am Ellenbogen gepackt, fuhr zusammen und setzte zum Schlag an.

»Hier entlang«, raunte Gero. »Wir überholen die beiden.«

Er zog sie in eine Seitengasse, Elli folgte ihnen im Laufschritt. Es war nicht schwer zu erraten, was Viktors nächstes Ziel war.

Sie erreichten den Campo Santo Stefano mit etwas Vorsprung.

»Wisst ihr, wo wir hier sind?« Auch Gero atmete schneller.

Er blätterte in den Unterlagen, die er aus seinem Rucksack geholt hatte. »Volltreffer!«

Gero überquerte den Platz und fing zielstrebig an, den Boden abzusuchen.

»Was um Himmels Willen machst du da? Viktor kann jeden Moment kommen.« Elli war sichtlich angespannt.

»Hier!«, der Exsoldat deutete auf drei handgroße runde Einkerbungen im Pflaster »Im Mittelalter wurde der Theriak in riesigen Kesseln in einer öffentlichen mehrtägigen Zeremonie gebraut. Und das hier sind die Abdrücke der Kesselhalterungen. Ich frage mich, ob Viktor hier die nächste Opferung durchführen will.«

Ina war von Gero Recherchen beeindruckt, auch wenn das ihre Liste möglicher Ritualplätze verlängerte. Sie mussten dringend herausfinden, was der Student vorhatte. »Wir müssen wissen, was er in der Apotheke will. Ich kann nicht nochmal mit rein. Elli, du bist dran.«

»Aber Ina, ich kann kaum Italienisch!«

»Dabei wird uns die moderne Technik helfen.«

***

Elli gefiel der reizvolle Mix aus Alt und Neu in der Apotheke: Der stilvolle Verkaufsraum im linken Teil wurde auf der anderen Seite durch ein ganz in dunklem Holz gehaltenes Zimmer ergänzt. Auf schiefen Regalen standen Dutzende betagte Porzellangefäße mit verschnörkelter Schrift. Im Kontrast dazu waren die neuen exklusiven Wellnessartikel auf einem Metallregal davor.

Dem jungen Apothekenangestellten, der sie etwas auf Italienisch fragte, antwortete sie in einer Mischung aus Deutsch, Englisch und Touristenitalienisch, die nicht einmal sie selbst verstanden hätte, dass sie sich nur umschauen wolle. Der Mann nickte und zog sich zurück.

Viktor betrat den Laden.

»*Buongiorno*«, hörte sie ihn sagen.

Elli wählte Inas Nummer und hielt das Handy in der Hand, damit die anderen gut mithören konnten. Sie versuchte, möglichst nah an die Männer heranzukommen, und folgte ihnen so unauffällig wie möglich in den alten Teil der Apotheke. Die beiden waren in eine angeregte Unterhaltung vertieft und lachten immer wieder. Schließlich schüttelte Viktor dem anderen die Hand. Im Umdrehen rempelte er Elli an, der das Telefon hinunterfiel. Damit sie nicht das Gleichgewicht verlor, griff Viktor nach ihrem Arm. Als sich ihre Gesichter auf eine Handbreit genähert hatten, zog er die Brauen zusammen und fragte sie etwas auf Italienisch. Da sie offensichtlich nicht verstand, versuchte er es auf Englisch und verstärkte seinen Griff.

»Kennen wir uns?«

Elli hatte die Augen weit aufgerissen und konnte nur noch den Kopf schütteln.

Der Apotheker trat zu ihnen und sprach höflich, aber bestimmt mit Viktor, der schließlich von Elli abließ und fortging.

Der junge Angestellte hob das Handy auf und reichte es ihr. »Bitte entschuldigen Sie die Belästigung.«

Seine Stimme klang ehrlich besorgt. Elli nickte rasch und ergriff die Flucht. Sie fühlte sich elend, weil Viktor nun ihr Gesicht kannte. Hoffentlich gelang es ihnen trotzdem noch, die Dokumente sicherzustellen.

***

»Elli, mach dir keine Sorgen. Du hältst dich einfach zukünftig im Hintergrund«, tröstete Ina ihre Freundin. »Das wichtigste ist, dass ich gut verstehen konnte, was die beiden gesprochen haben. Es ging um ein Theriak-Gefäß, das die Apotheke vor ein paar Jahren einem Museum geschenkt hat. Nun soll es in eine Sonderausstellung kommen. Wo, konnte ich leider nicht verstehen. Aber Viktor schien sehr erfreut. Vermutlich nimmt er an, es ließe sich dort leichter stehlen.« Ina schien zufrieden mit ihrem bisherigen Ergebnis.

Rüdiger war wieder mit der Verfolgung an der Reihe und

die drei anderen schlossen sich in einigem Abstand an. Viktor bewegte sich jetzt nach Norden.

»Aber wozu will er das alte Ding?« Elli war ratlos.

»In was ist ein Theriak besser zu brauen als in einem originalen Theriak-Gefäß? Und du scheinst Glück zu haben. Er marschiert direkt auf die Anlegestelle nach Murano zu.«

Elli schaute betrübt. Unter anderen Umständen hätte sie sich über einen Ausflug auf die Insel der Glasbläser gefreut. Hier konnte man Kunsthandwerkern noch bei ihrer diffizilen Arbeit zusehen und deren farbenfroh funkelnde Kostbarkeiten bestaunen und nicht zuletzt auch kaufen.

Gero bog ab. Bevor Elli protestieren konnte, rief er über die Schulter. »Wenn er das Boot betritt, steigen wir eine Haltestelle später ein. Ihr beiden solltet nicht zusammen mit ihm an der Anlegestelle warten.«

Rüdiger textete, dass sie an Bord waren und achtern einen Stehplatz gefunden hatten. Das restliche Team bestieg das Vaporetto Nummer 4.1 an der Fondamenta Nuove und begab sich an den Bug.

Das Boot war gut gefüllt mit schwatzenden und fotografierenden Touristen und sie mussten sich eng zusammenstellen. Erfrischender Wind blies ihnen ins Gesicht. Der Weg führte sie über die mit weiß bemalten Baumstämmen gesicherte Wasserstraße zunächst an der Friedhofsinsel Cimitero S. Michele vorbei. Von außen war nur eine lange rote Steinmauer unterbrochen von kleineren Türmchen mit gotischen Fensterbögen zu sehen.

»Gero, magst du uns nicht die wichtigsten fünfzig dort Begrabenen nennen?«, witzelte Ina.

»Selbstverständlich gerne! Auf der Insel ist es ganz schön eng, obwohl die Außenmauern jeweils mehrere Hundert Meter lang sind. Beigesetzt ist dort zum Beispiel Igor Stravinsky.«

»Hat der in Venedig gewohnt?«

»Nein, aber eine seiner Opern wurde hier uraufgeführt und von ihm dirigiert. Sein Wunsch war es, hier die letzte Ruhe zu finden.«

Kurze Zeit darauf legten sie in Murano an.

Viktor verließ das Boot, dicht gefolgt von VIER. Dieses Mal hielt Rüdiger einen gebührenden Abstand. Der Slowene schien den Weg genau zu kennen und wendete seinen Blick kaum nach links oder rechts. Ganz im Gegensatz zu Elli, die versuchte, so viel wie möglich von der Umgebung aufzusaugen. Ein paar Minuten später bog Viktor um eine Ecke und verschwand in einem Hauseingang.

»Ich wüsste zu gerne, was er da drin macht. Elli und Ina, ihr wartet in sicherer Distanz, während ich mich mit Rüdiger beratschlage.« Gero ging ihm auf dem Weg entgegen, den sie gerade gekommen waren.

»Und was tun wir in der Zwischenzeit?«, meinte Elli mit einem sehnsüchtigen Blick auf die übermannshohe Skulptur aus blauen Glasstrahlen, die im Sonnenschein mystisch glitzerten. »Können wir wenigstens ein Eis essen? Das wäre doch sicherlich eine bessere Tarnung, als hier nur herumzustehen.« Sie deutete auf das Café vor ihnen.

»*Certo!*« Ina stellte sich in die Schlange.

Als sie sich mit je einer Eiswaffel in der Hand anschickten, einen Platz in ›sicherer Distanz‹ zu suchen, stand plötzlich Viktor vor ihnen. Im Bruchteil einer Sekunde erkannte er sie.

»Sie schon wieder! Spionieren Sie mir hinterher?«

Anstatt eine schlagfertige Antwort ihrer Freundin abzuwarten, schrie Elli nur »Lauf!«

Es geschah im Reflex und noch während sie sich umdrehte, verfluchte sie sich dafür. Damit hatte sie Viktors Verdacht bestätigt. Doch daran konnte sie nun nichts mehr ändern. Sie rannte in die erstbeste Richtung davon.

Ina war ihr dicht auf den Fersen. Elli hörte den Mann hinter ihnen rufen, dass sie stehen bleiben sollten. Einen Teufel würde sie tun. Geschickt manövrierte sie sich durch die Touristenscharen. Als sie zurückblickte, sah sie mit Erleichterung, wie die Menge Viktors Vorankommen behinderte. Die Passanten vermuteten wohl, dass zwei Frauen von einem Mann verfolgt wurden, und waren auf ihrer Seite. Da zog Ina sie auch schon in eine Mauernische.

Viktor hastete an ihnen vorbei.

Sie warteten ein paar Sekunden, ehe sie vorsichtig um die Ecke lugten. Als ihr Verfolger zwischen den Menschen verschwunden war, flüchteten sie sich in den nächsten Laden und riefen Gero an.

»Er hätte euch fast geschnappt! Verdammt, Ina, erinnerst du dich nicht mehr an Regel ... Ach, egal. Ab sofort verhaltet ihr euch ruhig. Er ist sowieso schon argwöhnisch. Versteckt euch noch zwei Stunden auf Murano, wir übernehmen die Verfolgung. Er darf euch auf keinen Fall noch mal sehen.«

Ina und der Zufall hatten sie geradewegs in eine Glasbläserei getrieben. Elli nahm erst jetzt die vielen Farben um sie herum wahr. Das Glas leuchtete in intensiven Rot-, Grün-, Gelb- und Blautönen. Vasen, Gläser, Ketten, Lampen und noch hunderte andere Gegenstände zierten die Regale. Elli beschloss, dass Einkaufen die beste Medizin für ihre angespannten Nerven war. Nach ein paar freundlichen Worten auf Italienisch führte sie ein älterer Mann durch einen Vorhang hindurch in die Werkstatt. Seine Kunstfertigkeit ließ Elli ihre Sorgen für eine Weile vergessen.

Zum Mittagessen begaben sich die beiden Frauen in ein gemütliches Restaurant direkt am Canale d'Angeli und genossen gegrillten Fisch und frische Muscheln. Zwei große Taschen mit zerbrechlichen Geschenken in allen Formen und Farben standen neben Elli.

»Ist es nicht herrlich, nicht mehr observieren zu dürfen?«, sagte Elli schmatzend. »Wenn es mal nicht um das Schicksal meines Mannes geht, lasse ich mich wieder ertappen.«

***

»Gero hat recht. Was bringt es uns, Viktor weiter zu beobachten? Wir müssen in die Wohnung hinein und herausfinden, was er vorhat«, legte Ina das weitere Vorgehen fest. »Und am besten gleich eine Wanze dort deponieren, damit wir die Gespräche mitbekommen. Aber wie schaffen wir das?«

Sie hatten sich nach der Rückkehr aus Murano wieder getroffen und hielten Kriegsrat im Hotelzimmer der beiden Frauen.

»Lasst uns doch mal ganz anders an die Sache rangehen und unsere Pippi-Langstrumpf-Methode von früher verwenden: spielen und spinnen. Je verrückter die Idee, desto besser«, schlug Rüdiger vor.

Gero sprang sofort darauf an. »Wir klingeln an der Tür und behaupten, dass wir vom Ordnungsamt sind und die Wohnung besichtigen möchten.«

»Und das machst du in perfektem Beamtenitalienisch?« Ina schaute skeptisch. »Da kannst du dich gleich als Telefonseelsorger oder Klinikclown verkleiden. Oder lieber wieder als Pfarrer?«

»Nein, nein«, unterbrach sie Rüdiger. »Wir brauchen wirklich verrückte Ideen.«

Elli ließ als erste ihrer Fantasie freien Lauf. »Wir könnten mit einem großen Teleskop vom Campanile aus hineinschauen.«

Und da war der Knoten geplatzt.

»Oder wir lassen eine Kamera an einem Ballon hochsteigen.«

»Noch besser: Wir fliegen sie mit einer Drohne direkt ins Zimmer!«

»Wir nehmen ein drei Meter langes Periskop und spähen von unten durchs Fenster.«

»Wir hacken den Computer und schauen über dessen Webcam in die Wohnung.«

»Ja, oder wir klettern an der Fassade hoch wie Spiderman, dann sind wir im Nu drin.«

»Apropos Spinnen«, meldete sich Elli wieder zu Wort. »Wir schicken einen Haufen Spinnen durch die Türritze und treiben damit alle hinaus.«

»Wir machen einen Klingelstreich.«

»Oder wir schlagen den Feueralarm ein. Gibt es so etwas in Venedig? Dann laufen alle raus und wir schnell hinein, am besten, bevor die Feuerwehr kommt.«

»Wieso nicht gleich eine Rauch- oder Stinkbombe?«, konterte Rüdiger.

»Genau, wie damals bei der Chemieprüfung. Mann, wie hat das gestunken. Das hab ich noch tagelang in meiner Jacke gehabt.« Elli schüttelte den Kopf.

Ina rieb sich das Kinn. »Warum eigentlich nicht?«, fragte sie schließlich halblaut vor sich hin und blickte Gero auffordernd an.

»So machen wir es«, bestätigte Gero mit fester Stimme. »Rüdiger, du hast sieben Punkte verdient. Und einen mehr, wenn du es schaffst, die Bombe durchs Fenster zu werfen.«

»Und noch einen, wenn wir heil aus dem ganzen Schlamassel herauskommen«, murmelte Elli.

***

Elli war bester Laune, als sie sich zum Abendessen wiedertrafen. Nach ihrer Lagebesprechung hatte Rüdiger sich sofort notiert, Stinkbomben und Knaller zukünftig zur Standardausrüstung hinzuzufügen. Während er Scherzartikelläden im Internet recherchierte, hatte sie ein paar Secondhandläden ausfindig gemacht. Ihr anschließender gemeinsamer Einkaufstrip war ausgesprochen erfolgreich.

Sie wusste natürlich, dass die Idee völlig absurd war. Und hätten sie nicht vor annähernd vierzig Jahren mit diesem Trick schon einmal Erfolg gehabt, hätten sie es wahrscheinlich gar nicht erst versucht.

Nach dem Abendessen, als alle das Vanilleeis ihrer Affogati ausgelöffelt hatten, räumte Gero die leeren Espressotassen zur Seite. Er legte eine fast maßstäbliche 3D-Skizze des Hauses auf den Bistrotisch und berichtete von ihrer erfolgreichen Observierung. Viktors Freundin hatte ihr Geschäft am frühen Nachmittag geschlossen und war durch den Seiteneinlass in den Palazzo gegangen. Kurz darauf hatte sie ein Fenster in dem Appartement direkt über dem Maskenladen geöffnet. Dort schien die Küche zu sein. Sie hatten die Frau in den nächsten Minuten mit verschiedenen Küchenutensilien auf und ab huschen sehen, Viktor aber nicht noch einmal zu Gesicht bekommen.

»Die Wohnung liegt perfekt für unseren Angriff«, resümierte Gero. »Wenn die Bewohner nach draußen fliehen, werden sie vermutlich in Richtung Straße laufen. Das heißt, Rüdiger und ich werden hier unser provisorisches Versteck aufbauen.« Er deutete auf eine Stelle zwischen Eingangstür und Kanal. »Alles Weitere wie besprochen.«

»Dann sollten wir jetzt besser mit den Vorbereitungen beginnen.« Rüdiger winkte dem Kellner.

***

Ina wollte unbedingt mit in die Wohnung gehen, aber da sie schon in der Schule die Geschickteste beim Dosenwerfen und Darten gewesen war, würde sie diejenige sein, die die Bombe durchs offene Fenster warf.

Elli hatte es mit Schmiere stehen ganz gut getroffen. Wahrscheinlich würde sie sich vor Nervosität ihre Fingernägel abkauen, aber jede andere Aufgabe hätte sie vermutlich einem Herzinfarkt nahegebracht.

Es war schon dunkel, als sie wieder bei dem Maskenladen angekommen waren. Nur eine Notbeleuchtung erhellte die Auslage und Elli fröstelte ein wenig. Die Masken mit ihren leeren Augenhöhlen erinnerten an einen Horrorfilm. Für einen Moment fixierte ihr zitternder Blick eine Porzellanpuppe. Doch die glotzte nur unbeweglich vor sich hin und sah nicht so aus, als würde sie sich in ein fleischfressendes Monstrum verwandeln. Elli korrigierte den Sitz ihres Kopftuchs und bezog ihre Position in einer dunklen Häuserecke, in der es muffig nach Abwasser roch.

Dass ihr Plan scheitern musste, war ihr klar, als sie die geschlossenen Fenster erblickte. Für einen kurzen Moment hoffte sie, die ganze Aktion würde damit abgeblasen werden. Doch die als altes Kräuterweib verkleidete Ina stellte ihren Korb zur Seite und las etwas vom Boden auf. Was hatte sie nur vor? Schon folgte eine Wurfbewegung und mit einem klackernden Geräusch hatte ein Kieselstein eine der matt erleuchteten Fensterscheiben getroffen. Hastig nahm Ina ihren Korb wieder auf und schlurfte in ihrem weiten Rock davon. Elli schlug das Herz bis zum Hals.

Die Sekunden verstrichen, ohne dass etwas geschah. Doch dann wurde das Fenster mit einem leisen Quietschen geöffnet und ein Kopf lugte heraus. Sie konnte nicht erkennen, wer es war, weil sie sich noch enger an die Häuserwand gepresst hatte. Wie wollte Ina die Stinkbombe an der Person vorbeiwerfen? In diesem Moment erklang wildes Läuten aus dem Innern der Wohnung. Sie konnte gedämpft auch weiteres Gebimmel hören. Das musste Rüdiger sein. Wahrscheinlich hatte er alle Türglocken am Haus betätigt. Ein genialer Schachzug. So hatte er seinen Klingelstreich doch noch einbauen können. Der Schatten im Fensterrahmen verschwand.

Ina trat aus dem toten Winkel hervor, schwang weit mit dem Arm und warf einen Gegenstand, der hoch durch die Luft genau durchs Fenster flog.

***

»Hoffentlich klappt es«, flüsterte Rüdiger und presste sich den falschen Schnauzer fester auf die Oberlippe.

Er kam sich etwas lächerlich vor in dem Hemd eines Gondoliere. Aber Elli hatte recht, so passte er ganz gut in die Ecke vor dem Kanal. Gero stieß ihn mit einem missbilligenden Zischlaut an, ehe er auf Ina deutete, die ihnen ein Daumen-Hoch-Zeichen machte und sich wieder verdrückte. Als nach ein paar Sekunden noch immer nichts geschah, ging er einen Schritt und drückte das Ohr gegen die Tür. Rüdiger zog ihn gerade rechtzeitig hinter die Palette zurück, die sie vorhin vom Markt hergeschleppt hatten und die ihnen als Versteck diente.

Drei junge Männer in Jogginghosen kamen keuchend aus dem Haus gelaufen, gefolgt von einer Frau in Jeans und T-Shirt.

»*Cazzo!*«, fluchte sie und schaute sich grimmig um.

Sie waren geliefert! Gleich würde sie Gero und ihn hinter dem Holzverschlag entdecken. Der Plan war viel zu riskant gewesen. Sie hätten doch lieber …

Da sprang ein altes Weib mit Kopftuch in die Gasse und rief: »*Avanti, avanti!*« Dazu deutete Elli mit wilden Gesten den gepflasterten Weg hinunter.

Sofort nahmen die vier Hausbewohner die vermeintliche Verfolgung auf. Rüdiger blieb fast das Herz stehen. Das war eindeutig zu knapp gewesen. In diesem Moment stieß Gero ihn an und sie rannten durch den Eingang in den ersten Stock. Das Glück war mit ihnen: Die Wohnungstür stand sperrangelweit offen, doch ein bestialischer Gestank waberte heraus. Gero war natürlich vorbereitet und hatte sich sein Taschentuch wie ein Wild-West-Bandit umgebunden. Rüdiger schluckte tapfer und stürmte dann hinter ihm in die Wohnung.

Ohne lange zu suchen, zückten sie ihre Kameras und fotografierten alles, was ihnen relevant erschien. Rüdiger schwitzte und keuchte. Der Gestank war unerträglich: eine Mischung aus faulen Eiern, Kloake und mindestens zwei Monate alten geschnittenen Zwiebeln.

Gero nahm die erste Tür zur Linken, also ging Rüdiger ins rechte Zimmer. Hier stank es nicht ganz so schlimm. Ein abgetretener Teppich lag auf dunklen knarzenden Dielen, alte Holzmöbel, aber ein schicker Flachbildfernseher zeigte einen englischen Film. Auf dem Couchtisch standen Schüsseln mit Chips und vier mit Rotwein gefüllte Gläser.

Er machte Fotos des Raums und der DVD-Sammlung, sonst war definitiv nichts von Belang. War hier ein guter Platz für die Wanze? Er würde noch ein weiteres Zimmer ansehen. Zurück in den erbärmlich stinkenden Gang und dann ins Bad.

Winzig klein, vollgestopft mit unzähligen Kosmetika und Pflegeutensilien. Hätte er nicht vorhin gesehen, dass das Männer-zu-Frauen-Verhältnis drei zu eins war, hätte er auf das Gegenteil getippt. Er schaute in die Schränke und fotografierte auch hier den Inhalt. Vielleicht war etwas Spannendes dabei: weitere Drogen, Gift, eine geheime Zutat für den Theriak. Man konnte nie wissen. Regel vierzehn besagte: ›Alles ist brauchbar. Indizien können überall sein.‹

Gerade als er die Kamera senkte, kam Gero angelaufen und rief dumpf durch sein Taschentuch. »Fertig?«

Rüdiger zögerte kurz. Sollte er sich noch schnell übergeben? Der Gestank war inzwischen in der ganzen Wohnung verteilt. Irgendetwas hatte er vergessen.

»Komm schon«, drängte sein Freund. »Sie können jederzeit zurückkommen.«

Als die beiden die Treppen hinuntergehastet waren und auf der Straße anlangten, prallten sie auf Ina, die sie sofort wieder durch die Tür schob.

»Schnell!«, rief sie. »Sie kommen zurück!«

Der einzige Ausweg war die kleine Ladeluke zum Kanal, die sie bei ihrem Gondelausflug entdeckt hatten. Ein einfacher Schnappmechanismus hielt sie von innen verschlossen. Auf dem schlüpfrigen Anlegesims war es eng zu dritt. Aber sie schafften es, hinauszukriechen und die Klappe zu schließen, ehe die Hausbewohner zurückgekommen waren.

Rüdiger war speiübel. Zumindest war hier die Luft erträglich. Ihm schwindelte ein wenig.

»Wo ist Elli?«, flüsterte Gero, noch außer Atem.

»Die hat über die Gassen das Weite gesucht. Hätte ja keinen Sinn gemacht, wenn wir alle ins Haus laufen.«

Rüdiger war froh, dass immerhin einem VIER-Mitglied die Flucht gelungen war. »Und jetzt?«, fragte er am Ende seiner Kräfte.

»Regel 15 natürlich: Still sein und totstellen.«

***

Elli überlegte fieberhaft, was sie nun tun konnte. In ihrer Verzweiflung hastete sie in die nächste Seitengasse, bog dann noch einmal ab und presste sich keuchend und mit Seitenstechen an die Wand. Mit rasendem Puls lauschte sie auf Verfolger. Irgendwo tropfte es auf etwas Blechernes. Ein kratzendes Geräusch ließ sie erschauern. Vermutlich eine Ratte, die nach Essbarem suchte. Sich nähernde Schritte vernahm sie nicht. Das war gut für sie, doch wie ging es den anderen? Was, wenn die Viktor-Bande sie entdecken würde? Elli war den Tränen nahe. Was sollte sie nur tun?

Ihr Handy vibrierte.

Sind am Hinterausgang. Hol uns ab!

Ein solcher Befehl konnte nur von Gero stammen. Immerhin vertrieb der Ärger ihre Panik. Sie schnaubte. Nach einer kurzen Überlegung antwortete sie.

Ich laufe zurück und sage euch, wenn die Luft rein ist. Dann könnt ihr kommen.

Sie machte schon Anstalten, ihre Deckung zu verlassen, da vibrierte es erneut.

Geht nicht, wir haben uns ausgesperrt.

Ein Smiley mit verzerrtem Gesicht folgte. Na super! Sie konnte nicht durch die Haustür hinein und ihre Freunde ebenso wenig durch den Hintereingang. Ihr musste etwas anderes einfallen.

***

»So ein Mist«, schimpfte Ina. »Wieso hast du die Luke zuschnappen lassen?«

»Ein Patt«, stellte Gero statt einer Antwort lapidar fest. »Wir haben zwei Möglichkeiten: schwimmen oder warten.«

Rüdiger warf einen abschätzigen Blick in das trübe Wasser, das nur wenige Zentimeter unter ihnen gluckerte. »Dann lieber warten.«

»Meinst du, wir können hier entlangklettern?« Ina prüfte

die Wand mit den Fingern. Sie sprach zwar keinen von ihnen direkt an, doch automatisch antwortete Gero.

»Da kannst du genauso gut gleich in den Kanal springen. Das klappt nie im Leben.«

»Hoffentlich überlegen es sich die vier nicht noch einmal anders und schauen hier nach.« Ina erinnerte sich unwillkürlich an ihre Zeit in Nicaragua, als sie sich vor einer Gruppe Rebellen versteckt und stundenlang in einer Baracke ausgeharrt hatte in der ständigen Angst, von einem plötzlichen Kugelhagel getroffen zu werden. Sie versuchte den Gedanken beiseitezuschieben.

»Unwahrscheinlich. Die sind sicherlich damit beschäftigt, den Gestank aus der Bude zu bekommen«, vermutete Rüdiger.

Also warteten sie. Allmählich wurde es Ina kühl. Bis auf den Mond, der sich neben dem Schein einer Lampe von einer nahe gelegenen Brücke glitzernd im Wasser spiegelte, gab es kein Licht. Klamme Feuchtigkeit begann an ihr hochzukriechen. Immer wieder schwappte das Nass über ihre Schuhe und drang langsam, aber sicher durch die Nähte. Gero stellte sich auf die Zehenspitzen, während er auf seinem Handy tippte. Das konnte doch nicht wahr sein. Sie waren hier gestrandet und der Kerl sorgte sich um seine Latschen?

Ein rhythmisches Geräusch ließ sie herumfahren. Zwei Schatten schlenderten langsam über die Brücke. Ein Liebespaar? Sollte sie vielleicht um Hilfe rufen? Sie biss sich auf die Lippen. Da waren die beiden auch schon verschwunden, die Chance vertan.

Schließlich passierten mehrere Dinge gleichzeitig. Rüdiger rief viel zu laut: »Also ich schreibe jetzt noch einmal Elli!« und im selben Moment wurde mit einem Knirschen über ihnen ein Fenster geöffnet.

»Hey«, schallte es von oben, *»cosa stai facendo lì?«*

Sie waren entdeckt. Unheilvolle Flüche ertönten und Ina hörte ein anschwellendes Poltern von Schritten durch die geschlossene Tür. Es waren mindestens zwei Personen.

Rüdiger reagierte so geistesgegenwärtig wie damals im Lift auf dem Kreuzfahrtschiff. Er holte sein teures Stativ aus dem Rucksack, zog dessen Teleskopbeine auseinander und fädelte das Gestänge durch den eisernen Ring der Ladeluke, sodass sie sich auch von innen nicht mehr öffnen ließ. Dabei stieß er Ina an, die prompt das Gleichgewicht verlor. Geros Arme schossen blitzschnell nach vorn und bewahrten sie im letzten Moment vor dem Fallen.

»Danke«, keuchte sie.

Das Stativ klapperte, als die Klinke hinuntergedrückt wurde. Wilde Rufe und harte Schläge gegen das Holz folgten. Da erklang noch ein anderes Geräusch.

Aufgeregt erkannte Ina ein Motorboot, das sich auf dem Kanal näherte. Das Klopfen verstummte. Als das Boot nur noch knapp dreißig Meter entfernt war, hörte sie weitere Laute hinter sich. Nun klarer, nicht gedämpft durch eine massive Tür. Sie blickte über die Schulter. Einer der Männer hatte sich um die Ecke des Hauses gebeugt und sah ihr direkt ins Gesicht. Viktor. Hoffentlich konnte er sie im fahlen Licht nicht erkennen.

Im selben Moment kam das Boot an und Elli rief: »Los, springt an Bord!«

Das ließ Ina sich nicht zweimal sagen. Rasch bestieg sie das schaukelnde Gefährt, dicht gefolgt von Gero. Rüdiger machte sich noch an dem Stativ zu schaffen. »Nun komm schon!«, schrie sie ihn an.

Zwei Sekunden später hatte er es losgerüttelt und war mit einem Satz an Deck gesprungen, wo er der Länge nach hinschlug. Ein grimmig dreinblickender bärtiger Mann legte den Rückwärtsgang ein und bugsierte das Boot langsam wieder aus dem Kanal.

Viktor rief ihnen noch etwas hinterher, doch er konnte sie nicht mehr aufhalten.

***

»Danke, danke, danke, Elli!«

Rüdigers Worte schienen aus tiefstem Herzen zu kommen und Elli lächelte ihn an. »Bedank dich lieber bei Gero. Er hat mir per Messenger den Tipp mit dem Wassertaxi gegeben.«

Gero zuckte nur die Achseln.

»Ihr zwei seid ein klasse Team«, sagte Ina freudig. »Das war wirklich knapp.«

Sie saßen auf recht harten Sitzbänken in der Bootskajüte und fuhren in gemächlichem Tempo durch den Canal Grande. Gero hatte dem Fahrer eine Stelle nördlich der Rialtobrücke genannt. Ina hatte protestiert, weil das mindestens einen Kilometer von ihrem Hotel entfernt lag, doch er hatte darauf bestanden, keine Spur zu ihrem Aufenthaltsort zu hinterlassen.

»Hat die ganze Aktion denn etwas gebracht? Habt ihr die Unterlagen gefunden?«, fragte Elli mit einem Mal. Sie hatte sich mittlerweile von ihrem Schreck erholt.

Rüdiger seufzte. »Bei mir leider nicht. Im Wohnzimmer war auch sonst nichts Spannendes. Außer wir entdecken in der DVD-Sammlung zufällig ein Lehrvideo übers Theriak-Brauen. Ich habe aber ein Foto vom Medikamentenschrank gemacht. Vielleicht ist dort ein Hinweis drauf.«

***

Eine Dreiviertelstunde später, es war bereits nach dreiundzwanzig Uhr, trafen sie sich wieder im Hotelzimmer der Frauen. Ina hatte von irgendwoher eine Flasche Wein und Gläser gezaubert, Elli das Tischchen abgewischt und mit ein paar bunten Taschentüchern einigermaßen wohnlich hergerichtet.

Rüdiger setzte sich zu Elli aufs Bett, während Gero und Ina die beiden einzigen Stühle des Raums nahmen.

»Auf ein weiteres Abenteuer. Wir haben zwar noch keine Dokumente gefunden, aber immerhin sind wir nicht geschnappt worden.« Ina prostete den dreien zu, die ihren Toast erwiderten.

Gero hob seine mitgebrachte Wasserflasche. Dann kam er

zur Sache. »Ich habe Rüdigers und meine Fotos schon auf das Tablet kopiert. Dann haben wir ein größeres Bild und können zusammen unser Material sichten.«

»Auf euch ist eben Verlass! Und mit der Wanze werden wir auch noch hören, was die vier reden«, sagte Ina begeistert.

»Ach du Schande!« Rüdiger war eine Spur bleicher geworden und zog mit starrer Miene einen winzigen Gegenstand aus seiner Hosentasche.

Es folgte eine Schimpftirade von Gero, ärgerliches Schweigen von Ina und aufmunternde Worte von Elli. Schließlich könne jeder im Eifer des Gefechts mal etwas vergessen. Rüdiger fühlte sich elend. So viel Arbeit war in die Vorbereitung geflossen und er hatte es vermasselt.

Gero wollte aber nicht so schnell aufgeben. »Wir könnten zurückgehen und du wirfst die Wanze durchs Fenster, Ina. Dazu müssten wir nicht in die Wohnung und …«

»Unsinn! Wir können von Glück reden, einmal mit heiler Haut davongekommen zu sein. Mal ehrlich: Diesen Teil haben wir vergeigt. Keine Dokumente und kein Abhören.« Ina seufzte. »Lasst uns sehen, was wir aus den Fotos herausholen können.« Ihre Stimme klang alles andere als hoffnungsvoll.

Gero erklärte den Grundriss ihres Zielobjekts: Wohnzimmer, Küche, Bad plus zwei Schlafzimmer. Er hatte ohne Mühe das von Viktor gefunden, weil dort eine zusätzliche Matratze auf dem Boden lag, auf der eine Reisetasche stand.

»Ich muss euch enttäuschen. Unsere Dokumente waren nicht da. Entdeckt habe ich neben Klamotten nur einen Reiseführer von Venedig, zwei leere Kunststoffbehälter, einen Roman von Goran Vojnović, drei …«

Ina unterbrach sein Ich-packe-meinen-Koffer-Spiel. »Auf diesem Foto ist noch ein Stadtplan von Venedig zu erkennen. Hat da nicht jemand etwas draufgeschrieben?«

»Dazu wollte ich noch kommen«, entgegnete Gero mürrisch. Er öffnete eine Detailaufnahme der Karte. Mehrere Kreise waren eingezeichnet.

»Also hier oben ist der Maskenladen«, stellte Elli sofort fest. »Und das ist der Markusplatz. Der Pfeil zeigt auf ...«

»... den Campanile!«, vollendete Ina. »Meint ihr, dort wird das nächste Opfer stattfinden?«

»Das ist zumindest der höchste Punkt Venedigs. Passt zum Turm von Celje. Vermutlich ist da oben die *kosmische Energie* am stärksten.« Nur Gero schaffte es, Wörter vor Sarkasmus triefen zu lassen.

»*Perfetto!* Dann brauchen wir uns bloß in der Nähe zu verstecken und abzuwarten, bis Viktor auftaucht.« Für Elli schien der Fall klar. »Er hat bestimmt die Dokumente dabei, wenn da das Rezept für den Zaubertrank drinsteht.«

»Aber Elli, er wird es längt abfotografiert haben.«

»Einen Versuch ist es wert. Wir können ihm auch die Polizei auf den Pelz hetzen.«

Ina winkte ab. »Das würde sicher nach hinten losgehen. Am Ende werden wir verhaftet wegen Hausfriedensbruch, groben Unfug oder Belästigung. Ich fürchte, die Carabinieri sind gerade mehr Gefahr für uns als für den Studenten. Wir bleiben an Viktor dran und lauern ihm auf, wenn er den Theriak braut.«

»Moment, er muss erst noch das passende Gefäß an sich bringen. Und schaut mal, hier ist ein weiterer Kreis.« Rüdiger deutete auf den Rand des Bildschirms und verschob die Karte mit den Fingern. »Was steht dort? *La Fenice.* Das ist doch das Theater.«

Ina horchte auf. »Das heißt übersetzt ›der Phönix‹! Der Vogel aus der Asche. Wieso ist uns das nicht eher aufgefallen? Einen besseren Bezug zu den Verbrennungen werden wir nicht finden! Aber was denn nun? Campanile oder La Fenice?«

»Wartet ab, vielleicht haben wir noch mehr.« Gero wischte ein paar Bilder weiter. Ein unscharfes Foto eines Posters oder Flyers war zu sehen. Gero änderte einige Einstellungen und das Bild wurde klarer.

INVITO – BALLO IN MASCHERA
per il 666° anniversario della peste:
Esposizione di dispositivi medici medievali
Biglietti limitati

Ina übersetzte: »Das ist eine Einladung zu einem Maskenball morgen Abend im La Fenice anlässlich des sechshundertsechsundsechzigjährigen Jubiläums der Pest in Venedig. Wie makaber!«

»Das ist die Zahl des Teufels. Das hört sich wirklich böse an.« Elli war nicht begeistert.

»666, the number of the beast«, zitierte Rüdiger. Natürlich kannte keiner außer ihm den Song von Iron Maiden.

»Lies mal weiter«, bat Gero.

»Eine Ausstellung mit Originalgegenständen: mittelalterliche Operationswerkzeuge, medizinische Geräte und … ein original Theriak-Gefäß.« Ina blickte triumphierend zu Rüdiger. »Jetzt wissen wir, wo Viktor es stehlen wird.«

»Gute Arbeit«, lobte Elli. »Trotzdem klingt die ganze Sache immer noch gruselig für mich. Außerdem haben Rüdiger und ich gestern gesehen, dass der Maskenball ausverkauft ist. Wir werden also nicht hineinkommen.«

»Irrtum«, rief Gero lächelnd, griff in die Tasche seines Sakkos und warf vier Karten auf den Tisch. »Die habe ich zufällig neben dem Flyer gefunden und mir gedacht, dass wir sie viel besser brauchen können als Viktor und seine Leute.«

»Du bist phänomenal«, schrie Ina und fiel Gero um den Hals.

»Jetzt wird es richtig spannend!«, rief Rüdiger.

»Und gefährlich«, komplettierte Elli. »Wir haben nicht nur Hausfriedensbruch begangen, sondern auch einen Diebstahl. Wenn wir nicht aufpassen, hängen bald überall Fahndungsplakate von uns.«

»Der Zweck …«, begann Gero.

»… heiligt die Mittel, ich weiß schon, dass das deine Meinung ist. Ich fühle mich trotzdem unwohl.«

Rüdiger nickte ihr aufmunternd zu. »Ich verstehe dich. Aber immerhin war Viktor es, der zuerst die Dokumente gestohlen hat. Wir holen nur das rechtmäßige Eigentum des slowenischen Staates zurück. Und wir stellen Andreas' Reputation wieder her.«

»Stimmt schon«, meinte Ina. »Aber die Polizei können wir jetzt trotzdem definitiv nicht mehr einschalten. Also sind wir auf uns allein gestellt. Und dabei waren wir schon immer am besten!«

***

Gero hatte selbstverständlich nicht vor, den nächsten Tag ungenutzt zu lassen.

Sie hatten gestern noch lange diskutiert. Elli hatte bemerkt, dass Viktor und seine Freunde nun ohne Tickets waren und sie ihn so nicht auf frischer Tat schnappen konnten. Aber immerhin war es auch ein Erfolg, wenn Viktor auf diese Weise das Gefäß nicht in die Hände bekam. Ina wiederum war überzeugt, dass Viktor neue Karten besorgen würde. Das war vermutlich nur eine Frage des Preises.

Während der Rest des Teams losgezogen war, um ihre Ausstattung für den Abend zu organisieren, wollte Gero weitere Informationen einholen. Er begann am Campanile. Wenn hier wirklich eine Opferung stattfinden sollte, dann musste Viktor allein oder mit seinen Kumpels irgendwie hinaufgelangen. Wahrscheinlich nachts. Tagsüber war der Turm von Touristen umschwärmt wie ein vom Baum gefallener Apfel von Ameisen.

Gero umrundete das Bauwerk ein paarmal. Es gab lediglich zwei Türen: den Haupteingang sowie eine kleine Öffnung in der Seitenmauer mit der Aufschrift: *Privileged Entry*. Perfekt! Jetzt brauchte er nur noch jemanden finden, der ihn bei Dunkelheit hineinließ. Kurzerhand ging er zur nächstgelegenen Touristeninformation am Markusplatz.

In der halben Stunde Wartezeit hatte er sämtliche herumliegenden Informationsbroschüren gelesen und begonnen, die interessanteste auswendig zu lernen.

Eine junge blonde Frau lächelte ihn freundlich an, als er an der Reihe war.

»Ich bin Fotograf aus Deutschland und würde gerne den Campanile bei Nacht besteigen. An wen kann ich mich da wenden?« Er fragte gar nicht erst, ob es überhaupt erlaubt sei.

Die Frau schüttelte den Kopf. »Tut mir leid, das ist nicht möglich. Aber wir haben im Sommer bis einundzwanzig Uhr geöffnet. Da können Sie zumindest den Sonnenuntergang von oben genießen.«

»Nein, ich möchte gegen Mitternacht hinauf. Wissen Sie, es finden gerade wieder Meteorschauer statt und mein Traum wäre es, dort oben ein Bild von einer Sternschnuppe vor den Dächern Venedigs zu machen.« Er bemühte sich, verklärt zu lächeln.

»Das ist eine schöne Idee, aber wie ich bereits sagte: Es ist leider nicht möglich.«

»Gibt es keinen Wächter, der mich durch die Seitentür hineinlassen könnte? Selbstverständlich zahle ich auch ein großzügiges Eintrittsgeld.«

Allmählich wurde die Angestellte ungeduldig. »Bitte akzeptieren Sie meine Aussage. Es wird Ihnen niemand den Turm aufsperren, da eine Nachtbesteigung verboten ist. Viel zu gefährlich. Wenn Sie keine weiteren Fragen haben – die Schlange hinter Ihnen ist noch lang.« Damit wandte sie sich dem nächsten Wartenden zu.

Gero war zerknirscht, versuchte die Abfuhr dennoch positiv zu sehen. Auch Viktor würde nicht ohne Weiteres auf den Campanile gelangen. Aber vielleicht hatten seine Freunde Beziehungen und kannten jemanden, der den zweiten Eingang öffnete?

Er nahm sein Notizbuch zur Hand. Als nächstes war der Turm des Palazzo Contarini del Bovolo mit seiner einzigartigen Wendeltreppe an der Reihe.

***

Elli hatte entschieden, dass sie eine Verkleidung für den Maskenball brauchten. Zu gerne hätte sie allen authentische Kostüme genäht, aber mangels Zeit mussten venezianische Masken ausreichen. Also machte sie sich mit Rüdiger im Schlepptau zu einem Laden auf, der ihr bei der Recherche gut gefallen hatte. Systematisch begutachtete sie jedes Stück in dem großen Geschäft und hatte nach einer knappen Stunde die Auswahl auf wenige Masken eingegrenzt.

»Kwalle. Jetzt kommt der Endspurt. Hör auf zu gähnen, ich bin ja gleich fertig. Soll ich«, sie zog die Teile nacheinander auf, »mir eine Colombina kaufen oder … eine Harlekinhalbmaske oder … eine Maske mit Federschmuck?« Ganz selbstverständlich verwendete sie die Fachbegriffe, die sie vom Verkäufer gerade gelernt hatte.

Ina schrieb eine Nachricht, was Rüdiger einen Moment zum Nachdenken gab.

Treffen uns in 30 min an diesen Koordinaten. Es folgten GPS-Daten.

Elli knuffte ihn. »Und?«

Rüdiger wedelte hilflos mit den Armen. »Mir gefallen sie alle. Welche ist denn dein Favorit?«

»Männer!«, stieß sie hervor, griff sich energisch die Harlekinmaske. Dann entschied sie eben alleine, welche Prachtstücke Ina, Rüdiger und Gero tragen würden.

Als sie an der Kasse anstand, entdeckte sie an einem Aufsteller schicke Ledercolombinas für Männer. Kurz entschlossen nahm sie eine für Andreas mit. Damit würde er bestimmt wie Antonio Banderas als Zorro ausschauen.

***

Zehn Minuten über der vereinbarten Zeit begann Gero allmählich mit den Füßen zu scharren. Nach weiteren fünf Umdrehungen des Sekundenzeigers ging er auf und ab. Ina lehnte in der Zwischenzeit im Schatten einer Hauswand und schaute dem gemütlichen Treiben vor ihr zu.

Sie liebte Venedig, diese einmalige Kombination aus Geschichte und Wasser, die italienische Lebensart, die man abseits der Touristenströme noch spüren konnte, und natürlich das südländische Essen. Sie musste zu Hause bald mal wieder Spaghetti alle Vongole kochen.

»Gero, das macht mich nervös. Vom Herumlaufen sind sie auch nicht schneller hier!«

Er setzte gerade zu einer Antwort an, als die beiden anderen um die Ecke geschlendert kamen.

»Hallo«, rief Rüdiger gut gelaunt und wandte sich vorsichtshalber gleich an Ina. »Wir haben die Fahrzeit mit dem Vaporetto unterschätzt. Die Linie 1 hält ja wirklich überall.«

Gero schnalzte mit der Zunge. »Wenn ihr die 2 genommen hättet …«

»Genug!«, ging Ina dazwischen. »Jetzt sind wir schließlich alle hier. Und das ist gut so, denn ich habe eine kleine Überraschung für euch.«

Sie führte sie noch zwei Gässchen weiter und blieb vor einem Geschäft mit breiten Schaufenstern stehen.

»Das nennst du eine ›kleine Überraschung‹?« Elli war ganz aus dem Häuschen. »Das ist … das ist …« Sie rang nach Worten.

»… genau, was wir brauchen«, vollendete Ina den Satz ihrer Freundin.

Als sie den Laden des Kostümverleihs betraten, kam ihnen sogleich ein sympathischer junger Mann mit ausgebreiteten Armen entgegen.

»Ina, *cara amica.* Schön disch zu sehen!«

»Giovanni, danke, dass du dir extra für uns Zeit nimmst.« Ina hatte ihn vor ein paar Jahren bei den Recherchen zu einem Kunstraub kennengelernt.

»Ach, keine Problem. Ihr brauchte alle vier Kostume? *Bene.* Ihr werdet machen Augen.« Er strahlte übers ganze Gesicht und führte sie in einen weiteren Raum. »Hier haben wir die richtig guten *costumi.* Schaut euch gerne um.«

Während Elli begeistert mit Ina die großartigen Kostüme betrachtete und ehrfürchtig über die kostbaren Stoffe strich, wandte sich Giovanni an die Herren.

»*Signori,* ich glaube, die Damen sind eine Weile beschäftigt, wenn Sie mir bitte folgen mochten.«

***

Der Männerbereich war deutlich kleiner. Giovanni erklärte ihnen konzentriert die Unterschiede der einzelnen Gewänder. »Wir haben hier die *Commedia dell'arte,* also Theaterkostume, dann historische *costumi* und hier sehr besondere wie aus dem siebten Jahrhundert. Wenn Sie wollen etwas ganz Spezielle, haben wir auch *fantasia.*«

Gero hatte sich sofort zu einer Militäruniform gestellt, die aus einem schwarzen Frack aus Gabardinestoff bestand und einer roten Wollhose mit Goldbesatz. Ein dunkles Seidenhemd, passende Handschuhe und eine Halbmaske komplettierten das Kostüm.

»Ich habe mich entschieden«, verkündete er.

»Ah, Herr Gero, Ina hatte sich schon etwas fur Sie ausgesucht. Sie hatte gesagt, dasse musse sein einfache Kostume, weil Sie keine Geld in Ihre Beutel mehr haben.« Er führte ihn zu einem gebrochen weißen Gewand mit langen Ärmeln und Hosenbeinen, die dunkelgrüne Streifen zierten. Auf dem Kopf trug die Gestalt eine Art Schlapphut.

»Das ist ein Clown!«, entfuhr es Gero.

Giovanni zuckte einen Moment zusammen. »Herr Gero, dasse ist *Brighella.*« Er machte eine fast verzweifelte Geste mit den Händen. »Es ist eine der *Zanni,* der Diener. Eine raffinierte Mensch. So wie Sie!«

»Perfekt«, beschloss Rüdiger. »Vielleicht haben die auch noch eine bunte Tröte für dich, das würde das Kostüm komplettieren.«

Mit dem Blick, den Gero ihm zuwarf, hätte man ein Glas Wasser in Eiswürfel verwandeln können.

***

Elli war im siebten Himmel. Sie probierte ein halbes Dutzend Gewänder an und fand sich in einem unwiderstehlicher als im anderen.

»Wenn du dich nicht jede Stunde umziehen möchtest, wirst du dich leider auf eines festlegen müssen.« Ina lachte.

Elli, die gerade ein ausladendes türkisfarbenes Kleid trug, jammerte: »Ich konnte mich doch schon bei der Maske nicht entscheiden.«

»Na, dann nehmen wir einfach das Kleid, das am besten zu dem guten Stück passt. Zeig mal her!«

Rüdiger stieß zu ihnen. »Ihr werdet Augen machen, was ich mir ausgesucht habe.«

»Ich bin schon sehr gespannt. Und wie gefällt dir dein Kostüm, Gero?«

»Ich hoffe, jetzt sind wir endlich quitt. Vielleicht hätte ich dir doch einfach eine neue Jacke kaufen sollen.«

»Aber Gero, Giovanni wollte uns in dieser prekären finanziellen Lage nur entgegenkommen, nicht wahr?« Sie wandte sich an den Verkäufer, der ein unschuldiges Gesicht machte.

»*Sì,* da konnte isch nix tun.« Er hob die Hände in einer entschuldigenden Geste.

Zehn Minuten später verließen sie den Laden, jeder mit einer großen Einkaufstasche.

***

»Der Maskenball beginnt in drei Stunden«, startete Gero den Countdown auf dem Heimweg. »Wir sollten spätestens in sechzig Minuten vor Ort sein. Wir wissen ja nicht, ob und wann Viktor zuschlägt, um das Theriak-Gefäß zu stehlen. Die möglichen Fluchtwege habe ich heute Morgen bereits eruiert und würde euch gerne die örtlichen …«

»Gero, fängst du schon wieder an?«, schalt Ina ihn. »Wir ziehen uns in Ruhe um, schminken uns und brechen dann auf. Viktor wird auch nicht vor Beginn hineinkönnen.«

Als die anderen ihr murmelnd zustimmten, gab er sich geschlagen. »Wir haben aber noch ein kleines Problem zu lösen.«

›Kleines Problem.‹ Wenn Gero schon so redete, war es sicherlich eher vergleichbar mit dem Heben eines Elefanten mit bloßen Händen.

Rüdiger schaute alarmiert, als Ina fragte: »Was stimmt denn nicht?«

Gero nahm ein Ticket aus dem Sakko und drehte es um. »Die Karten sind nummeriert und mit einem Barcode versehen. Wenn Viktor nur ein kleines bisschen Verstand hat – und davon ist eindeutig auszugehen –, dann wird er die Tickets als gestohlen gemeldet haben, und wir fliegen beim Eintreten auf.«

Elli sog hörbar die Luft ein. »Ich habe es gewusst. Wir sollten sofort wieder heimfahren!«

»Wären es lediglich die Nummern, hätte ich sie sauber mit Tusche übermalt, aber einen QR-Code zu fälschen, ist zu aufwendig.«

»Und du hast auch schon einen Plan«, sagte Ina hoffnungsvoll.

»Selbstverständlich. Hat mich einige schlaflose Stunden gekostet.«

»Weil uns zu fragen selbstverständlich nicht infrage gekommen wäre. Ich dachte, das Thema mit den Alleingängen sei durch.« Rüdiger klang sauer.

Gero ging nicht weiter darauf ein. »Die einzige Möglichkeit ist, sie gegen andere echte Tickets auszutauschen. Ich habe bereits für jeden ein Szenario erarbeitet, weil wir nicht zweimal denselben Trick verwenden können.« Er wandte sich an Ina. »Du wirst Austauschtrick Nummer vier benutzen.«

Sie schnitt eine Grimasse und hob in einer hilflosen Geste die Hände.

»Aber Ina, ich hatte gehofft …« Er seufzte. »Austauschtrick Nummer vier besteht aus vier Zügen: Zielperson mit Tasche identifizieren, Tasche hinunterwerfen, beim Einsammeln der Gegenstände helfen, Zielobjekt austauschen. Bei Punkt eins können wir dich unterstützen, wenn du es alleine nicht schaffst.«

Er drehte sich zu Rüdiger. »Für dich habe ich …« Weiter kam er nicht.

»Gero, halt mal die Luft an!« Da dieser plötzliche Ausruf von Elli kam, hielt er tatsächlich verblüfft inne. Elli war ziemlich aufgeregt. Es passierte nicht oft, dass sie Gero widersprach. »Du siehst den Wald vor lauter Bäumen nicht. Ich habe eine andere Idee … auch wenn ich dafür ganz schön Abstriche machen muss.« Sie verzog wehmütig das Gesicht. »Schaut, wir haben doch diese VIP-Karten inklusive Abendessen. Was wäre, wenn wir sie einfach gegen reguläre Tickets tauschen? Da finden wir sicherlich jemanden, der daran Interesse hat.«

Gero blickte sie an, als hätte er eine Gondel mit Außenborder gesehen. »Ja, dann …«

»Genialer Plan«, rief Rüdiger und Ina klopfte ihr auf die Schulter. »Gero wird dich dafür sicherlich entschädigen und zu einem fürstlichen Dinner einladen. Erfahrung damit hat er jetzt schließlich.«

»Von mir aus. Dann müssen wir nun nur noch herausfinden, welche Kostüme Viktor und seine Begleiter tragen. Und dazu brauchen wir einen Freiwilligen, der vor ihrer Tür wartet. Die Qualität dieser mickrigen Kameras reicht mir dafür nicht.«

***

Rüdiger saß auf einem Poller im Schatten einer Häuserecke. Von hier hatte er sowohl den Haupteingang des Maskenladens als auch die Tür an der Seite im Auge. Um nicht durch Herumlungern aufzufallen, hatte er sich einen Block und ein paar Bleistifte besorgt und skizzierte mit leichten Strichen die Kirche auf dem gegenüberliegenden Ufer. Er wusste gar nicht mehr, wann er das letzte Mal gezeichnet hatte. Anfangs fielen ihm die geschmeidigen Bewegungen schwer, die er früher so gut beherrscht hatte, doch mit der Zeit ging es ihm immer flüssiger von der Hand.

Als er eine halbwegs brauchbare Skizze angefertigt hatte, riss er lächelnd das oberste Blatt ab und begann von Neuem.

Der zweite Entwurf glückte ihm schon besser und beim dritten benutzte er zusätzlich einen weicheren Stift, um den Schatten mehr Tiefe zu verleihen.

Er war so versunken in seine Tätigkeit und auf halbem Weg durch das vierte Bild, als er beim Aufblicken die Vierergruppe aus der Nebentür kommen sah. Verflixt, vor lauter Malen hätte er sie fast verpasst!

Viktor war es offenbar tatsächlich gelungen, noch einmal Tickets zu besorgen. Hektisch zog Rüdiger seine Kamera hervor. Mithilfe seines Zoomobjektivs schoss er ein hochaufgelöstes Bild. Damit würde selbst Gero zufrieden sein.

Da die Kumpane sich ganz unterschiedlich verkleidet hatten, war es nicht schwer, sie auseinanderzuhalten und auf dem Fest wiederzuerkennen. Wie gut, dass sie ihre Masken noch nicht aufgesetzt hatten! Damit wussten sie, in welcher Verkleidung der Slowene steckte und wie der Rest der Bande aussah. Viktor trug zu seinem schwarz-weiß karierten Harlekinkostüm eine Art Hut mit zwei herunterhängenden Hörnern. Die junge Frau war schon ein anderes Kaliber. In ihrem am Oberkörper eng anliegenden rosa-gelben Kleid mit Reifrock sah sie umwerfend aus. Die weiß-goldene Maske ließ sie wie eine Porzellanpuppe erscheinen. Sie war von einer kühlen Attraktivität, die ihn an eine Geisha erinnerte. Nur schwer konnte er den Blick von ihr abwenden.

Einer der Italiener steckte im altmodischen Brokatgewand eines venezianischen Dogen. Elli hätte dafür vermutlich einen

Namen gehabt und ganz genau erklären können, um welche Art Stoff es sich handelte, und die Epoche benannt, aus der das Kostüm stammte. Der Letzte allerdings war an der langen schnabelförmigen Gesichtsmaske auch für Rüdiger unschwer als Pestarzt zu erkennen. Ein breitkrempiger Hut und ein schwarzer Mantel komplettierten das Gewand.

Rüdiger schickte den anderen das Foto samt Codenamen ›Harlekin‹, ›Goldfee‹, ›Doge‹ und ›Pestarzt‹ per WhatsApp. Damit war seine Aufgabe erledigt. Einen Augenblick überlegte er, ob es nicht schlauer wäre, ihnen bis zu ihrem Ziel zu folgen, falls sie wider Erwarten nicht zum Theater gingen. Doch Viktor sah sich auffallend oft um und ohne Verkleidung würde Rüdiger nicht an der Aktion im La Fenice teilnehmen können. Er lief zurück ins Hotel, um sich umzuziehen.

***

Die Sonne stand schon tief am Himmel, als sich Gero, Ina und Elli zum Teatro La Fenice begaben, drei Gestalten in prächtigen Kostümen, die die Blicke der Touristen auf sich zogen. Etliche Leute zückten ihre Kameras, was Gero äußerst missfiel. Aber immerhin verdeckten die Masken ihre Gesichter. Das Austauschen der Karten war ohne Probleme verlaufen, man hatte ihnen die VIP-Tickets fast aus der Hand gerissen. Selbst wenn sich jemand an ihre Gewänder erinnerte, so wusste doch niemand, wer unter der Maskierung verborgen war.

»Jeder weiß, was zu tun ist?«, fragte Gero noch einmal, obwohl er ihnen den Plan schon mindestens fünfmal erzählt hatte. Eine seltsame Nervosität hatte offensichtlich von ihm Besitz ergriffen.

Das Gelände rund um das Theater war abgesperrt und Schaulustige drängten sich an den Gittern, um einen Blick auf die dahinter flanierenden Maskierten zu erhaschen. Gero zeigte ihre Eintrittskarten vor.

Der Uniformierte hatte ein tragbares Gerät dabei, mit dem er die Tickets der Reihe nach scannte. Ina war erleichtert, als dreimal ein grünes Licht leuchtete und ein heller Piepton erklang. Sie bekamen einen Stempel auf den Handrücken, mit dem sie die Veranstaltung jederzeit verlassen und wieder betreten konnten. Rüdigers Ticket hinterlegten sie am Einlass und gingen dann die Stufen zum Theater hinauf.

Ein Kellner in rotem Gewand und weißer Perücke bot Ina einen Aperitif an, den sie gern nahm.

»Ich finde es herrlich«, schwärmte Elli. »Schaut euch all die Kostüme an. Da ist ja eines schöner als das andere!«

Ina trat zu Gero. »Alles in Ordnung? Du wirkst so angespannt.«

»Irgendetwas liegt in der Luft, ich kann es aber noch nicht greifen.« Er schüttelte den Kopf. »Lass uns das Theriak-Gefäß suchen, vielleicht geht es mir dann besser. Ich hoffe, dass wir uns nicht geirrt haben und Viktor wirklich auftaucht. Hätten wir nur ein bisschen mehr Zeit gehabt!«

Geschlossen steuerten sie auf den imposanten Säuleneingang des Theaters zu. Vom Balkon hingen lange rote Banner hinab, die die Ausstellung ankündigten. Inas Blick fiel auf die in großen Lettern geschriebene Jahreszahl knapp unter dem Flachdach: *MDCCXCII*. Sie versuchte gerade, die römische Zahl zu entziffern, als Gero ihr die Antwort schon vorsagte: »1792, das Fertigstellungsjahr. 1774 ist nämlich das vorher dort befindliche Teatro San Benedetto komplett niedergebrannt. Daher auch die Anspielung auf den Feuervogel.«

Unter dem goldenen Phönix hindurch traten sie mit etlichen anderen Verkleideten ins Innere des Gebäudes. Das war nicht weniger prachtvoll: kostbare Teppiche auf Marmorböden, alte Ölgemälde an den Wänden und eine zweigeteilte breite Treppe, die in die oberen Etagen führte.

Längs des Wegs waren lange Tische mit perfekt gebügelten weißen Decken aufgebaut, auf denen Gläser mit prickelndem Sekt standen. Während sich Elli und Ina je ein Glas nahmen, hob Gero seine Maske leicht an und fragte einen der umstehenden Sicherheitsbeamten auf Englisch nach dem Theriak-Gefäß.

Ina merkte schnell, dass der Angesprochene ihn nicht verstand, und eilte zu Hilfe. »*Teriaca*«, sagte sie nur und der Mann machte eine Handbewegung über seine Schulter und antwortete: »*Sala Apollinea.*«

Ina nickte und zog Gero mit sich. »Schon kapiert«, sagte er und schüttelte sie ab. »Der Saal ist im ersten Stock.«

Sie stiegen über eine mit rotem Samt bedeckte Marmortreppe nach oben. Zwei Wachmänner blockierten die Tür zum Ausstellungsraum, die mit einer rot-goldenen Kordel abgesperrt war.

***

Gero war zwiegespalten. Einerseits würden die Wachleute für Viktor eine Hürde darstellen, andererseits konnten auch die VIER nicht frei agieren. Er ging bis auf eine höfliche Distanz heran und versuchte, an den Männern vorbei in den Raum zu blicken.

Etwa ein Dutzend Tische waren unregelmäßig verteilt worden. Das zentral platzierte blau-weiße Theriak-Gefäß machte Gero sofort aus. Er runzelte die Stirn. Wie um alles in der Welt wollte Viktor es an sich bringen?

***

Ina drängte die anderen, wieder nach unten zu gehen. Sie wollte nicht unnötig auffallen. Also steuerten sie den großen Zuschauerraum an, wo Häppchen und Getränke bereitstanden. Der Anblick war überwältigend: Das riesige Oval zog sich über fünf Etagen zur himmelsgleichen türkisfarbenen Decke nach oben, in deren Mitte ein riesiger Kronleuchter erstrahlte. Die Ränge beherbergten eine Vielzahl von einzelnen Logen, die mit goldumrankten Bildern und Zeichnungen prunkvoll verziert und von hunderten Lampen hell erleuchtet waren. Übertrumpft wurden diese noch von der prächtigen und schmuckbeladenen Königsloge über dem Hauptzugang.

Von dort hatte man sicherlich einen wunderbaren Blick auf die Bühne, die mit einem schweren Vorhang verschlossen war. Hier sollte später ein Konzert stattfinden.

Die Bestuhlung auf dem Parkett war entfernt worden, wie es für einen Maskenball üblich war, nur Buchstaben auf dem Boden deuteten die einzelnen Reihen an. Die Menschen warteten schon zu Dutzenden im Raum, der Geräuschpegel war entsprechend hoch.

»Früher haben Musikveranstaltungen auch oft im Stehen stattgefunden. Das ist sehr passend umgesetzt«, erklärte Gero, ohne dass es jemanden interessierte.

Inas Handy vibrierte: Rüdiger hatte ein Foto der Verdächtigen geschickt. Die Truppe hatte gerade das Haus verlassen, erreichte das Theater also in einer knappen Viertelstunde, pünktlich zur Ausstellungseröffnung.

***

An sich war ihr Plan gut gewesen, allerdings hatten sie nicht damit gerechnet, dass die vier Verdächtigen einzeln kommen könnten. Sie hatten sich wieder nach draußen begeben, um vom Eingang aus einen etwas erhöhten Blick auf die Gassen ringsum zu haben. Die Schlangen wurden allmählich länger. Wenn das so weiterging, würde das Theater gerammelt voll werden.

Gero gefiel das nicht. Erstens mochte er Menschenaufläufe nicht besonders; zweitens erschwerte das ihre Observierung deutlich. Er hielt Ausschau nach dem karierten Clown, als Elli ihn stupste. »Schau mal, der mit der Schnabelmaske. Ist das nicht einer von ihnen?«

In Gero regte sich sofort Missmut. Als ob es hier auf diesem Fest nur einen Verkleideten mit Schnabelmaske gäbe. Doch bei genauerer Betrachtung erkannte er die Ähnlichkeit des restlichen Kostüms mit dem Foto, das Rüdiger geschickt hatte. Er konsultierte sein Handy, dann nickte er stirnrunzelnd. »Du hast recht, Elli, da haben wir unseren Pestarzt.

Aber wo sind die anderen? Schaut so aus, als hätten sie sich getrennt. Okay, du übernimmst ihn. Ina und ich warten auf den Rest.«

Elli schaute ihn fragend an.

»Du musst nichts weiter tun, als ihn zu beschatten. Beobachten, was er macht, ob er sich verdächtig verhält. Das ist alles. Wenn er Richtung Theriak-Gefäß läuft, gib uns Bescheid.«

Sie nickte seufzend und folgte dem Gast ins Theater.

»Ina, meinst du ...«

»Herrgott, Gero! Jetzt trau ihr doch endlich mal was zu! Immer stellst du sie als kleines Mädchen hin. Sie ist eine erwachsene Frau und mindestens so gut in der Lage wie wir, einen Verbrecher zu observieren.«

Gero zog eine Schnute. »Danke für deine belehrenden Worte. Eigentlich wollte ich dich nur fragen, ob ich dich für zwei Minuten alleine lassen kann, um auf die Toilette zu gehen. Ich möchte nicht nachher müssen, wenn es hier spannend wird.«

Ina wurde rot und stieß nur ein »Klar!« hervor.

Gero begab sich wieder hinein. Es fuchste ihn, dass sie ohne richtigen Plan waren. Sie mussten auf die Aktion Viktors reagieren und improvisieren. Das missfiel ihm, doch konnte er nicht mehr tun. Viktors Beweggründe waren klar, Gero sah keinen Fehler in ihrer Kette von Schlussfolgerungen. Wenn Viktor sich nicht gerade vom Dach abseilte, würde es schon klappen. Und falls er das Fest nur zum Ausspionieren und nicht zum Stehlen verwendete, überführten sie ihn eben später. Bei der momentanen Sachlage konnten sie die Polizei nur einschalten, wenn sie den Studenten auf frischer Tat ertappten. Sonst würde er sich vermutlich herausreden oder wieder flüchten. Nein, sie mussten an ihm dranbleiben und auf den richtigen Moment warten.

Nach einigem Suchen fand er schließlich die Toilette. Gerade als er an einem der Pissoirs sein Geschäft erledigt hatte, stellte sich eine andere Person neben ihn. Augenblicklich lief ihm ein Schauer über den Rücken. Aus den Augenwinkeln sah er die schwarz-weiß karierten Ärmel.

Viktor.

***

Rüdiger hatte fürs Verkleiden viel zu lange gebraucht. Es war aber auch eine Kunst, sich in das Kostüm hineinzuzwängen, das sicherlich für einen weniger korpulenten Menschen geschneidert worden war. Vielleicht sollte er doch fünf bis zehn Kilo abnehmen. Oder drei bis fünf. Wahrscheinlich würde man schon ein Kilo merken. Ein Kilo. Das hörte sich vernünftig an.

Als er die Strumpfhosen anzog, fluchte er. Kein Mann sollte gezwungen werden, ein solch widernatürliches Beinkleid zu tragen. Und auch keine Frau. Die weite Hose war genauso peinlich. An der Schaufensterpuppe im Laden hatte das alles so elegant ausgesehen. Er hätte dem Rat des Verkäufers folgen und es anprobieren sollen. Der rote Samtumhang und der dazu passende Hut mit der breiten Krempe versöhnten ihn wieder ein wenig. Er war heilfroh, dass er sein Gesicht hinter Ellis Maske verbergen konnte. In dieser Aufmachung wollte er von niemandem erkannt werden!

Er ging schnellen Schrittes durch die Gassen. Den Weg zum Theater fand er, ohne auf eine Karte schauen zu müssen.

Eröffnung der Ausstellung in 8 min. Wo bleibst du?, schrieb Elli.

Unterwegs, antwortete er und fiel nun doch in eine Art Laufschritt.

Endlich hatte er über die Calle Fenice das Opernhaus erreicht. In der Schlange vor ihm stand etwa ein Dutzend Leute. Er atmete heftig und spürte, dass ihm sein T-Shirt, das er unter dem Kostüm trug, schon teilweise am Rücken klebte. Er versuchte, es in eine angenehmere Position zu bringen, als er den schwarz-weiß karierten Harlekin vor sich erblickte.

Vorsichtig nahm Rüdiger sein Handy heraus und tippte.

***

Ina empfing Rüdigers Nachricht nur eine Minute nach Geros.

Habe Viktor auf Toilette gesehen. Hast du nicht richtig aufgepasst, Ina? Verfolge ihn jetzt.

Hallo ihr drei, Viktor steht vor mir in der Schlange. Ich bleibe an ihm dran.

Da wusste auch Ina, dass sie ihre Intuition nicht getäuscht hatte. Dieser Abend würde deutlich schwieriger werden als erwartet. Zumal sie die Goldfee und den Dogen immer noch nicht entdeckt hatten. Dafür hatten sie nun den Pestarzt, der mit Elli irgendwo im Theater war, und gleich zweimal den Harlekin-Viktor. Welcher war der echte? Geros oder Rüdigers? Und wie sollte sie allein die zwei restlichen Verdächtigen im Auge behalten? Was hätte sie für ein fünftes Teammitglied gegeben!

Und wie war Geros Harlekin ins Gebäude gekommen, wo sie den Eingang doch die ganze Zeit im Blick gehabt hatte? Da fiel ihr der rückwärtige Zugang am Wasser ein.

***

Elli las die Nachrichten und schrieb ihrerseits, dass sie an ihrer Zielperson dran war, was sich allerdings als wenig interessant entpuppte. Schnabelnase schlenderte anscheinend ziellos durch die Gänge, blieb mal hier stehen und mal da. Bei den Kanapees traf er schließlich jemanden, mit dem er ein Gespräch begann. Immerhin hatte er sich dazu den Raum mit dem Essen ausgesucht. Elli beschloss, dass dies vielleicht doch noch eine ganz gute Observierung werden könnte, und nahm sich von einem der Tischchen ein dick mit Kaviar belegtes Brötchen.

Sie genoss die Atmosphäre. Überall waren die schönsten Masken zu sehen, ausgefallene Kostüme und farbenprächtige Gewänder aus wertvollen Stoffen. Sie konnte es gar nicht fassen. Jetzt waren sie nicht im Februar hier, aber es war trotzdem Karneval. Sie lächelte versonnen. Schade nur, dass sie diese Ausflüge immer nur in Kombination mit Verbrecherjagden bekam.

***

Ina schwitzte in ihrem schweren Kostüm. Was sollte sie nun machen? War Viktor mit dem Rest der Bande schon von hinten ins Gebäude gelangt? Sollte sie hineingehen und sich umsehen oder doch lieber hier warten? Nervös trat sie von einem Bein aufs andere. Wo blieb nur Rüdiger? Sie stellte sich auf die Zehenspitzen und hielt nach ihm Ausschau. Tatsächlich entdeckte sie den Harlekin mit dem Mann in Strumpfhosen dahinter in etwa fünfzig Metern Entfernung. Sie würden in den nächsten fünf Minuten an ihr vorbeikommen. Gerade rechtzeitig, denn dann wurde auch die Ausstellung eröffnet.

Ein Seufzer der Erleichterung entfuhr ihr, als just in diesem Moment ihre letzten beiden Zielpersonen um die Ecke kamen: eine schlanke Frau in einem atemberaubenden rosa-gelben Kleid sowie der Mann im Brokatgewand. Gut, dann hatte sie wenigstens die nicht verpasst. Ina verfolgte sie mit Blicken, während sie das Theater betraten, und ging ihnen in gemächlichem Tempo hinterher.

Unterdessen schrieb sie: *Goldfee und Doge auch hier. Bande komplett. Ich bin dran.*

Als sich die beiden jedoch ein paar Meter vor ihr trennten und in unterschiedliche Richtungen gingen, musste sie sich entscheiden.

***

Gero hatte vor der Toilette auf den Harlekin gewartet, der bald darauf herauskam. Was für ein Zufall, dass sich der Gesuchte zu ihm gesellt hatte. Das ersparte ihm die Jagd im Gebäude.

Der schwarz-weiße Narr schaute sich rasch nach allen Seiten um und steuerte dann eine der Treppen in den ersten Stock an. Gero folgte ihm in gebührendem Abstand.

Auf halber Höhe blieben sie in einer Menschentraube hängen. Von weiter oben erklang eine Ansprache, die sogar auf die Distanz und in der fremden Sprache irgendwie schwülstig wirkte. Gero sah sich um. Normalerweise hätte er dank seiner Größe ohne Probleme über die anderen Gäste hinwegblicken und jeden einzelnen von ihnen studieren können, aber hier hatten so viele Verkleidete Hüte oder Perücken mit Turmfrisur auf dem Kopf, dass es fast unmöglich war. Dennoch meinte er, Elli in ihrem blauen Kleid erkennen zu können. Zumindest erhaschte er den Blick auf etwas, das wie ihr Hut aussah. Gewissheit bekam er, als er in unmittelbarer Nähe jemanden mit Pestmaske ausmachte. Das konnte nur Ellis Zielperson sein. Von den anderen fehlte jede Spur.

Er wurde von hinten geschubst und als er sich umdrehte, sah er, dass die Menge schon weitergegangen war. Zusammen mit der Welle der übrigen Gäste brandete er in den Ausstellungssaal hinein. Gero machte sich keine Sorgen, dass Viktor sofort zuschlagen könnte. In dem Gewusel würde er nicht weit kommen. Vermutlich sondierte er genauso wie sie die Lage. Gero versuchte, dicht an dem schwarz-weißen Harlekin zu bleiben, der sich langsam mit der Menge durch den Raum schob.

Sie kamen an allerlei mittelalterlichen medizinischen Instrumenten vorbei und wären sie nicht zum Observieren hier gewesen, hätte Gero jedes einzelne mit Genuss betrachtet und alle Informationen darüber aufgesogen. Das wäre allerdings vergleichsweise schnell gegangen, da die Tafeln ausschließlich auf Italienisch beschriftet waren.

Schließlich erreichten sie einen weiteren Tisch, auf dem ein bunt bemaltes Porzellangefäß unter einem Plexiglaswürfel stand, das Gero an eine Vase erinnerte. In Blau- und Goldtönen waren verschiedene Vögel und Tiere darauf gemalt. Gero konnte auch einen Engel und eine Sonne erkennen. Am prominentesten aber war ein großer Schriftzug, der sich in einem Banner um den Behälter legte: *THERIACA.*

***

Ina hatte sich dafür entschieden, den Mann im Brokatkostüm, den sie Doge getauft hatten, zu verfolgen. Schnell merkte sie allerdings, dass diese Entscheidung falsch war. Der Kostümierte ging auf kürzestem Weg in den Theaterraum und labte sich an den Köstlichkeiten. Im Vorbeigehen erhaschte sie einen Blick auf eine Person mit Pestmaske, die Elli im Schlepptau hatte. Sie nickten sich unauffällig zu.

Ina überlegte: Wenn die Bande eine konzertierte Aktion unternehmen wollte, dann begriff sie nicht, was der Doge in diesem Saal machte. Auf jeden Fall würde sie ihn nicht aus den Augen lassen. Sie nahm sich ein Brötchen und biss lustlos hinein.

Der Verkleidete drehte sich zu ihr um und musterte sie. Er trug eine goldene Maske und Ina konnte weder sein Alter, noch seine Haarfarbe erraten. Er lächelte und nickte ihr zu. Dann wandte er sich wieder zum Büfett, nahm ein Lachskanapee und reichte es ihr.

»Delizioso«, sagte er mit angenehmer Stimme und führte die zu einem Ring geschlossenen Daumen und Zeigefinger an die Lippen.

Für einen Moment erstarrte Ina. Was sollte sie machen? Sie verzog nervös den Mund und griff mit leicht zitternder Hand nach dem Kanapee, um nicht aufzufallen.

***

Rüdigers Beine juckten. Warum musste ausgerechnet er dieses furchtbare Kostüm tragen? Missmutig stapfte er hinter Harlekin Nummer zwei her, der sich auch auf den Weg nach oben gemacht hatte.

Wenig später hatten sie sich mit der Menschenmenge in

den Saal geschoben. Zwei Sicherheitsbeamte standen in der Tür und in jeder Ecke des Raums hatte sich eine weitere Person mit Schlagstock und grimmiger Miene positioniert. Er konnte weder Gero noch einen der anderen VIER sehen. Dann konzentrierte er sich erneut darauf, in dem Gewusel den Mann, den er verfolgte, nicht zu verlieren. Der schien nicht sonderlich an den Gegenständen interessiert zu sein, sondern ließ sich eher teilnahmslos von der Menge durch den Raum treiben, wobei sein Blick immer wieder zum Theriak-Gefäß in der Mitte des Saals ging. Die übrigen Instrumente beachtete er überhaupt nicht.

Schließlich blieb der Harlekin vor dem Gefäß stehen und betrachtete es lange und eingehend. Rüdiger hätte ›ehrfurchtsvoll‹ gesagt, aber da er die Augen des anderen nicht sehen konnte, kam der ihm eher wie ein Android vor, der mit starrem Blick in eingefrorener Haltung auf seine nächsten Befehle wartete.

***

Ellis Schnabelnase war nach einem ausgiebigen Imbiss am Büfett – sie war insbesondere fasziniert, wie man trotz der Maske noch essen konnte – wieder aus dem Saal spaziert und hatte sich gemächlich Richtung Ausgang bewegt. Sonderbar. Sollte der Mann das Theater verlassen wollen? Doch dann sah sie ihn die Tür zur Toilette öffnen.

***

Natürlich war es ein Fehler gewesen, das Kanapee von dem Fremden anzunehmen. Er hatte offensichtlich bemerkt, dass sie ihn verfolgt hatte, und wollte sie ausschalten. Das wurde Ina schmerzhaft bewusst, als ihr ganz plötzlich gleichzeitig übel und schwindelig wurde. Nein, das durfte ihr nicht passieren! Ihre Augen zuckten wild, während ihr Atem immer schneller ging.

***

Das typische Pusten ertönte, mit dem jemand testet, ob das Mikrofon funktioniert, dann meldete sich eine Stimme und erzählte etwas in italienischem Singsang. Gero mochte die Sprachmelodie, erhaschte aber nur einzelne Fetzen: *Venezia, esposizione, la Serenissima, Teriaca* – keine neue Information. Schade, dass Ina nicht hier war. Wie es ihr wohl gerade ging? Da sich die Menge nicht mehr bewegte, sondern höflich dem Sprecher lauschte, nutzte Gero die Pause, um den anderen eine Nachricht zu schreiben: *Harlekin bei Theriak, wo seid ihr?*

Rüdigers Antwort ließ nicht lange auf sich warten: *Bin auch hier mit Harlekin.*

Gero wurde wütend. Was sollte das werden? Es war vorher genau vereinbart worden, wer sich um wen kümmerte: er natürlich um Viktor, Rüdiger sollte einen der anderen übernehmen. Er scrollte noch einmal zu den älteren Nachrichten. Rüdiger hatte fast zeitgleich mit ihm geschrieben, er habe Viktor im Visier. Damit konnte es nur eine Erklärung geben: Sein Freund hatte sich an einen falschen Viktor gehängt, der zufälligerweise das gleiche Kostüm trug. Eine der Zielpersonen war unbewacht.

Elli textete: *Pestarzt auf Toilette. Schon 5 min! Was soll ich tun? Kann ja nicht dort rein.*

Noch ein Problem.

Am meisten Sorgen machte Gero allerdings, dass er nichts von Ina hörte. Sein Blick verfinsterte sich. Das lief alles andere als geplant. Im schlimmsten Fall waren Goldfee und Doge nun ohne Verfolger. Er überlegte fieberhaft, was er dagegen unternehmen konnte.

***

Rüdiger hatte keine Ahnung, wen Gero da verfolgte, aber dass er selbst Viktor im Visier hatte, war ihm klar. Er hatte nicht nur das karierte Harlekinkostüm wiedererkannt, sondern auch den leicht wippenden Gang. Da konnte er sich nicht täuschen. Er schrieb: *ICH habe Viktor, habe ihn am Gang erkannt.*

100 % sicher?, fragte Gero nach ein paar Sekunden.

200 %, antwortete Rüdiger und wusste, dass er seinen Freund damit zur Weißglut brachte. ›Wie kann man sich sicherer als sicher sein? Hundert Prozent ist das Maximum. Wenn ich eine Münze werfe, wird sie mit hundert Prozent Wahrscheinlichkeit Kopf oder Zahl zeigen. Mehr macht keinen Sinn!‹ So ähnlich würden Geros Worte lauten, wenn er Rüdiger gegenüber gestanden hätte. Zum Glück trennten sie zwanzig Meter und eine Bildschirmtastatur, über die nicht einmal Gero so viel Text eingeben würde.

Dann wurde Rüdiger wieder unruhig. Wieso meldete sich Ina nicht?

Elli schien ihre Zielperson sicher auf der Toilette in Schach zu halten. Wenn das stille Örtchen keinen Notausgang besaß, konnte der Pestarzt nicht entkommen. Dazu müsste er sich schon … Mit einem Mal wurde Rüdiger ganz heiß, als er begriff. Er begann zu tippen, so schnell er konnte.

***

Nachdem sie fast zehn Minuten gewartet hatte und die Blicke der hinein- und herausgehenden Maskierten sie zu nerven begannen, hielt Elli es nicht mehr aus. Unruhig sah sie sich nach allen Seiten um, dann drückte sie entschlossen die Klinke zur Herrentoilette hinunter. Doch gerade als sie durch die Tür gehen wollte, vibrierte ihr Handy. Sie zog sich hinter eine Säule zurück, ließ den Eingang zum WC aber nicht aus den Augen.

Elli, er macht vielleicht unser Manöver vom Schiff. Pass auf, dass er sich nicht umzieht und wieder rausgeht, ohne dass du es merkst.

Sie erinnerte sich daran, wie sie diesen Trick bei ihrem Kreuzfahrt-Fall verwendet und sich auf einer Bordtoilette umgezogen hatte, um ihrem Verfolger zu entkommen. War sie nun selbst an der Nase herumgeführt worden? Elli hatte natürlich nur auf die auffällige Maske des Pestarztes geachtet. Hatte er eine Tasche dabeigehabt? Nein, aber vielleicht trug er unter dem langen schwarzen Pestmantel noch ein weiteres Kostüm. Sie überlegte fieberhaft. Während sie gewartet hatte, waren einige Leute hinein- und herausgegangen. Sie war nicht auf die Idee gekommen, sie zu zählen oder miteinander zu vergleichen. Verdammt! Was sollte sie tun? Ihr blieb nichts anderes übrig als nachzusehen.

Sie schlich wieder zur Tür und zog sie auf, als ein großer Mann herbeigelaufen kam und sich zwischen sie und die Öffnung stellte. »Das hier ist die Herrentoilette, *Signora.* Die für die Damen befindet sich dort drüben.« Er deutete einmal quer durch den Eingangsbereich.

Noch immer flanierten zahlreiche Kostümierte von einem Raum zum anderen oder machten Selfies vor dem schönen Interieur des Theaters.

»*Arrivederci.*«

Er schob sich vollends an ihr vorbei, doch sie rief geistesgegenwärtig auf Englisch: »Mein Freund ist da drinnen. Können Sie schauen, ob es ihm gut geht? Er trägt eine Schnabelnase.« Sie gestikulierte das gesuchte Wort. »Ich warte schon seit fünfzehn Minuten, aber er kommt nicht heraus. Bitte!«

»*Certo!*« Der Mann nickte und trat durch die Tür.

Elli sah sich unruhig um, in der Hoffnung, den Pestarzt doch noch irgendwo zu erblicken. Kurze Zeit später hörte sie eine Stimme hinter sich.

»*Scusi,* Ihr Freund scheint sich in Luft aufgelöst zu haben.«

Elli schnürte es den Hals zu, als sie den schwarzen Mantel und die Maske in den Händen des Mannes erblickte.

***

Gero atmete zunächst auf, als er endlich eine Nachricht von Ina bekam. Nach dem Lesen verfinsterte sich seine Miene allerdings.

K.-o.-Tropfen vom Dogen. Schnappt euch den Arsch.

Es schien Gero, als würde ihm der Boden unter den Füßen weggezogen werden. Dank langjährigen Trainings gelang es ihm jedoch schnell, sich wieder zu fokussieren. Es fühlte sich an, als würde sich sein Blick verengen. Er schaute durch die Personen hindurch, die Geräusche wurden immer gedämpfter und sein Verstand klärte sich. Gero spulte die Fakten ab. Es gab zwei Harlekine, die Viktor sein konnten. Ina war außer Gefecht gesetzt worden, Ellis Zielperson verschwunden, ebenso die junge Frau und der Doge. Da Elli auf dem Weg zu Ina war, blieben nur noch er und Rüdiger für die Überwachung aller vier Verdächtigen, die vermutlich gemeinsam auf das Theriak-Gefäß zustrebten. Er brauchte dringend einen besseren Überblick über den Raum. Er schaute nach oben.

***

Rüdiger wurde schwindelig, als er die Nachrichten von Elli und Ina las. Was sollte denn noch alles schiefgehen? Elli hatte ihre Zielperson verloren und wusste nicht einmal, in welchem Kostüm sich der ehemalige Pestarzt nun bewegte. Es konnte jeder der Anwesenden sein. Wenn die Bande sie mit solchen Finten austrickste, waren sie vorbereitet und gewiefter als er dachte. Vielleicht hatten sie die VIER schon längst identifiziert und lauerten nur darauf, einen nach dem anderen auszuschalten. Unsicher sah er sich um. Jeden Moment konnte ihm jemand von hinten ein Messer zwischen die Rippen rammen. Jetzt hatte er endgültig einen Grund zu schwitzen.

Dazu kamen die Sorgen um Ina, die offenbar unter Drogen gesetzt worden war. Glücklicherweise hatte Elli geschrieben, schon auf dem Weg zu ihr zu sein.

Verdammt noch mal! Wie hatte es so weit kommen können? Er spürte eine blinde Wut auf Viktor in seinem lächerlichen karierten Harlekinkostüm, der nur knapp drei Meter von ihm entfernt stand. Wenigstens den hatte er noch im Blick. Am liebsten würde er ihn …

***

Elli lief so schnell sie konnte Richtung Konzertsaal, was aufgrund ihres langen Kleides immer noch mehr an ein rasches Humpeln denn an ein Laufen erinnerte. Zum Teufel mit dem Theriak und Viktor und seiner Bande! Ina war in Gefahr, also musste sie ihr helfen. Das war das Einzige, was zählte.

Sie bahnte sich ihren Weg durch die Gäste, die gerade von oben kamen und nun wohl auch zum Konzert wollten. Offenbar war die Ausstellung zu Ende. Sie steckte fest und war gezwungen, sich dem Schneckentempo der Menge anzupassen. Ihr Herz klopfte wild. Konnte das nicht schneller gehen?

***

Rüdigers Puls raste und sein Atem ging hektisch. Er war im Kampfmodus. Niemand gab seiner Freundin ungestraft ein Betäubungsmittel. Und Viktor war der Kopf der Bande. Sicherlich war es seine Idee gewesen, Ina auszuschalten. Wer weiß, was die Verbrecher mit dem Rest von VIER noch vorhatten. Er würde ihnen die Tour vermasseln. Seine rechte Hand ballte sich zur Faust, während er sich dem Clown näherte …

Dann geschah etwas, das den Harlekin vor einem satten Nierenschwinger rettete. Während ein Großteil der Gäste nach draußen drängte, trat ein kleiner Mann in einem völlig unauffälligen schwarzen Gewand und einer Ganzmaske über dem Gesicht mit leichten Schritten an den Tisch mit dem Theriak-Gefäß. Ohne zu zögern, hob er den Kunststoffschutz hoch, der das kostbare Objekt umgab. Es passierte so schnell, dass keiner der Umstehenden reagieren konnte. Der Mann warf die Ummantelung achtlos beiseite und streckte die Hände nach dem Behältnis aus.

Rüdiger war perplex und auch der Harlekin war für einen Moment wie erstarrt. Doch dann kam Bewegung in ihn. Urplötzlich schoss er nach vorn und rempelte den schwarz Gekleideten an, als dieser gerade das Gefäß anhob. Der taumelte und ruderte wild mit den Armen, das Porzellanbehältnis kippte.

Der Torwart in Rüdiger erwachte. Von jeher mit einer eher stabilen Statur gesegnet, war sein natürlicher Platz schon früher nicht auf dem Feld, sondern im Kasten gewesen. Auch wegen seiner ausgesprochen guten Reflexe. Er machte instinktiv einen Hechtsprung nach vorn.

***

Gero war gerade rechtzeitig auf der Galerie angekommen, die drei Seiten des Raumes umlief. Etliche Scheinwerfer standen hier und er stolperte über ein Kabel auf dem Boden. Fast hätte er das Gleichgewicht verloren und wäre über die Brüstung nach unten gestürzt. Doch er fing sich wieder und blickte mit aufgerissenen Augen auf die Szene, die sich eine Ebene tiefer abspielte.

Der Harlekin hatte soeben den schwarz Gekleideten attackiert, der sich das Gefäß schnappen wollte. Das machte überhaupt keinen Sinn! Wer war das? Sollte das der Ex-Pestarzt sein? Aber warum kämpfte dann einer aus seiner eigenen Bande gegen ihn? Die Überlegung dauerte nur eine Sekunde. Schon sah er Rüdiger reflexartig zu Boden springen und das Keramikbehältnis, um das sich alles drehte, mit beiden Händen fangen, ehe es auf dem Marmorboden zerschmettern konnte. Mit einem dumpfen Laut schlug sein Freund auf dem Untergrund auf. Gero zuckte zusammen. Das war bestimmt schmerzhaft gewesen.

Sofort waren die zwei Sicherheitsbeamten da, die bis eben noch in den Ecken gestanden hatten, und versuchten, den Harlekin und den Dieb zu trennen, die sich kämpfend auf dem Boden rollten.

Was um alles in der Welt war hier los?

***

Ina war durch einen Seiteneingang aus dem Konzertsaal gewankt. Die entgegenkommenden Besucher mussten sie für stockbetrunken halten, aber immerhin machten sie ihr Platz. Während Ina sich am Treppengeländer entlang nach oben hangelte, schnaufte sie wie ein Pferd und ihr Herz raste, als würde es Purzelbäume schlagen. Wenn der Doge zum Theriak ging, würden sie ihn dort stellen. Ina musste sich an der Tür festhalten, weil sie das Gefühl hatte, ohnmächtig zu werden. Das Mittel wurde wegen ihres schnellen Pulses nur umso rascher in jeden Winkel ihres Körpers gepumpt. Schweiß lief ihr in die Augen. Sie blinzelte ihn weg. Wie durch einen Nebel hindurch erkannte sie eine Person in rot-gelbem Gewand, die sich langsam auf sie zubewegte. Bevor ihre Sinne schwanden, erhaschte Ina noch einen Blick auf die Waffe in deren Hand.

***

Rüdiger lag mit schmerzverzerrtem Gesicht bäuchlings auf dem Boden. Die Ellenbogen hatten den Sturz abgefedert, aber er war dennoch hart mit dem Kinn auf den Stein aufgeschlagen und sein Kiefer schmerzte. Er hatte die Augenlider fest zusammengepresst und konnte nicht sagen, ob die Aktion erfolgreich gewesen war. Zumindest hatte er kein Splittern gehört und das Teil, das er in den Händen hielt, fühlte sich noch intakt an. Langsam drangen wieder Geräusche an sein Ohr: wildes Rufen und Schreien, Schritte und Pfiffe wie von einer Trillerpfeife.

Er wollte sich gerade stöhnend aufrichten, als er auch schon hochgerissen wurde. Das Theriak-Gefäß entglitt ihm.

***

Gero reagierte blitzschnell, als er sah, dass Ina in Gefahr war. Er packte eines der aufgerollten Kabel, die überall herumlagen, und warf es über die Brüstung. In langen Bögen fiel es mehrere Meter hinab und traf schließlich die Goldfee an der

Schulter, die mit einem überraschten Aufschrei nach oben starrte und das Pfefferspray fallen ließ. Gero zögerte nur einen Wimpernschlag, dann schwang er sich über das Geländer, packte mit beiden Händen das Kabel und ließ sich in die Tiefe gleiten. Zu seinem Glück hielt es und bange Sekunden später hatte er wieder festen Boden unter den Füßen. Er blickte sich um. Welche Situation bedurfte zuerst seiner Aufmerksamkeit?

Der Harlekin und der schwarze Dieb waren im Gewahrsam der Sicherheitsleute und zwei Personen in relativ unscheinbaren Kostümen – offenbar Zivilbeamte – zeigten Rüdiger gerade Ausweise. Einer hielt das Theriak-Gefäß in Händen.

Die rosa-gelb gekleidete Frau hatte sich aus dem Staub gemacht. Ina war an der Tür zusammengesunken. Offenbar wirkten die K.-o.-Tropfen bereits. Er lief zu ihr und prüfte den Puls. Erleichtert stellte er fest, dass er stark und recht regelmäßig war. Sie musste dennoch ins Krankenhaus. Ein weiterer Sicherheitsbeamter kam herbeigeeilt. Gero versperrte ihm den Weg und deutete auf Ina.

»*Ambulanza, we need an ambulance!*« Der Mann verstand sofort und schnallte ein Walkie-Talkie vom Gürtel.

Gero blickte sich nach Rüdiger um. Einer der Männer, die bei ihm standen, legte ihm gerade Handschellen an. Was zur Hölle sollte denn das werden? Raschen Schrittes ging Gero auf den Sicherheitsbeamten zu. »Stopp, hören Sie auf!«, rief er lauf auf Englisch. »Dieser Mann hat nichts getan.«

»Bleiben Sie zurück, Sir«, antwortete der Mann mit dem Gefäß in der Hand und hielt Gero mit der anderen auf Distanz. »Wir haben alles unter Kontrolle.«

»Einen Scheiß haben Sie!«, entrüstete sich der Exsoldat laut auf Deutsch. »Lassen Sie meinen Freund los und verhaften Sie die richtigen Verbrecher.« Er deutete in die Richtung, in der er den Harlekin und den Eindringling vermutete. Doch dort standen nur zwei Wachmänner und brüllten wild gestikulierend auf ihre Funkgeräte ein.

»Verdammt! Sie sind entkommen. Rüdiger, ich bin gleich wieder da!«

Aus den Augenwinkeln sah er seinen Freund noch eine hilflose Geste machen, dann war er schon aus dem Raum gestürzt. Weit konnten sie nicht sein. Na warte, wenn er die in die Finger bekam!

***

Elli spürte den Windhauch, als Gero wie ein Renngaul an ihr vorbeischoss. Was hatte er nun wieder vor?

Sie machte sich Sorgen um Ina. Wo konnte sie nur stecken? Dann entfuhr ihr ein leiser Schrei, als sie ihre Freundin in stabiler Seitenlage auf dem Boden sah. Ein Sanitäter kniete neben ihr. Sofort eilte Elli näher. Sie versuchte, sich in dem sperrigen Kleid zu bücken, doch es gelang ihr nicht. »Geht es ihr gut?«

Der Mann nickte beruhigend. Im selben Moment ging der heftig schimpfende Rüdiger in Handschellen an Elli vorbei. Was sollte sie tun? Ina schien bei dem Sanitäter in guten Händen zu sein, also folgte sie Rüdiger.

»Kwalle! Was ist passiert?«

Ihr Freund wurde zwischen zwei Männern eingekeilt abgeführt.

»Sie glauben, ich wollte das Theriak-Gefäß stehlen! So ein Unsinn. Ich habe es nur aufgefangen, sonst wäre es in tausend Stücke zersprungen. Aber erklär das mal den Holzköpfen hier!«

Elli versuchte es.

Doch wie sehr sie sich auch bemühte, auf Deutsch, Englisch und Halb-Italienisch – es half nichts. Die beiden ignorierten sie einfach. Kurz darauf waren sie am Haupteingang angelangt und zwei weitere Sicherheitsbeamte stellten sich ihnen in den Weg. Es folgte ein Dialog in schnellem Italienisch und Elli reimte sich aus den Gesten zusammen, dass sie Rüdiger für den Dieb hielten und dessen Fingerabdrücke auf dem Theriak-Behälter gesichert werden sollten. Nach einigem Hin und Her und dem Herzeigen ihrer Erkennungsmarken wurden sie schließlich hindurchgelassen. Der Beamte, der das Gefäß trug, steckte sich seinen Ausweis in die hintere Hosentasche, doch er lugte noch oben heraus.

Ohne auch nur eine Sekunde zu überlegen, schloss Elli sich dem Trio an. Es konnte nicht schaden zu wissen, mit wem sie es zu tun hatten. Mit ausgestreckten Fingern näherte sie sich dem herausblitzenden Ausweiseck. Plötzlich blieb ihr Vordermann stehen und sie lief prompt in ihn hinein. Missmutig drehte er sich um und schnauzte sie an. Unwillkürlich wich Elli einen Schritt zurück. Er warf ihr noch einen bösen Blick zu, dann ging die Prozession weiter. Mittlerweile war es Nacht geworden. Die Luft war kühl und roch nach Lagune und Knoblauch.

Der Bereich vor dem Theater war bis auf wenige Raucher leer. Rasch entfernten sich die drei Männer von Elli, sie nahm wieder die Verfolgung auf. Doch ehe sie erneut in Reichweite des Ausweises kam, hantierte einer der Sicherheitsleute an Rüdigers Armen herum, bevor sich beide eilig mit dem Theriak-Gefäß davonmachten.

***

Weit konnten die Gauner nicht sein. Gero rannte die Treppe hinunter und blickte sich rasch in alle Richtungen um. Er dachte schon, er hätte sie verloren, als er zumindest den Harlekin durch eine Tür hinauslaufen sah. Gero setzte nach und erreichte den Hintereingang des Theaters. Draußen stand ein Mann, der ihn erschreckt anstarrte. Für einen kurzen Moment hatte Gero ein Déjà-vu und dachte an ihren letzten Fall.

Und wie damals brüllte er den Mann im Vorbeilaufen an: »Wo ist er?«

Vermutlich verstand der andere nicht, was er fragte, doch er zeigte eingeschüchtert nach links. Gero würdigte ihn keines weiteren Blickes und setzte seinen Weg fort. Er sprang durch eine zweite Tür und wäre um ein Haar in den Kanal gefallen.

***

»Ich verstehe gar nichts mehr«, sagte Elli. »Was ist denn jetzt passiert?«

Rüdiger rieb sich die Handgelenke und schüttelte den Kopf. »Keine Ahnung. Der Blonde hat mich losgemacht und gesagt, ich solle verschwinden. Dann sind sie abgehauen.« Er war völlig verwirrt. In den letzten paar Minuten war so viel auf ihn eingeprasselt, dass er Mühe hatte, sein Gedankenkarussell zum Stehen zu bringen. »Und sie haben das Theriak-Gefäß mitgenommen.«

»Ich habe es gesehen«, sagte Elli.

»Was hätten wir denn tun sollen? Das gefällt mir nicht. Meinst du, die gehören auch zu Viktors Bande?«

»Ja ... nein, keine Ahnung. Ich weiß noch nicht einmal, was vorhin im Theater passiert ist.«

Rüdiger erklärte es ihr. »Der schwarze Mann sah nicht so aus, als ob er zu Viktors Leuten gehörte. Sie haben ihn regelrecht angegriffen.«

»Ich verstehe das nicht. Lass uns das nachher mit den anderen besprechen.« Elli schüttelte verdrossen den Kopf. Ihre Maske saß schief und sie wirkte müde. »Zu blöd, dass ich diesen Ausweis nicht zu greifen bekommen habe.« Er starrte, als wäre ihr plötzlich etwas eingefallen. »Wir müssen sofort zurück und uns um Ina kümmern!«

***

Der Harlekin bestieg gerade ein Motorboot. Doch er hatte nicht mit Gero gerechnet. Noch ehe er den zweiten Fuß in das Boot gesetzt hatte, hatte dieser ihn nach hinten umgerissen. Kaum eine Sekunde später saß Gero rittlings auf ihm und drückte ihm die Oberarme mit den Knien zu Boden. Gero schnaufte hektisch. Solche Verfolgungsjagden sollte er vielleicht doch lieber Daniel Craig überlassen. Wobei der dafür sicher auch ein Double hatte.

Er beugte sich vor und riss dem unter ihm heftig Keuchenden mit einem Ruck die Maske vom Gesicht.

Es war tatsächlich Viktor.

»Na, sieh mal an! Viktor Jenko. Dich haben wir gesucht.«

Der Slowene hatte die Augen weit aufgerissen. Gero vermeinte, Panik in seinem Blick zu erkennen, was ihm eine gewisse Genugtuung bescherte.

»Da warst du wohl ein kleines Bisschen zu spät für das Stehlen des Theriak-Gefäßes. Jemand ist dir zuvorgekommen. Wer war das? Es sah nicht so aus, als würdet ihr zusammengehören.«

»Von mir erfahren Sie nichts«, entgegnete Viktor und spuckte Gero an.

Doch der Student verfehlte sein Ziel und der Speichel fiel auf ihn zurück. Angewidert wischte er sich das Gesicht ab, wobei er unabsichtlich Gero die Maske aus der Hand schlug. Mit einem leisen Platschen klatschte sie auf dem Wasser des Kanals auf und dümpelte schaukelnd auf der Stelle.

»Nein«, schrie Viktor und versuchte, sich aus Geros Umklammerung zu winden. »Meine Maske!«

»Vergiss sie, Bürschchen«, sagte Gero leise, aber sehr böse. »Du wirst mir jetzt ein paar Fragen beantworten. Nummer eins …«

Die Frage blieb ungestellt, da Gero in diesem Moment von einem scharfen Hieb zur Seite geworfen wurde. Kurzzeitig benommen blieb er liegen, dann wandte er den Kopf. Dank seines eidetischen Gedächtnisses erkannte er den Mann über ihm sofort als den Pestarzt von Rüdigers Foto, auch wenn der seine Maske längst abgelegt hatte.

Er half Viktor auf die Beine und einen Augenblick später waren beide in das Boot eingestiegen. Gero rappelte sich hoch, doch der starke Motor hatte das Gefährt längst außer Reichweite gebracht.

Viktor sah sich hektisch um und deutete auf die Maske. Er

rief dem Fahrer etwas zu, aber der schüttelte nur den Kopf. Was sollte das? Nun gestikulierte Viktor so heftig, dass das Boot gefährlich ins Schwanken geriet. Eine Gondel kam aus einem anderen Kanal um die Ecke gebogen und musste ein riskantes Ausweichmanöver machen. Der Gondoliere fuchtelte schimpfend herum, die Japaner an Bord fotografierten.

Was konnte Gero noch tun? Hinterherschwimmen und die beiden zum Kentern bringen? Sein Blick fiel auf die Maske, die schon merklich abgetrieben war. Sie lag mit der Unterseite nach oben im brackigen Wasser. Wenn es eine der üblichen Pappmascheeausführungen war, würde ihr die Feuchtigkeit nicht guttun. Warum war sie Viktor so wichtig?

***

»Rüüüdigeeer«, ertönte eine Stimme, die wie die seines Freundes klang. Erschreckt drehte Rüdiger sich um. Und tatsächlich: Da kam Gero mit wild rudernden Armen angelaufen.

»Los, hinterher!«

»Ja wie denn?«, plärrte Rüdiger und deutete in Richtung der verschwundenen Wachleute. »Soll ich fliegen oder was?«

Gero ließ sich nicht beirren und riss ihn herum, sodass er die im Kanal schwimmende Maske sehen konnte. »Die gehört Viktor. Sie ist einmal um das Theater herumgetrieben. Na los, hol sie!«

»Spinnst du?« Er tippte sich an die Stirn. »Ich springe doch nicht in die Brühe. Bist ja bloß zu feige, sie selbst zu holen.«

Gero schüttelte die Fäuste und presste die Zähne so stark zusammen, dass sich die Kiefermuskeln scharf abzeichneten. Dann streifte er die Schuhe und das Kostüm ab, bis er nur noch in Unterhemd und Unterhose vor ihnen stand. Er reichte Elli seine Maske und watete vorsichtig ins Wasser. Es waren nur wenige Schwimmzüge nötig, um Viktors Maske zu erreichen. Glücklicherweise kam gerade kein Boot vorbei.

Eine Minute später stand Gero wieder tropfnass bei ihnen und präsentierte den Fang.

Elli klatschte in die Hände. »So habe ich mir eine Verbrecherjagd in Venedig vorgestellt.«

Gero roch an seinem Arm und verzog das Gesicht. »Viktor war die Maske unglaublich wichtig. Dann lasst uns mal sehen, warum.«

Er drehte das Beweisstück um. Die Inschrift auf der Rückseite begann bereits zu verlaufen.

Per mio nipote – Für meinen Enkel.

»Das ist ja mal ein großartiger Hinweis!«, rief Rüdiger und schlug Gero die Hand auf die Schulter, dass es klatschte. »Viktor hatte Großeltern. Das wird uns sicherlich noch helfen.«

Elli schnaubte. »Ich schaue jetzt endlich nach Ina.« Sie raffte ihre Röcke und schickte sich an, zum Theater zurückzulaufen.

Eine Trillerpfeife ertönte.

»Auch das noch«, seufzte Rüdiger resigniert, als er die beiden Polizisten heraneilen sah.

***

»Vierhundertfünfzig Euro für ein Bad in stinkigem Wasser und eine wertlose Maske. Im Schwimmbad wäre der Eintritt günstiger gewesen.« Rüdiger lachte, als die *Carabinieri* wieder verschwunden waren.

Gero grummelte nur. Er hatte vergeblich versucht, den Männern zu erklären, warum er in den Kanal gestiegen war. Aber es hatte nichts geholfen. Im Zuge der #EnjoyRespectVenezia-Kampagne waren für Dutzende kleiner und größerer Vergehen empfindliche Geldstrafen verhängt worden. Nun wussten sie auch, wie teuer es war, ein Fahrrad durch Venedig zu schieben oder auf einer Bank zu liegen (je hundert Euro), sich in der Öffentlichkeit umzuziehen (zweihundertfünfzig Euro) oder Flüssigkeiten auf dem Boden auszugießen (hundert bis zweihundert Euro, je nach Ort). Ein Bad im Kanal rangierte ziemlich weit oben auf der Preisliste.

»Für nichts und wieder nichts. Kein Viktor, kein Theriak–

Gefäß und kein Hinweis auf die Leute, die es nun haben.« Rüdiger seufzte.

»Und eine Freundin, die mit K.-o.-Tropfen im Blut auf dem Weg ins Krankenhaus ist.«

***

Trotz der Stempel auf dem Handrücken wurden sie nicht mehr ins Theater gelassen. Nach dem Diebstahl war die Party wohl rasch beendet worden. Offenbar hatte sich Inas Abtransport durch die Turbulenzen so verzögert, dass sie gerade erst auf einer Trage zum Hinterausgang gebracht wurde, wo schon ein Sanitätsboot wartete.

Rüdiger erklärte einem der Männer, wie wichtig es Elli war, bei ihrer Freundin zu sein. Schließlich durfte sie mit. Er und Gero sahen dem gelben *Ambulanza*-Boot mit dem orangefarbenen Streifen hinterher, bis es in einen anderen Kanal abgebogen war.

»Sie ist in guten Händen«, murmelte Rüdiger.

»Sicher«, erwiderte Gero nüchtern. »Lass uns nach oben gehen. Ich möchte sehen, ob wir da noch Informationen finden.«

An der Treppe wurden sie von einem Beamten gestoppt. »Tut mir leid, kein Zugang. Das ist ein Tatort.«

»Wissen wir. Wir sind Zeugen, die eine Aussage machen möchten.«

Rüdiger standen bei Geros Worten die Haare zu Berge. Er wollte keine Aussage machen, das konnte sich ewig hinziehen. Doch zum Glück verstand der Polizist nicht, was Gero ihm erklären wollte, schüttelte bestimmt den Kopf und schob sie fort.

»Mist. Vielleicht hätten wir noch etwas entdeckt.« Gero war unnachgiebig wie eine Bulldogge.

Rüdiger versuchte, ihn zu beruhigen. »Und was? Das Gefäß ist weg, Viktor ist weg und Spuren wird es wohl kaum geben.«

»Wieso denn nicht? Schließlich hat der Dieb die Plexiglasabdeckung von dem Behälter genommen. Möglicherweise sind da Fingerabdrücke drauf.«

»Unwahrscheinlich, der vermeintliche Dieb hat schwarze Handschuhe getragen. Das habe ich genau gesehen.«

»Aber die falschen Polizisten, die dich abgeführt haben, die hatten keine an!« Gero gab nicht auf.

»Nein«, meinte Rüdiger zögernd. »Ich glaube, die nicht.«

»Aha!«, machte Gero, was Übles ahnen ließ. Und wie so oft kam ihm bei seinen abstrusen Ideen leider auch noch der Zufall zu Hilfe. Einer der Spurensicherer stieg gerade die Treppe herunter und begab sich Richtung Toilette, wo er seine Tasche abstellte, bevor er hineinging.

Ehe Rüdiger sich versah, hatte Gero ihn mit sich gezerrt. Zehn Sekunden später fand er sich in einer Wolke aus Fingerabdruckpulver wieder, das Gero großzügig auf ihm verteilte. Als sich der Staub gelegt hatte, musterte Gero Rüdiger von oben bis unten.

»Dachte ich es mir doch! Daktyloskopie ist schon eine feine Sache.«

»Daktüwas?«

»Der daktyloskopische Identitätsnachweis, auch Fingerabdruckverfahren genannt. Hier auf dem Plastikteil an deinem Revers sind wunderbare Papillarleisten zu erkennen. Nicht bewegen!«

Gero entnahm der Tasche noch ein Klebeband und übertrug damit den schwarzen Abdruck auf ein Blatt Papier.

»Und jetzt hauen wir ab!«

Das waren endlich gute Nachrichten.

***

»Ich bring den Kerl um!« Rüdiger tigerte schon seit einer Viertelstunde in Geros Hotelzimmer auf und ab. Die Masken hatte er in die Ecke getreten.

Elli war bei Ina geblieben. Sie hatte das als Frauensache deklariert und würde sich melden, falls sie Hilfe bräuchte.

»So ein Mist! Wie hat das alles nur so schiefgehen können? Ina ist im Krankenhaus! Und wir stehen wieder am Anfang. Kein Viktor, keine Unterlagen, kein Theriak. Wo sollen wir nur weitermachen?«

Gero sagte nichts. Er saß auf dem Bett und ließ Rüdiger vor sich hin schimpfen. Das war dessen Art, seine Wut zu verbrauchen. Geros Verstand hingegen arbeitete nach wie vor auf Hochtouren. Konzentriert blätterte er auf dem Tablet die Fotos der letzten Tage durch.

Rüdiger lamentierte weiter. »Und dann hat uns auch noch die Polizei so lange aufgehalten. Viktor ist längst über alle Berge.«

Als Beweis hielt er Gero das Handy unter die Nase, das eine Aufnahme der Kamera vor dem Maskenladen in Endlosschleife zeigte: Viktor, wie er im Kostüm in die Wohnung läuft und sie wenige Minuten später in Jeans und T-Shirt mit einer großen Reisetasche über der Schulter wieder verlässt.

»Ich sage dir, der schaut so aus, als hätte er alle seine Sachen dabei und wollte die Stadt verlassen. Er hat die Richtung zum Bahnhof eingeschlagen. Wir hätten ihn dort abpassen sollen.«

Gero blieb ruhig. »Oder er ist aufgebrochen, um sich mit den falschen Polizisten zu treffen und gemeinsam den Diebstahl des Theriaks zu feiern.«

»Glaubst du wirklich, er steckt mit diesen Typen unter einer Decke?«

»Können wir es ausschließen?« Gero blickte kurz auf.

»Nein.« Rüdiger seufzte und ließ sich endlich in den verschlissenen Lehnsessel neben dem Bett fallen.

Gero saß wie eine Statue da. Nur seine Hände bewegten sich, während er sich die Aufnahmen ansah. Er hielt das Tablet so, dass auch Rüdiger die Bilder sehen konnte.

Der beugte sich vor. »Sternenkarten. Schon seltsam. Ich dachte, der Typ ist Medizinhistoriker. Schaut eher nach einem Astrologen aus.«

»Astronom«, korrigierte Gero ihn geistesabwesend.

»Nein, ausnahmsweise meine ich, was ich sage. Ein Sterndeuter.«

»Der Mann ist Wissenschaftler.«

»Er und seine Freunde haben Ina Drogen gegeben. Er ist auf jeden Fall irre! Also warum nicht Astrologe? Ein verrückter medizinhistorischer Astrologe.«

Gero seufzte. Wenn Rüdiger wütend war, konnte man einfach nicht mit ihm reden.

»Astralmedizin. Darum geht es doch!«

»Alles Humbug. Und jetzt hör auf, den Mond anzuheulen. Ina wird wieder aufwachen.« Gero widmete sich erneut den Fotos.

Rüdiger riss Gero das Tablet aus der Hand, was dieser nur tolerierte, weil sich sein Freund in einem emotionalen Ausnahmezustand befand.

»Natürlich! Warte eine Sekunde. Ich google nach Theriak und Mond.« Eine Weile sagte er nichts, dann sprang er auf. »Hier! Im Mittelalter wurde der Theriak immer stärker mystifiziert. Er ist ein regelrechter Zaubertrank geworden. Da hat alles Mögliche eine Rolle gespielt. Sterne, Sternkonstellationen, Blutmonde.«

Mit einem Mal war Gero wie elektrisiert. War ihm das tatsächlich entgangen? Er nahm den Computer wieder an sich. »In der Tat. Die Herstellung war an bestimmte Mondzyklen und heilige Orte gebunden.«

***

Es war dunkel. Wo war sie? Und warum konnte sie sich nicht bewegen? Wären die Gedanken nicht so zäh durch ihren Kopf gezogen, wäre wahrscheinlich Panik in ihr aufgestiegen. Wirre bunte Gestalten tanzten in ihrem Inneren. Wach werden, Ina! Du musst wach werden und die Situation in den Griff kriegen.

Der Geruch von Desinfektionsmitteln drang in ihre Nase. Die piepsenden Geräusche passten zu diesem seltsamen Traum. Sie konnte die Augen nicht aufmachen. Ihre Lider waren so schwer. Alles war so schwer. Und dazu der fischige Geschmack im Mund. Sie musste sich daran erinnern, wo sie war. Aber der Nebel in ihrem Kopf wollte nicht klarer werden. Auch ihr Körper gehorchte ihr nicht. Dann wurde sie sich der Hand in ihrer bewusst. Freund oder Feind? Angst schnürte ihr die Kehle zu. Jetzt bloß keine falsche Regung. Sie fühlte, wie sich die fremden Finger bewegten und ihren Handrücken streichelten. Ihr Gehirn konnte immer noch nicht entscheiden, was diese Bewegung ausdrückte. War sie in der Gewalt der Verbrecher? Tränen stiegen in ihr hoch. Was sollte sie nur tun? Noch ein Geräusch. Eine Stimme – eine Frau – vertraut. Elli!

Unendliche Erleichterung durchströmte Ina. Nach K.-o.-Tropfen aufzuwachen und eine so vertraute Freundin neben sich zu haben, war wie eine Erlösung. Sie durfte entspannen und erlaubte sich noch einmal wegzudämmern.

Als sie beim nächsten Mal zu sich kam, war Ina sehr viel schneller orientiert. Sie setzte sich auf und trank in kleinen Schlucken das Wasser, das Elli ihr reichte. Danach beschloss sie, wieder fit genug zum Stehen zu sein. Auch wenn Elli nicht begeistert war, musste sie ihr aus dem Bett helfen. Inas Beine fühlten sich zwar noch etwas wackelig an, aber mit jeder Runde wurde ihr Kreislauf stärker. Sie hatte nicht vor, eine Minute länger als nötig im Krankenhaus zu bleiben, schließlich musste sie eine Rechnung mit dem Brokatmann begleichen.

Sie rief Rüdiger an und entließ sich kurzerhand selbst.

***

»Rüdiger hatte tatsächlich recht!« Gero hatte ihnen die Hotelzimmertür aufgemacht und war gleich wieder zu seinem Laptop zurückgegangen.

»Keine Ahnung, was du meinst. Aber es ist auch schön, dich zu sehen.« Elli stemmte die Fäuste in die Hüften, doch Gero bemerkte sie gar nicht.

Rüdiger half Ina zum Bett. Sie ließ sich einfach darauf fallen und bat Gero mit geschlossenen Augen um Erklärung.

Er hatte eine bis ins kleinste Detail ausgearbeitete Theorie über die Bedeutung der Mondzyklen beim Brauen des Theriaks, die er konzentriert vortrug, während er im Zimmer auf- und abging. Am Ende seines Monologs drehte sich Gero triumphierend zu Rüdiger um.

»Gero, ich bin echt beeindruckt. Das klingt absolut logisch. Ich vermute jedoch, du wirst das morgen alles noch mal erzählen müssen.«

Er deutete auf die beiden Frauen, die aneinandergekuschelt auf dem Bett friedlich schliefen.

***

Der nächste Morgen war wolkenverhangen. Nicht nur vor dem Fenster, sondern auch in Inas Schädel. Sie hatte rasende Kopfschmerzen und ihr war übel. Verdammte Tropfen. Wenn sie schon einen Kater hatte, hätte sie wenigstens gern auch das Vergnügen dazu gehabt, ihn sich anzutrinken. Mühsam quälte sie sich aus dem Bett und schleppte sich ins Bad.

Eine Viertelstunde später stand sie am geöffneten Fenster und genoss die kühlende Brise. Das Geklapper von Schuhen auf dem Kopfsteinpflaster drang zu ihr. Sie blickte nach unten und betrachtete eine Zeitlang die Menschen aus dieser ungewöhnlichen Perspektive, nun eine nicht unangenehme Dumpfheit im Kopf.

Schließlich ging sie zu den anderen, die sicherlich schon mit dem Frühstück fertig waren.

***

Die Schlagzeile der Zeitung und die laute Diskussion von Gero und dem Rest verschlimmerten ihre Kopfschmerzen wieder. Sie zwang sich trotzdem, ein kleines Stück Brioche zu ihrem Pfefferminztee zu essen.

»Und wer hat das Ding jetzt?«

»Genau das ist die Frage!« Gero deutete erregt auf das Blatt.

Theriaca rubato!
Ein Tumult auf dem Maskenball im Teatro La Fenice wurde dazu genutzt, das jahrhundertealte Theriaca zu stehlen. Es handelt sich um das letzte original erhaltene Gefäß. Die Täter sind unerkannt entkommen. Die Polizei untersucht die eingegangenen Hinweise. Eine Person musste ins Krankenhaus gebracht werden.

Was für ein Chaos. Die Gedanken kreisten in Inas Kopf, während sie versuchte, der Diskussion der anderen zu folgen.

»Ich dachte, die Polizei hat den Theriak?«, fragte Ina.

»Die ›Polizei‹, liebe Ina, waren bloß gewöhnliche Verbrecher mit gefälschten Ausweisen.« Gero war fuchsteufelswild. »Hätte ich nur den Ausweis packen können. Dann hätten wir jetzt eine Spur.«

Elli saß mit gesenktem Kopf vor ihrem Teller. Ina hatte Mitleid mit ihr. Wenn ihre Freundin nicht einmal ihre angebissene Brioche aufaß, musste sie mit den Nerven am Ende sein.

Rüdiger sprang ein. »Zermarter dich deswegen nicht. Die Daten auf den Papieren waren bestimmt frei erfunden.«

»Wir hätten zumindest Fingerabdrücke gesichert«, grummelte Gero.

»Und dann? Du hast schon welche auf mir gefunden, die Bernd nicht identifizieren konnte. Ich habe immer noch schwarzes Pulver in der Nase«, entgegnete Rüdiger. »Es hätte aber auch weit schlimmer kommen können. Schließlich hätten sie dich nach deinem Bad fast verhaftet.«

Elli lachte herzlich und Ina musste sich eingestehen, dass sie Geros Sprung in den Kanal zu gern gesehen hätte. »Und jetzt erklärt mir bitte noch mal, was gestern genau vorgefallen ist. Ich scheine eine kleine Gedächtnislücke zu haben.«

Gero fasste alles erneut zusammen. Ein schwarz gekleideter Mann hatte versucht, das Theriak-Gefäß zu stehlen, bevor

Viktor es sich unter den Nagel reißen konnte. Beim Kampf wäre es fast zu Bruch gegangen, wenn Rüdiger nicht geistesgegenwärtig eingesprungen wäre, im wahrsten Sinne des Wortes. Dafür war er von falschen Polizisten verhaftet worden, die schließlich mit dem Gefäß getürmt waren.

Ina schwirrte der Kopf. »Wie viele wollten jetzt den Theriak?«

»Das Theriak-*Gefäß*«, korrigierte Gero sie mit hochgezogener Augenbraue. »Viktor, der Mann in Schwarz und die Polizisten. Oder alle gehören zu Viktor, der nur ein äußerst geschicktes Ablenkungsmanöver inszeniert hat.«

Inas Kopfschmerzen wurden schlimmer. »Und wie geht es nun weiter?«, fragte sie müde. »Die Maske bringt uns ja auch nicht wirklich irgendwohin.«

»Nein, sieht nicht so aus. Und in sieben Tagen findet vermutlich die nächste Opferung statt«, sagte Gero mürrisch.

»Wie kommst du denn darauf?«, fragte Elli.

»Ihr habt Geros Mondtheorie gestern verschlafen. Kurz zusammengefasst: Die Rituale finden immer um Mitternacht an Neumond statt. Das passt zumindest mit dem Brand auf der Burg von Celje zusammen, dessen exakte Zeit wir im Internet recherchiert haben. Auch gibt es Hinweise auf den Fotos von Viktors Studentenbude, die diesen Schluss zulassen.«

»Verstehe, dann wissen wir wann, aber leider nicht wo.« Ina versuchte, sich zu konzentrieren. »Da Viktor Venedig anscheinend verlassen hat, vermutlich nicht hier. Schade, die Stadt hätte so gut gepasst.«

Rüdiger zuckte die Achseln. »Viktor kann jederzeit zurückkommen und seine Freunde sind die einzigen Personen, die noch greifbar sind. Da müssen wir ansetzen.«

Gero schüttelte den Kopf. »Und wie? Hingehen und klingeln? Viel zu gefährlich. K.o.-Tropfen und Pfefferspray sind vielleicht nicht die einzigen Waffen, die sie besitzen. Außerdem sind wir bei ihnen eingebrochen. Ein Anruf bei der Polizei und *wir* sind es, die unangenehme Fragen beantworten müssen.«

»Ich traue diesen Typen auch nicht. Aber ich fürchte, Kwalle hat recht. Sie sind unsere letzte Spur. Wir haben keine andere Wahl. Das geringste Risiko ist, sie an einem neutralen Ort zu treffen.« Alle schauten Ina an, als käme sie von einem fremden Stern. »Wir schreiben ihnen einen Brief, dass wir reden wollen«, ergänzte sie.

»Vielleicht schläfst du lieber erst einmal deinen Rausch aus«, schlug Gero vor. Als Ina ihn böse anstarrte, hob er die Hände. »Also gut, aber warum sollten sie unsere Einladung annehmen?«

»Weil wir ihnen Informationen über das Theriak-Gefäß anbieten.«

»Aber wir haben keine!«, warf Elli ein.

»Das wissen sie nicht«, frohlockte Ina. »So, den Rest überlasse ich euch. Ich brauche eine Schmerztablette und werde Geros Rat befolgen, eine Runde zu schlafen.«

***

Die Kapelle am *Caffè Florian* spielte beschwingte Wiener Kaffeehausmusik. Hunderte Touristen flanierten in Gruppen über den Markusplatz oder fotografierten die Bauwerke und zahlreichen Tauben. Die Sonne schien von einem mit Schleierwolken bedeckten Himmel. Es war warm, aber nicht heiß. Die roten Ziegel des majestätischen Campanile leuchteten nur eine Spur blasser als an einem Sonnentag. Elli, Ina und Rüdiger hatten zwei der runden Tische zusammengestellt und warteten in den Korbstühlen auf die Viktorbande.

»Gero braucht immer eine Extrawurst.« Rüdiger warf einen Blick hinüber zu dem Mann mit Sonnenbrille, der allein ein paar Meter entfernt saß und in aller Ruhe einen Kaffee trank.

»Lass ihn doch. So steht es scheinbar drei zu drei. Bin schon gespannt, wie die anderen sind. Ein bisschen Bammel hab ich ja schon.«

Ina legte Elli die Hand auf den Arm. »Keine Angst, meine

Liebe. Deshalb sind wir ja hier in der Öffentlichkeit. Alles in Ordnung.« Das stimmte zwar nicht ganz – auch sie war nervös, dem Giftmischer wiederzubegegnen, und ihre Kopfschmerzen setzten erneut ein – ,doch wollte sie Elli nicht weiter verunsichern.

»Lasst uns etwas bestellen«, schlug Rüdiger vor. »Das lenkt ab.«

Fünfzehn Minuten später war noch immer niemand aufgetaucht. Vor Elli stand ein leerer Eisbecher. »Ich glaube, die kommen gar nicht. Wahrscheinlich trauen sie uns nicht. Oder sie bringen die Polizei mit.«

In diesem Moment sah Ina die Truppe anrücken. Die drei näherten sich langsam von Westen. Sie waren bestimmt erst Mitte zwanzig und wirkten angespannt. Der eine war ein groß gewachsener, erstaunlich blonder junger Mann mit Baseballcap. Der andere war deutlich kleiner, hatte die dunklen Augen eines Südländers und einen Dreitagebart. Er trug ein Hemd, dessen oberste Knöpfe offen standen. Die Frau war modisch gekleidet und wurde vom Duft eines teuren Parfums umweht.

Ina stand auf, begrüßte die Neuankömmlinge und stellte Elli und Rüdiger vor.

»*Io mi chiamo Tommaso*«, übernahm der Italiener die Führung. Die beiden anderen hießen Ginevra und Vidar.

Sie setzten sich. Während Tommaso drei Caffè Latte bestellte, musterte Ina Vidar. Er war eindeutig der Doge gewesen, der ihr die Drogen verabreicht hatte. Vielleicht erkannte er sie auch, da er sich kaum traute, sie unter seiner Baseballkappe hervor anzuschauen.

Offensichtlich fühlte sich Tommaso als Anführer oder er war dazu auserkoren worden. Doch Ina meinte, den Blonden leichter knacken zu können. Außerdem hatte sie mit ihm noch eine Rechnung offen.

»Vidar klingt nicht nach einem italienischen Namen, sondern eher nordisch«, versucht sie, ihn aus der Reserve zu locken.

Der Mann nickte. »Ich komme ursprünglich aus Schweden. Ich studiere nur hier.«

»›*Som man sår får man skörda*‹«, zitierte Ina ein Sprichwort. ›Wie man sät, wird man ernten.‹ Vidar hatte die Drohung und Einladung zum Gespräch sogleich verstanden.

»Hören Sie …«, begann er.

»Wer seid ihr und was wisst ihr über die *Teriaca vasa?*«, fuhr Tommaso dazwischen.

Sie ließ ihn auflaufen. »Sie wurde gestohlen.«

»Das weiß ich selbst«, polterte Tommaso.

»Dann können Sie mir sicherlich auch sagen, wozu Viktor sie geklaut hat!«, erwiderte Ina barsch.

Ginevra ergriff entrüstet das Wort: »Er hat sie nicht und er wollte sie nie stehlen.«

»Was hatte er gestern dann vor?«, fragte Ina die junge Frau.

Tommaso schüttelte bestimmt den Kopf. »Wir reden erst, wenn Sie uns sagen, wer Sie sind.«

Inas Handy brummte, eine Nachricht blinkte auf dem Display, doch das überging sie ebenso wie Tommasos Aufforderung. »Ihr Freund hat in Deutschland etwas Wertvolles gestohlen und nun wollte er auch noch das Theriak-Gefäß an sich bringen.«

»Das kann nicht sein! Er möchte es sich nur anschauen. Viktor würde nie etwas stehlen!« Rote Punkte waren auf Ginevras Wangen erschienen. Zu Inas Überraschung hatte sie den Eindruck, dass es sich um die Wahrheit handelte.

»*Silenzio!*«, fuhr der Mann die Frau nochmals an.

Inas Handy vibrierte erneut. »Was wollte er sich anschauen?«, fragte sie.

»Warum sollten wir Ihnen das erzählen?«, fragte Vidar bockig.

»Weil Sie Ihren Freund und sich selbst damit möglicherweise entlasten können. Schließlich stecken Sie mit ihm unter einer Decke und unterstützen ihn bei seinen Verbrechen.« Rüdiger schnaufte heftig und fixierte den blonden Schweden mit einem durchdringenden Blick, als wolle er ihn jeden Moment über den Tisch hinweg anspringen.

»Genug!« Vidar stand wütend auf. »Was unterstehen Sie sich? Wir würden niemals etwas stehlen! Ganz im Gegensatz zu Ihnen. Wer war es denn, der bei uns eingebrochen ist und die Karten mitgenommen hat? Ich hätte große Lust, die Polizei zu rufen und Sie verhaften zu lassen.« Drohend zog er sein Handy aus der Hosentasche.

Ina erhob sich in Zeitlupe, starrte ihm kalt in die Augen und zischte leise: »Tun Sie das. Dann kann ich gleich erzählen, wie Sie mir auf dem Maskenball K.-o.-Tropfen verabreicht haben. Vielleicht findet man noch Reste in Ihrer Wohnung? Wenn Sie die Polizei holen, wandern Sie selbst ins Gefängnis.«

Niemand sagte ein Wort. Es war, als hätten alle die Luft angehalten. Ina bemerkte, wie die Frau unruhig auf dem Stuhl hin und her rutschte.

Schließlich forderte Tommaso den Blonden mit einem Nicken auf, sich zu setzten, und begann zögerlich zu sprechen. »Viktor hat vermutet, in der Vase könne etwas in einem doppelten Boden versteckt sein. Er wollte sich das Gefäß genauer anschauen und meinte, die Ausstellung sei der perfekte Moment dafür.«

»Und warum hat er nicht einfach das Museum um Erlaubnis gebeten?« Rüdigers Frage klang ziemlich scharf.

Die drei schauten sich ratlos an.

»Vielleicht hat er das. Ich bin nicht sicher, er meinte, es gehe nur da.«

Inas Handy brummte. »Gero, verdammt!« Sie schrie den dunkel gekleideten Mann mit Hut am Nachbartisch an. »Wenn du etwas wissen willst, setz dich hierher und frag selbst, aber hör endlich mit dem Nachrichtengeschreibe auf.«

Alle waren für einen Moment perplex. Gero schien auf seinem Stuhl etwas kleiner zu werden. Doch schließlich kam er zu ihnen herüber.

Ina stellte ihn mit sarkastischem Unterton vor. »Das ist unser Sonderermittler, der nun vermutlich die nächsten Fragen stellen wird.«

»Dann sagen Sie uns jetzt endlich mal, wer Sie sind und was Sie wollen!« Tommaso schnaufte heftig.

Zu Inas Überraschung rückte Gero mit der Wahrheit heraus. »Wir sind eine Art Privatdetektive und suchen Viktor und die Dokumente, die er gestohlen hat.«

»Aber wieso sind Sie bei uns eingebrochen und haben nicht einfach nach ihm gefragt?« Ginevra wirkte misstrauisch.

»Sollten wir wirklich bei Ihnen eingedrungen sein, dann nur, um zurückzuholen, was Viktor entwendet hat, und um herauszufinden, was er vorhat.« Das verstand Gero wohl unter Diplomatie.

»Sag es ihnen, Tommaso«, flehte Ginevra jetzt fast. »Viktor ist kein Verbrecher. Das muss sich aufklären lassen.«

Vidar nickte bekräftigend.

Der Italiener seufzte. »Viktor ist am Sonntag hier angekommen. Er ist ein alter Freund und stets bei uns willkommen. Er wollte etwas für seine Doktorarbeit überprüfen und war ganz aufgeregt, weil das Originalgefäß ausgestellt werden sollte. Er hatte es zunächst in Apotheken gesucht, aber es wurde wohl schon seit Längerem in einem Safe im Museum aufbewahrt und war ausschließlich während des Maskenballs öffentlich zu sehen. Also hat Viktor Eintrittskarten von einem meiner Kumpels auf Murano besorgt, der immer Tickets hat. Es ist nur eine Frage des Preises.« Tommaso rieb Daumen und Zeigefinger aneinander. »Viktor war ganz aufgeregt, weil jemand ihn dorthin verfolgt hatte. Zuerst habe ich ihm nicht geglaubt, als Sie dann aber … als bei uns dann aber Personen in der Wohnung waren, sah die Sache anders aus. Er sagte, die Einbrecher seien gefährlich und wir sollten vorsichtig sein und ihm bei der Ausstellung den Rücken freihalten, damit er sich den Theriak anschauen könne.«

»Mit Pfefferspray und K.-o.-Tropfen? Und das kam Ihnen nicht seltsam vor?« Elli war richtiggehend entrüstet.

»Nun ja, so erzählt, klingt das alles schon etwas komisch.«

Vidar war sehr kleinlaut, alle drei bedachten sich mit nervösen Blicken.

»Und wo ist Viktor jetzt?« Gero ließ nicht locker.

»Das weiß ich nicht. Er ist direkt nach dem Ball verschwunden. Falls er Dokumente bei sich hatte, muss er sie mitgenommen haben.« Tommaso zuckte hilflos mit den Schultern.

»Hat er irgendeine Nachricht hinterlassen?«, forschte Gero weiter.

»Er hat heute Morgen auf meine Mailbox gesprochen. Es ginge ihm gut und ihm täte das Ganze schrecklich leid. Wenn alles vorbei sei, wolle er sich wieder melden.«

»›Alles vorbei‹?« Elli machte große Augen.

»Wir wissen nicht, was er damit meinte«, entgegnete Ginevra.

»Hat Viktor seltsame Fragen gestellt?«, forschte Gero nach, was selbst eine seltsame Frage war. Die jungen Leute starrten ihn offensichtlich verwirrt an. Gero seufzte. »Wollte er etwas über Tiere herausfinden? Hat er sich für Feuer interessiert? Dort oben auf dem Campanile zum Beispiel?«

»Woher wissen Sie das?«, platzte Vidar heraus. »Das stand damals nicht einmal in der Zeitung.«

Ina war ebenso überrascht wie die anderen. Die Opferung sollte laut Geros Theorie doch erst in ein paar Tagen stattfinden. Nun klang es so, als wäre sie schon passiert. Hatte Gero das schon länger vermutet oder war es ein spontaner Einfall? Der Exsoldat grinste selbstgefällig und spreizte die Hände.

Die Stimme des Schweden wurde wieder leiser. »Es war kaum der Rede wert. Nachts ist ein Stromkasten in Flammen aufgegangen. Hat wohl keinen Schaden angerichtet. Ein Anwohner hat wegen des Flammenscheins die Feuerwehr alarmiert, aber da war der Brand schon von alleine ausgegangen. Viktor hat das sehr interessiert. Ist ja auch passiert, als er das letzte Mal hier war.«

»Wann war das?«, fragte Gero scharf.

Tommaso kniff die Augen zusammen. »Vor ein paar Wochen. Ich müsste in meinem Kalender nachsehen.«

»War es bei Neumond?« Gero ließ nicht locker.

»Möglich, es war damals nachts recht dunkel. Warum wollen Sie das wissen?«

Ina und Gero tauschten einen Blick aus. Sie antwortete: »Weil wir vermuten, dass Viktor einen Theriak brauen möchte.«

Ginevra entfuhr ein »*No*«, das sie mit einer Hand vor dem Mund erstickte. Den bohrenden Blicken der VIER konnte sie nicht standhalten. Ihre Lippen bebten, als sie weitersprach. »Das durfte doch niemand wissen. Es sollte eine große Überraschung werden, sein wissenschaftlicher Durchbruch. Er hat es mir im Geheimen erzählt.«

Gero donnerte: »Viktor stiehlt Dokumente, fährt quer durch Europa, legt Feuer, opfert Tiere und möchte eine ›Überraschung‹ liefern?«

Ginevra war blass geworden. »Ich wusste doch nicht ... Er klang so aufgeregt. Sie hätten das Leuchten in seinen Augen sehen sollen.«

»Kann ich mir vorstellen! Und Sie decken ihn und unterstützen ihn bei seinen dunklen Machenschaften. Wenn ich ...«

Ina ging laut dazwischen. »Es reicht, Gero.« Ihre Stimme wurde wieder sanft, als sie sich an die junge Frau wandte. »Wenn Sie uns helfen, ihn zu finden, können wir mit ihm reden und ihn vielleicht überreden, sich zu stellen. Bis jetzt ist nicht viel passiert und wenn er kooperiert, kann alles noch einmal glimpflich ausgehen.«

Tommaso stand auf. »Ich verstehe nicht, was hier vor sich geht. Dieses ganze Gespräch kommt mir seltsam vor. Ich denke, wir verschwinden nun lieber.«

Gero wirkte so, als hätte er eine ganze Liste weiterer Fragen, doch Ina spürte, dass es genug war. Sie übernahm die Verabschiedung.

»Hier meine Karte, falls Ihnen noch etwas einfällt. Und seien Sie versichert: Wir wollen weder Ihnen noch Viktor etwas

Böses. Wir möchten die Dokumente wiederfinden und sicherstellen, dass niemand zu Schaden kommt. Darum schlage ich vor, wir vergessen alles, was mit Einbrüchen und K.-o.-Tropfen zu tun hat.«

Dieses Mal hielt Vidar ihrem Blick stand. Mit einem leichten Nicken akzeptierte er Inas Friedensangebot.

Sie verabschiedeten sich.

»Haben wir nicht zu viel verraten? Und deine Visitenkarte haben sie nun auch. Jetzt weiß Viktor, wer du bist.« Elli sprach erst, als die drei außer Hörweite waren.

Ina zuckte die Achseln. »Er ist uns entkommen und weiß sowieso, dass wir ihm auf den Fersen sind. Vielleicht gibt er auf und Andreas bekommt endlich die Dokumente zurück.«

Gero hörte den beiden kaum zu. »Ein Feuer auf dem Campanile. Genauso wie in Celje. Das wäre schon ein sehr komischer Zufall. Ich denke, den Sicherungskasten sollten wir uns einmal anschauen.«

Ina schüttelte den Kopf und blickte auf die Uhr. »Dein Bluff war gut. Dadurch haben wir eine Information mehr. Aber in eineinhalb Stunden fährt unser Zug nach Hause. Wir müssen schleunigst ins Hotel gehen und packen.«

»Einverstanden.« Normalerweise war Gero nicht so schnell zu überzeugen. »Wenn du mit ›wir‹ euch meinst. Rüdiger, deine Hilfe brauche ich. Gib Elli den Schlüssel, sie kann deine Sachen verstauen. Mein Koffer steht bereits abreisefertig an der Rezeption. Der nette Herr dort hilft auch bestimmt beim Transport zum Bahnhof. Wir sind pünktlich wieder zurück.«

***

Rüdiger und Gero hatten den Sicherungskasten im Nu ausgemacht. Die Box war offensichtlich kürzlich erneuert worden. Daran würden sie mit Sicherheit keine Spuren finden.

Vor den vergitterten Fenstern des Campanile hatten sich Menschentrauben gebildet, um die einzigartige Aussicht auf den Markusdom und den weitläufigen von Palazzi und Cafés flankierten Platz davor zu genießen. Dahinter erstreckte sich das rote Meer von Dächern, aus dem immer wieder Kirchtürme hervorspitzten. Richtung Südosten glitzerte die Lagune in der Sonne. Vaporetti und Taxis malten weiße Linien ins Wasser. Der Campanile auf San Giorgio Maggiore sah dem des Markusdoms zum Verwechseln ähnlich. Und zwischen den beiden Säulen an der Uferpromenade, die sich bis zum Garten der Biennale von Venedig erstreckte, dümpelten blank polierte Gondeln in der leichten Dünung. Ein sanfter Wind trug das Geschrei von Möwen zu ihnen und einen Hauch von Klaviermusik.

Die fotografierende Menge erschwerte die Untersuchung der Wände und des Bodens rund um den Brandort erheblich und würde sie viel zu viel Zeit kosten. Aber Gero wollte sich nicht beschweren. Ohne Rüdigers zu horrendem Preis via Internet gekauften Priority-Tickets, wären sie sowieso nicht mehr auf den Turm gekommen, da Hunderte Menschen in der Besucherschlange standen.

Zwanzig Minuten später gaben sie auf und reihten sich in die Wartenden auf den Lift nach unten ein. Wäre Rüdiger nicht schon der Panik nahe gewesen, den Zug zu verpassen, hätte Gero noch länger gesucht. Sein Blick fiel auf die *1*, die neben dem Liftknopf stand. Was für ein Unsinn! Dies musste das höchste erste Stockwerk sein, das es gab.

Als sich die Türen vor ihnen öffneten, ließ der Liftboy zunächst die ankommenden Gäste aussteigen. Danach durften sie hinein. Gero schaute den Neuankömmlingen hinterher, die sich langsam verteilten. Zu dumm, dass sie keinerlei Hinweise gefunden hatten. Während die Kabine sich füllte, erschienen zwischen den Beinen der Touristen immer wieder Teile der Gravur der Innenseite der Nord-Ost-Säule: *Factus est* – es ist vollbracht. So konnte man es auch sehen. Aus, vorbei. Hier gab es nichts mehr zu holen. Sein Blick sank tiefer.

Die Türen schlossen sich bereits, doch er sprang geistesgegenwärtig in den Spalt.

»Haben was vergessen!«, rief er den anderen zu und zog Rüdiger nach draußen.

Der Liftboy warf ihnen eine italienische Beschimpfung hinterher, aber Gero hatte sich schon auf den Boden gekniet. Da war es! Er zog seine Kamera vom Hals und hielt sie knapp über die Fliesen, wobei ihm das schwenkbare Display sehr entgegenkam.

»Seit wann gefallen dir meine Füße?«, wunderte sich Rüdiger.

Gero winkte nur ab, schoss mehrere Fotos aus verschiedenen Winkeln und richtete sich dann wieder auf. »Was hältst du davon?« Er zeigte seinem Freund die Kamera.

»Das ist doch …«

»… ein Beta!«, vollendete Gero voller Genugtuung den Satz und hatte sich schon erneut gebückt, um den Boden genauer zu untersuchen.

***

Rüdiger betrachtete überrascht die Aufnahmen, während Gero auf dem rot-weißen Schachbrettmusterboden herumkroch.

»Die Ritzen zwischen den Platten sind an einigen Stellen dunkel verfärbt, weil jemand ein Feuer in Form eines Betas hier angezündet hat. So wie das Alpha auf dem Glasdach in Celje. Mit etwas Glück finden wir auch noch Aschereste. Warte«, er rutschte Platte für Platte weiter, »hier ist ein Riss. Ich glaube, da steckt noch Pulver drin!«

Rüdiger bemerkte, wie sich einige Leute verwundert umdrehten. Er hob den Finger an den Kopf und wollte schon einen Vogel zeigen, besann sich dann aber und machte stattdessen eine Bewegung, als würde er sich eine Kontaktlinse aus dem Auge nehmen. Das stellte die Menge erst einmal zufrieden und sie wurden nicht weiter behelligt.

Gero schien alles um sich herum vergessen zu haben. Er hatte sogar einen Zettel aus seinem Notizbuch gerissen – was zeigte, dass er etwas Großartiges entdeckt hatte, da er das normalerweise nur im äußersten Notfall tat – und ihn geschickt zusammengerollt, um ein wenig von dem schwarzen Pulver aufzusammeln.

Schließlich beförderte er die kleine Menge in ein Plastiktütchen, das er aus seinem Rucksack zauberte und ordentlich verschloss.

»Wahnsinn!«, kommentierte Rüdiger. »Echt klasse, dass du das noch gesehen hast. Ich dachte schon, wir sind in einer Sackgasse gelandet. Aber das bedeutet, wir sind auf der richtigen Spur.«

»Und diese Spur werden wir nun einer DNA-Untersuchung unterziehen.« Gero grinste zufrieden und steckte den Beutel ein.

Rüdigers Telefon klingelte. »Hallo Elli! Du wirst es nicht glauben ... – Was? In dreißig Minuten?« Er prüfte verwirrt seine Armbanduhr. Tatsächlich, in einer halben Stunde ging der letzte Zug. In sieben Tagen war Neumond und damit das nächste Opfer an der Reihe. Sie hatten keine Zeit zu verlieren. Schon in Celje und Venedig waren sie zu spät gekommen. Sie mussten schnellstens nach Hause und herausfinden, wo das nächste Ritual stattfand. »Schau dir mal an, wie viele Menschen zum Hinunterfahren anstehen; eine ganze Touristengruppe. Das schaffen wir nie!«

***

Fünf Minuten später rannten sie über den Markusplatz.

»Das konnte natürlich nur dir einfallen«, keuchte Rüdiger nicht ohne eine Spur von Bewunderung. »Einen Anfall von Höhenangst vortäuschen ... damit wir ... die Schlange umgehen.«

Er sparte sich die weitere Puste fürs Laufen.

Gero schien genau zu wissen, wo es hinging. Geschmeidig umkurvte er die Touristengruppen, von denen nicht wenige im Weg standen. Rüdiger hatte Schwierigkeiten, ihn nicht aus den Augen zu verlieren. Schnaufend stapfte er hinterher.

Am Ufer des Kanals schwappte das Wasser in sanften Wellen an den Pier. Eine Gruppe Asiaten wollte gerade ein bereitstehendes Wassertaxi besteigen. Gero rannte auf sie zu und wedelte wild mit den Armen, während er ihnen etwas zurief. Dann zeigte er auf Rüdiger. Dessen Tempo war schon merklich langsamer geworden und sein hochrotes Gesicht zeigte, wie sehr ihn die Lauferei anstrengte.

»*Contagious! Danger!*«, rief er den Asiaten zu, die sichtlich erschreckt vor Rüdiger zurückwichen und sich die Hände vor Mund und Nase hielten. Eine Minute später hüpfte das Taxi über die Wellen des Canale della Giudecca.

Rüdiger hing schwer atmend auf einer der Sitzbänke. »Ich bin … nicht … ansteckend!«, presste er heraus.

»Aber es hat funktioniert.« Gero saß gemütlich auf der anderen Bank und tippte auf seinem Handy herum. »Ausgezeichnet. Zu Fuß oder mit dem Vaporetto hätten wir eine halbe Stunde gebraucht. Mit dem Wassertaxi kommen wir nur drei Minuten zu spät. Ich gebe Elli und Ina Bescheid.«

»Und … was sollen die machen? Den Zug festhalten?«

***

Die Viertelstunde Ruhe im Wassertaxi hatte Rüdiger leidlich erholt. Doch jetzt hetzte er schon wieder hinter Gero her. Wenn der Zug pünktlich war, würde er genau in diesem Moment den Bahnhof verlassen. Und sie liefen gerade erst auf das niedrige Gebäude mit der breiten Treppe davor zu.

»Gero, wir schaffen es nicht!«, keuchte Rüdiger.

Sein Freund ließ sich nicht beirren. Kurz darauf durchquerten sie die Eingangshalle und erreichten das Gleis. Aber was war das? Der Zug stand tatsächlich noch da! Das spornte Rüdiger an, er rannte weiter. Gero hatte kaum zwanzig Meter Vorsprung.

Wenige Sekunden später sah er, was die Verzögerung bewirkt hatte. Offenbar war ein Koffer aufgeplatzt und eine Frau reichte einer zweiten die Kleidung durch die offene Zugtür hinein, während der Schaffner wild gestikulierend danebenstand. Bei genauerem Hinsehen erkannte Rüdiger, dass Elli die Sachen hinaufwarf, während Ina sie unbemerkt wieder auf den Bahnsteig fallen ließ. Eine geniale Idee!, dachte er – allerdings nur so lange, bis er begriff, wem die Klamotten gehörten.

***

»Na, das hat doch alles prima geklappt.« Gero schien sehr zufrieden und knuffte Rüdiger in die Seite.

»Ihr hättet ja nicht unbedingt meinen Koffer nehmen müssen«, maulte der.

»Deiner stand leider am nächsten«, log Ina. Sie musste ihm nicht auf die Nase binden, dass Gero seinen grundsätzlich abschloss und sie nicht zwingend ihre teuren Gewänder auf dem Boden hatte verteilen wollen. Auf Rüdigers schwarzen Shirts fielen die Flecken sicher kaum auf. »Hauptsache ist doch, dass ihr es noch geschafft habt!«

»Und wie wir es geschafft haben. Venedig ist Beta.«

Natürlich verstanden die beiden Frauen Geros verkürzte Erläuterung ihres Fundes nicht. Rüdiger sprang über seinen Schatten und erklärte ausführlich, was sie herausgefunden hatten.

»Fabelhaft. Das passt zu Celje als Alpha.«

»So ganz klar ist mir noch nicht, was das alles zu bedeuten hat.« Rüdiger entspannte sich auf dem bequemen Sitz.

Gero tippte sich mit dem Finger gegen die Lippen. »Viktor hatte doch in seinem Zimmer eine Menge Tierabbildungen: Vogel, Schlange, Fisch, Ratte. Ich wette, vor drei Wochen hat er hier bei Neumond ein Reptil geopfert. Das wird Andreas uns mit einer DNA-Untersuchung bestätigen. Als Nächstes ist also Gamma an der Reihe. Und wo auch immer das liegt, wird ein weiteres Tier drankommen.«

Ina schüttelte den Kopf. »Aber wozu? Und warum diese krassen Mittel? K.-o.-Tropfen sind schließlich nichts Alltägliches.«

»Vielleicht waren sie gar nicht für dich gedacht?«

»Wie meinst du das?« Ina fuhr zu Elli herum.

»Nun ja, das Gefäß ist gestohlen worden. Aber nicht von uns, sondern von den falschen Polizisten. Also gibt es noch jemanden, der hinter Viktor oder dem Theriak her ist. Ist das Gebräu vielleicht wertvoller, als wir denken? Möglicherweise hatte Viktor seine Freunde gebeten, diese Gruppe außer Gefecht zu setzen.«

»Und nur weil wir ihn verfolgt haben und eingebrochen sind, hat er uns für sie gehalten?« Gero schien zu zweifeln. Elli nickte, doch er schüttelte den Kopf. »Das überzeugt mich nicht. Viktor könnte genauso gut mit den anderen Dieben unter einer Decke stecken.«

Ina hatte die Augen geschlossen und überlegte. In dem Puzzle waren noch so viele Lücken und sie wusste nicht einmal, ob sie die bisherigen Teile richtig zusammengesetzt hatten. »Wir sollten bei den Fakten bleiben«, erklärte sie dann. »Ich werde Pierre informieren.«

Eine Stunde später erhielt sie eine SMS von einer unbekannten Nummer.

Viktor hat geschrieben. Er ist gut in Paris angekommen, wird aber jetzt untertauchen. Tommaso

München

»*Bonjour, ma chère!*« Pierre begrüßte Ina mit einem Kuss auf jede Wange, der eine Spur länger dauerte, als man es bei einfachen Freunden erwarten würde.

Sie hatte sich auf das Wiedersehen gefreut. Ganz unüblich hatte sie eine halbe Stunde lang vor dem Kleiderschrank gestanden, bis sie sich schließlich für ein dezent gemustertes Sommerkleid und einen breiten Gürtel entschieden hatte. Nun stand sie dem Professor im *Café Glockenspiel* gegenüber und drehte den Kopf zum Fenster mit der schönen Aussicht, damit Pierre die Röte in ihrem Gesicht nicht bemerkte. Sie genoss seine zuvorkommende Art und seinen charmanten französischen Akzent.

»Erzähl, was ist in Venedig passiert?«, fragte er neugierig, nachdem sie sich etwas zu trinken bestellt hatten.

»Wir haben Viktor gefunden!«, berichtete sie nicht ohne Stolz.

Der Professor schaute sie erstaunt an. »Wirklich? Das ist ja fantastisch! Hat er gestanden?«

Sie erzählte ihm ausführlich von ihren Ermittlungen. Als sie zu den K.-o.-Tropfen kam, ergriff er ihre Hand.

»*Sacrément!* Ich hoffe, es geht dir wieder gut?« Er blickte ihr tief in die Augen.

Sie spürte sein ehrliches Entsetzen und ließ ihn ein paar Sekunden gewähren, bevor sie ihre Hand zurückzog und den Rest der Geschichte berichtete. »Leider konnten wir die Unterlagen nicht sicherstellen.«

»Viktor gehört wirklich ins Gefängnis! Zuerst stiehlt er Dokumente, dann möchte er ein Theriak-Gefäß an sich bringen und stiftet schließlich seine Freunde an, dir Drogen zu geben. Wo soll das noch hinführen?«

»Wir haben eine Theorie«, sagte sie vorsichtig. »Allerdings ist sie sehr abstrus.«

Pierre strahlte sie an. »Abstruse Theorien sind mein Beruf. Aber dafür brauchen wir etwas Zucker fürs Gehirn.« Er bestellte ihnen zwei *Pain au Chocolat* und fügte leise hinzu: »Ich bin froh, dass du wieder heil zurückgekommen bist.«

Sein Mitgefühl tat Ina gut. Die letzten Tage waren anstrengend gewesen und noch immer plagten sie schwach pochende Kopfschmerzen. Sie sammelte sich und erklärte VIERs Opferungstheorie.

»Das ist nicht euer Ernst!« Pierre wirkte alarmiert, verfiel dann aber in ein tiefes Nachdenken.

»Was ist? Habe ich etwas Falsches gesagt?«

»Nein, überhaupt nicht. Ich habe nur …« Er nippte an seinem Kaffee. »Vielleicht habt ihr recht.«

Jetzt war Ina überrascht. Sie hatte erwartet, dass er sie schlicht auslachen würde.

Doch Pierre schien mit einem Mal sehr ernst. »Weißt du, dem Theriak wurden im Mittelalter magische Kräfte zugeschrieben. Wie Orvietan galt er als Panazee, ein Allheilmittel. Warum sollte Viktor das nicht wieder aufgreifen? Er hat sich viel mit dieser Periode beschäftigt. Vielleicht hat er in den alten Dokumenten etwas entdeckt, was bisher noch nicht bekannt war. Andreas und ich sind uns einig, dass damit ein Vermögen zu machen ist.«

Ina musste unwillkürlich an die Elfenbeinstatuen ihres

letzten Falls denken. Im Dark Web konnte man sicherlich nicht nur Drogen und illegale Kunstschätze kaufen, sondern vermutlich gab es auch spezielle Anlaufstellen für esoterische oder okkulte Bräuche und Gebräue. Ging es hier lediglich ums Geld oder erhoffte sich Viktor noch etwas anderes von dem Trank? Ina zeigte Pierre auf ihrem Handy die beim letzten Treffen versprochenen Fotos von Viktors Studentenbude in München und seinem Zimmer in Celje.

»Kannst du irgendetwas davon interpretieren?«

Der Franzose sog die Luft ein. »Das sieht aus wie das Werk eines – wie sagt man – Besitzten?«

»Besessenen«, korrigierte Ina und hätte fast geschmunzelt. Dieser Akzent und die Versprecher berührten sie.

»Aber was haben wir hier?« Pierre hatte ein paar Fotos weitergewischt. »Diese Sternbilder an der Wand. Manche sehen wie Tierkreiszeichen aus. Warte mal. Darüber habe ich etwas gelesen.« Er nahm sein Handy zu Hilfe. »Da habe ich es ja. In seinem Gedicht *Theriaka* erwähnt Nikandros von Kolophon« – Ina konnte sich an den Namen aus ihren eigenen Recherchen erinnern – »den Tod von Orion durch einen Skorpion, der von Artemis geschickt worden war. Und das hier sind die beiden Sternbilder dazu. Viktor hat mir gegenüber bisher nur den Begriff ›Astralmedizin‹ verwendet. Mehr wollte er mir noch nicht sagen. Aber das hat bestimmt etwas damit zu tun.«

Während der Professor die Fotos weiterstudierte, machte Ina sich ein paar Notizen, die sie den anderen schicken würde.

»Und das mit den Tieren?« Sie zeigte ihm das Bild der Wand, auf dem Vogel, Schlange, Fisch und Ratte zu sehen waren.

Pierre schüttelte den Kopf. »Das kann ich mir auch nicht erklären. Schlangenfleisch war eine Standardzutat für den Theriak, das wisst ihr ja schon. Aber Vogel und Fisch haben keinen Bezug dazu. Die Ratte fällt völlig aus dem Raster. Und was Viktor in Paris macht, können wir nur raten. Natürlich wurde die Medizin unter anderem dort zubereitet, aber Zentrum des Handels damit war im Mittelalter die Region um Montpellier. In der südfranzösischen Stadt gibt es sogar eine Rue de la Thériaque. Mehr weiß ich leider nicht.«

»Wir werden uns weiter Gedanken machen. Viktor ist nach wie vor im Besitz der Dokumente. Wir haben Andreas Proben der Asche gegeben. Seine Kollegen sollen mit einer DNA-Analyse herausfinden, welche Tiere in Celje und Venedig verbrannt wurden.«

Pierre war beeindruckt. »Ihr seid wirklich wie Detektive.«

Ina freute sich darüber. »Ja, aber uns fehlt noch der Zusammenhang.«

»Ich werde darüber nachdenken und ein wenig recherchieren. Könnt ihr mir die Fotos zu Verfügung stellen? Vielleicht finde ich etwas.« Erneut lächelte Pierre sie an und tätschelte leicht ihre Hand. »Genug Theorien. Themenwechsel.«

Ina stimmte gern zu. Die anstrengende Unterhaltung hatte ihre Kopfschmerzen wieder verschlimmert. Pierre nahm wieder ihre Hand und diesmal genoss sie das Gefühl.

***

Rüdiger war in seinem Element. Sich knifflige Rätsel auszudenken oder sie zu lösen, hatte ihm schon immer einen Riesenspaß gemacht. Nachdem er Inas Nachricht gelesen hatte, ging er in den Keller, um seinen Atlas für Himmelsbeobachter zu suchen. Das Buch musste in einer der alten Kisten sein. Rüdiger hätte nicht alle Kartons öffnen müssen, da Sonja sie säuberlich beschriftet hatte, aber ihm war danach, die Sachen anzuschauen. Bei der dritten Box wurde ihm schwer ums Herz. Sie enthielt viele Erinnerungen, die er mit seiner Frau in den letzten Jahrzehnten gesammelt hatte. Auch wenn der Schmerz allmählich verebbte, vermisste er Sonja jeden Tag. Rüdiger seufzte tief und verstaute die Kiste an ihrem Platz. Er würde sie zu gegebener Zeit wieder öffnen, noch tat es zu weh.

Zehn Minuten später hatte er den Atlas gefunden und damit seine Aufgabe hier unten erledigt, doch er konnte nicht widerstehen, in den Karton zu blicken, auf dem *Rüdigers Schallplatten* stand. Er hätte beinahe die Welt um sich herum vergessen, als er seine unvergleichliche Heavy-Metal-Kollektion wiederentdeckte: AC/DC, Metallica, Judas Priest, alle waren sie da. Und der fast schon antik anmutende Plattenspieler, sorgfältig eingewickelt in mehrere Band-Fan-Shirts, lag direkt daneben. Frohen Mutes schleppte Rüdiger seine Schätze ins Wohnzimmer.

Sein Kopf wippte zum Rhythmus von *Breaking the Law,* während er die Sternzeichen nachschlug, die Ina ihm genannt hatte. Bei Gelegenheit würde er Gero erzählen, dass der Song auf einer phrygischen Kirchentonleiter aufbaute. Nach einer Weile drehte er die Platte um und wechselte an den Computer.

Die Himmelskörper innerhalb eines Sternbilds wurden mit griechischen Buchstaben ihrer Helligkeit nach durchgezählt. Da die Brandstellen Alpha und Beta nachzeichneten, war Rüdiger davon überzeugt, dass die Anordnung der Opferungen einem Sternbild entsprach.

Zunächst brachte er die Sterne Alpha und Beta des Skorpions auf einer Google-Maps-Karte mit Celje und Venedig zur Deckung. Der Stern Delta befand sich irgendwo auf der Grenze zu Kroatien, aber ein Großteil des Schwanzes von Epsilon aufwärts war im Meer. Und auch nach mehrmaligem aufmerksamem Lesen des Buchs konnte er Gamma Scorpii nicht finden.

Mit Orion hatte er mehr Glück. Als er die beiden hellsten Gestirne Betelgeuse und Rigel sauber platziert hatte, lagen alle weiteren Sterne auf dem Festland. Gamma befand sich im Nirgendwo in den italienischen Alpen. Rüdiger grölte den Refrain von *The Rage* mit, während er die Karte vergrößerte und schließlich den Ort Campone erkannte, für den er allerdings nicht einmal einen Wikipedia-Eintrag fand. In der Nähe lag die Pradis-Grotte. Konnte die etwas Mystisches enthalten?

Delta war mitten in der Einöde Sloweniens, am ehesten beim Dorf Predmeja. Rüdiger musste lachen, als er es googelte. Das war nur ein Weiler mit knapp vierhundert Einwohnern! Wer jedoch Wert auf eine gepflegte Runde Kuhfladen-Roulette legte, war dort gut aufgehoben. Offenbar war in der Nähe auch mal ein Flugzeug abgestürzt. Das hatte zwar keinen kosmischen, aber zumindest einen himmlischen Bezug.

Rüdiger seufzte und holte sich ein Bier. Das war alles absolut willkürlich. Ihm fehlten weitere Informationen. Entweder verriet ihm jemand das richtige Sternbild oder er musste warten, bis das Ritual in Gamma durchgeführt worden war. Dann hatte er drei Punkte und konnte sehr wahrscheinlich die Konstellation und die restlichen Koordinaten bestimmen. Rüdiger wechselte die Schallplatte und ging nach draußen. Vielleicht war seine ganze Idee, Sternbilder auf Landkarten zu legen, auch einfach Blödsinn.

Auf der Terrasse atmete er tief ein. Die Sommerabende rochen wunderbar. Wie zum Hohn funkelten ihm die Sterne am Nachthimmel entgegen, deren Geheimnis er nicht entschlüsselt bekam. Der Große Wagen, Kassiopeia, die Leier. Für jedes dieser Zeichen hätte er sich eine passende Geschichte aus den Fingern saugen können, warum es eine rituelle Bedeutung für das Brauen des Theriaks haben musste. Im Hintergrund lief *Highway to Hell*. Was zum Teufel ging hier vor?

***

Andreas hob den großen Picknickkorb aus dem Kofferraum. Der laue Abend war perfekt, um ihre Lagebesprechung im Biergarten abzuhalten. Elli hörte vom nahe gelegenen Michaelibad das Lachen der Kinder herüberschallen.

Ihr Mann kam zu ihr und küsste sie. »Hör auf, dir Sorgen zu machen.«

»Mach ich doch gar nicht.« Elli strich ihr Sommerkleid glatt und blickte auf ihre Schuhe.

»Mein Schatz, ich kenne dich schon länger. Es war nur eine Frage der Zeit, bis die Slowenen sich nach den Dokumenten erkundigten. Eure Fragen über Viktor in Celje und Ljubljana waren wohl sehr direkt. Ich habe dem Dekan zwar nicht alle

Details erzählt, ihn aber überzeugen können, mir für eine Weile den Rücken freizuhalten. Lass uns den Abend mit deinen Freunden genießen. Es wird alles gut, du wirst sehen.«

Elli beneidete ihren Mann um seinen Optimismus. Hoffentlich hatte er recht. Doch sie spürte, wie die Verantwortung auf ihr lastete.

Der Biergarten war voll besetzt, doch Rüdiger war bereits eine Stunde eher gekommen und hatte einen Tisch am Wasser ergattert. Sie begrüßten sich herzlich. Es war das erste Mal seit Inas Einweihungsfeier, dass neben den V.I.E.R. auch Andreas und Pierre dabei waren. Gemäß bayerischer Tradition hatte Elli eine weiß-blaue Tischdecke und hausgemachte Schmankerl ausgepackt, die sie um Brezen, Spareribs und Bier aus der Schänke ergänzten. Im Schein der tief stehenden Sonne aßen, tranken und redeten sie, bis das Gespräch unweigerlich auf Viktor kam. Pierre wollte wissen, ob sie schon etwas Neues über seinen Aufenthaltsort gehört hätten.

Ina schüttelte den Kopf. »Es ist ein bisschen wie bei dem Spiel *Scotland Yard.* Mister X taucht für einen Moment auf und verschwindet dann für einige Spielzüge wieder. Nach dem Hinweis von Tommaso müsste Viktor in Paris sein. Und in fünf Tagen ist Neumond.«

Pierre nickte. »Ich habe mir Gedanken gemacht. Wenn das Ritual am höchsten Punkt der französischen Hauptstadt stattfinden soll, bleibt nur der Eiffelturm. Allerdings gibt es viele andere spirituelle Plätze oder Orte mit Bezug zur Astrologie, etwa das Théâtre Astral, die Katakomben mit Millionen Skeletten und natürlich zahlreiche Kirchen. Sacré-Cœur ist immerhin auch dreiundachtzig Meter hoch.«

»Ich habe noch mehr«, warf Andreas ein und faltete ein Stück Papier auseinander. »Im Buch *Neu eröfnete Academie der Kaufleute* aus dem Jahre 1801 steht geschrieben: *Der venezianische Theriak hat den Ruhm, dass er vor andern wohl zubereitet wird.* Eine Anspielung auf die öffentliche Brauzeremonie. *Der Theriak von Paris und Montpellier wird für ebenso gut gehalten.* Die französische Hauptstadt hat also auf jeden Fall historische

Referenzen für den Trank. Dort wurde 1790 angeblich auch die letzte beaufsichtigte Zubereitung durchgeführt. Und ein anderes Buch berichtet von einem speziellen Pariser Theriak-Essig, der durch einen Bezoar noch an Kraft gewinnt.«

»Wie bei Harry Potter?«, fragte Elli und nahm sich ein Radieschen.

»Dank J. K. Rowling ist der Begriff zumindest nicht mehr nur unter Fachleuten bekannt.« Andreas lächelte schief.

»Wir sollten uns nicht auf Paris einschießen«, gab Gero zu bedenken. »Vielleicht hat Tommaso uns angelogen oder Viktor war lediglich auf der Durchreise. Immerhin hatte er einen Stadtplan von London in der Tasche.«

»Er hatte was?«, rief Ina aufgebracht. »Und wann wolltest du uns das erzählen?«

»Eigentlich gleich nach unserem Einbru… Besuch bei Viktors Bande in Venedig. Aber du hast ja mein – Zitat – ›Ich-packe-meinen-Koffer-Spiel‹ unterbrochen. Ich habe das Gepäck in seinem Zimmer untersucht.«

Sie debattierten eine Weile, bis Rüdiger dazwischenging. »Auszeit! Ich habe es gerade geprüft. London ist von Venedig aus tatsächlich am schnellsten über Paris zu erreichen.« Zufrieden tunkte er ein Stück Breze in seinen Obatzdn und biss genüsslich ab.

Elli war dankbar für den Einsatz ihrer Freunde, um ihrem Mann und Pierre zu helfen.

»Aber in England wurde nie ein Theriak gebraut«, gab der Franzose zu bedenken. »Das Königreich hat ihn nur importiert. Paris scheint mir doch deutlich wahrscheinlicher als nächste Opferstätte.«

Andreas nickte. »Das sehe ich auch so.«

»Außerdem«, fuhr Pierre fort, »wollte Viktor eine Konferenz in London besuchen, die in drei Wochen stattfindet. Vermutlich hatte er den Stadtplan schon dafür besorgt.«

»Haben wir denn noch weitere Hinweise? Passen Paris oder London mit einem Sternbild zusammen?«, wollte Ina wissen.

Rüdiger stöhnte. »Hör mir bloß damit auf. Ich habe alle Konstellationen durchgesehen und die Alpha- und Beta-Sterne auf Celje und Venedig gelegt. Sogar seitenverkehrt. Bei keinem einzigen komme ich mit Gamma in irgendeiner halbwegs größeren Stadt heraus.«

»Spricht das nun gegen die Orte oder die Astronomie?« Andreas hatte sein Blatt Papier zu einem winzigen Paket gefaltet.

Elli kannte diese Angewohnheit. Wenn ihr Mann aufgeregt war, brauchte er immer etwas, womit er seine Hände beschäftigen konnte.

Sie diskutierten lebhaft beim Nachtisch aus Apfelstrudel und Vanilleeis, bis sich ein Mehrheitsverhältnis herauskristallisierte: Gero und Rüdiger hielten London für Viktors wahrscheinlichsten Aufenthaltsort, Ina bestand darauf, sich ohne weitere Informationen nicht festlegen zu können. Elli, Andreas und Pierre votierten für Paris.

»Dann sollten wir uns aufteilen. Rüdiger und ich fahren nach London und ihr nach Paris.« Gero hatte die logische Konsequenz gezogen.

»Ich fürchte, da muss ich passen. Wegen der verschwundenen Dokumente habe ich nächste Woche eine interne Untersuchung, bei denen auch der Dekan anwesend sein wird. Sogar die Slowenen wollen sich per Telefonkonferenz dazuschalten. Da kann ich beim besten Willen nicht fort.« Andreas schaute unglücklich drein.

»Und ich hoffe, ihr versteht es, wenn ich daheim bleiben möchte, solange das alles nicht geklärt ist.« Elli nahm die Hand ihres Mannes.

»Ich muss diese Woche auf eine Konferenz nach Schweden. Aber ich habe sowieso wenig Talent als Detektiv. Du wirst wohl ohne mich in Paris ermitteln müssen, *ma chère.*« Pierre machte ein bedauerndes Gesicht, während er Ina anblickte.

Die schaute verkniffen. Ob es daran lag, dass Pierre angedeutet hatte, sie müsse ohne ihn nach Paris fahren, oder daran, dass er sie das erste Mal vor allen ›Liebling‹ genannt hatte, war nicht klar. »Ich habe immer noch starke Kopfschmerzen von den K.-o.-Tropfen. Ich weiß nicht, ob ich das schaffe. Und alleine schon gar nicht.«

Elli hatte Mitleid mit ihrer Freundin, doch Andreas ging dieses Mal einfach vor. »Was haltet ihr davon: Rüdiger fährt mit Ina nach Paris und Gero, du fragst deinen Neffen Bernd, ob er Zeit hat für London. Als Polizist kann er dir vermutlich besser mit den Nachforschungen helfen als wir alle zusammen. Ich finde, in jeder Stadt sollten mindestens zwei Personen ermitteln.«

Das war ein annehmbarer Kompromiss.

Nur Rüdiger maulte. Er hatte in der darauffolgenden Woche Karten für ein Rock-Festival in München ergattert. Dort würden neben Kiss, einer seiner früheren Lieblingsbands, etliche andere namhafte Acts spielen.

Doch Gero winkte ab, als wäre das nur eine Belanglosigkeit.

***

Unter anderen Umständen hätte Rüdiger gern ein paar Tage mit Ina in Paris verbracht. Aber irgendwie hatte er ein komisches Gefühl bei der Sache und außerdem wollte er unbedingt bei den Konzerten dabei sein.

Dennoch besorgte er die Tickets für den Nachtzug und reservierte ein einigermaßen erschwingliches Hotel in Zentrumsnähe. Schließlich ging es um Elli. Er würde sich allerdings bemühen, rechtzeitig zurückzufahren.

***

Ina traute ihren Augen nicht, als sie eine Nachricht von Tommaso bekam. *Viktor ist nicht mehr in Paris. Und er lässt ausrichten, dass ihr aufhören sollt, ihn zu suchen. Er muss vollenden, was er begonnen hat.*

Konnte sie Viktors italienischen Freunden glauben? Sie rief Rüdiger an.

»Nach den K.-o.-Tropfen schulden sie dir was und das wissen sie auch. Um ehrlich zu sein, kommt mir das durchaus gelegen. Wir haben Stress mit einem Projekt und ich würde gerne in der Firma sein. Außerdem glaube ich eh, dass Frankreich die falsche Fährte ist.« Rüdiger klang erleichtert.

»Und auf dein Festival möchtest du auch, schon klar.« Ina lachte. »Na schön, ich werde Gero informieren.«

Zu Inas Überraschung war der ziemlich entspannt. Für ihn war ja sowieso London der Ort des nächsten Rituals. Auch sah er weiterhin keine Notwendigkeit für Rüdiger, dorthin zu kommen.

»Ich habe das mit Bernd unter Kontrolle. Schau du lieber, dass du wieder richtig fit wirst. Und wenn wir dich brauchen, sage ich sofort Bescheid. Jemanden für Backoffice-Tätigkeiten in der Zentrale zu haben, ist schließlich nicht verkehrt.«

Das klang wie ein Befehl. Aber Gero hatte recht, es ging ihr immer noch nicht gut. Ihr Körper verlangte nach einer Auszeit.

London

Karte 3

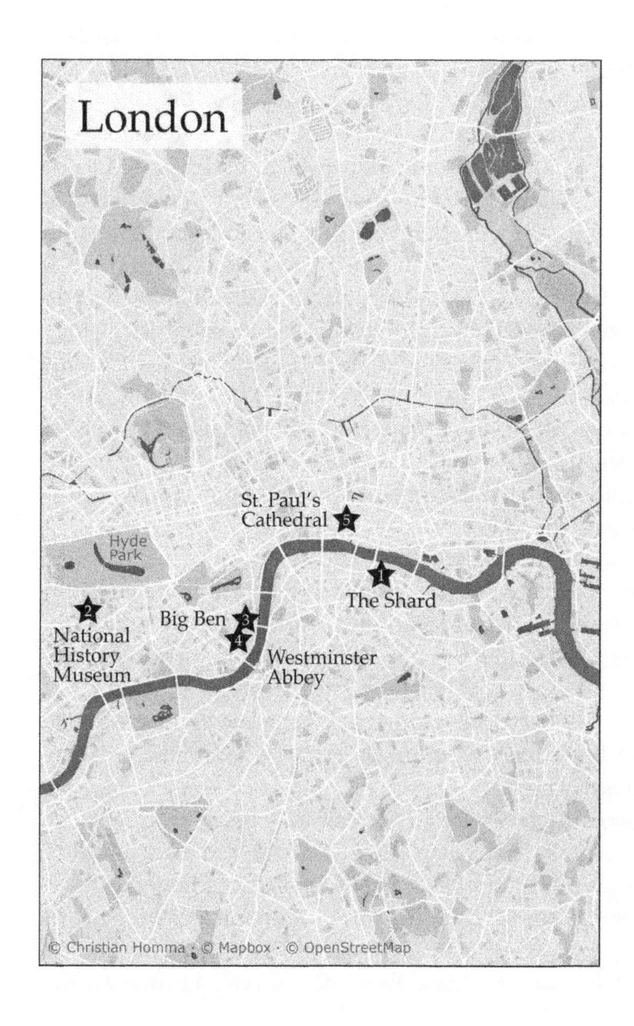
London
St. Paul's
Cathedral
5
Hyde
Park
1
The Shard
2
National
History
Museum
Big Ben
3
4
Westminster
Abbey
© Christian Homma · © Mapbox · © OpenStreetMap

Die Londoner City litt unter einer stabilen Hitzeperiode. Seit fast drei Wochen hatte sich keine Wolke mehr am Himmel gezeigt, geschweige denn ein Regentropfen kühlendes Nass gespendet. Die Gräser in den Parks waren verdorrt und die Luft flirrte über dem heißen Asphalt.

Gero blickte zum golden schimmernden Big Ben hinüber, der seinen Namen von der größten seiner Glocken hatte. Die majestätische Uhr auf der berühmten Sehenswürdigkeit zeigte fünf Minuten vor zwölf. Aufgrund eines Umbaus würde die weltbekannte Melodie heute jedoch nicht erklingen. Mit nur gut sechsundneunzig Metern schaffte es der Turm gerade mal unter die Top Hundert der höchsten Gebäude Londons und war deshalb von der Liste der möglichen Orte für das Brandopfer gestrichen worden. Doch waren die Bauarbeiten nicht eine günstige Gelegenheit, um unbemerkt hineinzugelangen?

»Onkel Gero, ich rede mit dir!«, unterbrach Bernd seine Gedanken.

Der Exsoldat wandte sich wieder seinem Neffen zu. Sie saßen in einem Restaurant in der Nähe des London Eye mit einem wunderbaren Blick auf die Skyline. »Entschuldige, was hast du gesagt?«

»Ich meinte, wäre ich dank dieses Ausflugs nicht einem Yogakurs mit meiner Frau entkommen, hättest du mich wahrscheinlich nicht überreden können, nach England zu fahren.«

»Dass ich die Reise zahle, hat vermutlich nicht den Ausschlag gegeben.« Gero lächelte etwas säuerlich.

»Und das hervorragende Essen auch nicht«, fügte Bernd grinsend hinzu und nahm noch einen Löffel seines Erdbeer-Shortbread-Trifles.

In Geros Augen hatten sie bisher über Belangloses geredet: Bernds Aufgabenbereich war vor Kurzem erweitert worden, seine Frau und er erwogen, eine Familie zu gründen, und er fuhr demnächst nach Südtirol zum Wandern. Das verbesserte Handicap beim Golf fand Gero allerdings interessant und sie verabredeten sich für eine Partie im Herbst. Es war an der

Zeit, zum Geschäftlichen überzugehen. Gero faltete einen Plan im DIN-A2-Format auf.

»Die Opferung wird unserer Theorie nach morgen Nacht bei Neumond durchgeführt werden. Bleibt die Frage, wo. Ich habe hier die höchsten und daher markantesten Gebäude eingetragen, daneben historische Bauten und andere Wahrzeichen.«

»Aber ... das sind ja bestimmt hundert Punkte!«

»Nur dreiundneunzig. Ich habe alle möglichen Varianten bereits durchgespielt. Höchstes Bauwerk, ältestes, dritthöchstes – wir haben es hier bekanntlich mit dem Ort Gamma, also dem dritten Opfer zu tun. Rüdiger hat verschiedene Sternbilder über die Karte der Stadt und den U-Bahn-Linienplan gelegt, aber kein eindeutiges Muster erkennen können.« Diese Tatsache fuchste Gero ungemein. »Also gehen wir logischerweise vom Einfachsten aus: The Shard ist mit knapp dreihundertzehn Metern das höchste Gebäude Londons, mithin am nächsten an der Astralenergie.«

»An was bitte? Seit wann glaubst du an solch esoterische Dinge?« Bernd sah ihn ungläubig an.

Gero schnalzte ungehalten mit der Zunge. »Es geht doch nicht darum, was *ich* denke. Wir müssen uns in Viktor und seine Bande hineinversetzen, um herauszufinden, wo sie morgen zuschlagen werden. Und wenn die an eine kosmische Kraft glauben wollen, kann ich auch nichts daran ändern. Also zurück zum Plan. The Shard ist der am weitesten emporragende und markanteste Punkt Londons, deshalb wird er mit hoher Wahrscheinlichkeit der Ort des Geschehens sein. Dort postieren wir demnach den größten Teil des Teams. Zur Sicherheit sollten wir je zwei bis drei Leute an der Tower Bridge, Big Ben, St. Paul's Cathedral sowie dem London Eye abstellen; eventuell auch an der Westminster Abbey, aber die können die Polizisten am Big Ben vermutlich mit im Auge behalten.« Er deutete auf die verschiedenen Punkte auf der Karte, die er markiert und mit Zahlen versehen hatte. »Ich denke, leichte Bewaffnung reicht aus, kugelsichere Westen wären dennoch zu empfehlen. Außerdem brauche ich Zugriff auf die Überwachungskameras des Turms sowie der umliegenden Straßen. Alles in allem sollten wir mit fünfzehn bis zwanzig Leuten auskommen.«

Bernd verschluckte sich beim plötzlichen Impuls zu lachen. Er hustete eine Weile, bevor er krächzte: »Onkel Gero, ich wusste ja gar nicht, dass du so komisch sein kannst.«

»Na gut, vielleicht reichen uns auch sechzehn, wenn wir das London Eye nicht separat sichern und Team zwei auf der Westminster Bridge postieren. Dann muss es allerdings drei Objekte im Blick haben.« Er überlegte kurz und korrigierte die Zahlen auf der Karte.

»Du meinst es ernst, oder?« Plötzlich war Bernd das Lachen vergangen.

»Was glaubst denn du?«, fragte Gero überrascht. »Jetzt habe ich endlich mal einen Partner, mit dem ich einen sauber geplanten Einsatz durchziehen kann.«

»Onkel, ich bin hier rein privat! Wir können nicht einfach ins nächste Präsidium hineinspazieren und uns zwanzig Polizisten für eine gewagte Aktion ausleihen.«

»Sechzehn«, korrigierte Gero. Er deutete wieder auf die Karte. »Ich habe doch gerade …«

»Stopp! So funktioniert das nicht.« Allmählich schien Bernd ärgerlich zu werden. »Ich bin hierhergekommen, um Reißaus zu nehmen und – ich gebe es zu – weil du die Reise finanzierst. Ich bin bereit, dir mit eurem Fall ein wenig zur Hand zu gehen. Aber wir können weder die halbe Londoner Polizei noch die Bevölkerung verrückt machen.«

Gero faltete ein weiteres Blatt Papier auseinander. »Also auch keine Durchsage im Radio oder Lautsprecherwagen?«

Bernd warf seine Serviette auf den Tisch. »Okay, das reicht jetzt. Du hast deinen Spaß gehabt. Entweder wir reden ab sofort ernsthaft oder ich verziehe mich ins Hotel.« Ein paar Köpfe drehten sich zu ihnen um.

Gero mochte es nicht, wenn man ihm drohte. »Nun mal halblang. Ich bin es, der bald keinen Spaß mehr versteht.

Schließlich zahle ich die ganze Chose, da erwarte ich ein bisschen Respekt und Kooperation! Ich hatte dich loyaler eingeschätzt.«

Bernd starrte nach draußen in den blauen Himmel. »Onkel Gero, ich kann keine Polizeieinheit auflaufen lassen, um Orte mit hoher Astralenergie zu überwachen. Ja, du und deine alten Kumpels haben auf dem Kreuzfahrtschiff den richtigen Riecher gehabt, aber das beeindruckt in London vermutlich sehr wenige.«

»Wir können das nicht alleine durchziehen.« Geros Stimme war nun merklich leiser. »Vielleicht habe ich mich ein bisschen zu weit tragen lassen. Ich habe früher viele Einsätze geplant, das ist mir in Fleisch und Blut übergegangen.«

Bernds Wut schien zu verfliegen. »Du bist der Stratege, aber gesteh mir zu, der Polizist zu sein. Wir haben es hier nicht mit einem terroristischen Angriff zu tun, sondern mit ein paar Leuten, die Tieropfer durchführen. Ja, das verstößt gegen das Tierschutzgesetz und ist dennoch kein Grund, den Ausnahmezustand auszurufen.«

Gero nickte, auch wenn es ihm schwerfiel. »Was schlägst du vor?«

»Ich gebe dir recht, The Shard ist das wahrscheinlichste Ziel. Also werden wir uns darauf fokussieren. Zugriff auf die Kameras kannst du vergessen, den bekommen wir nie. Es gibt aber sicher andere Möglichkeiten. Lass uns das in aller Ruhe angehen. Ich glaube, eine Nachspeise würde meinen grauen Zellen beim Denken helfen.«

***

»Danke, dass du mich hierhergebracht hast. Die frische Luft tut mir wirklich gut. Meine Kopfschmerzen werden immer besser«, sagte Ina und blickte entspannt in die Sonne. Da sie Paris nach Tommasos Nachricht gestrichen hatten und Gero ihr noch keine Rechercheaufgaben übertragen hatte, gab es gerade nicht viel zu tun. Sie zog die Schuhe aus und machte es sich auf der flauschigen grünen Wolldecke bequem, die Pierre mitgebracht hatte.

»Der Olympiapark ist ein wunderbarer Ort für ein Picknick. Und diese Stelle mag ich am liebsten«, sagte der Franzose mit seinem angenehmen Akzent und deutete in einer ausholenden Geste auf das große Stadion mit seinem transparenten Zeltdach und dem eleganten Turm, dessen drehende Glasfassade sich in der Sonne spiegelte. »Ich finde, die Architekten dieser Anlage haben die Offenheit, Freiheit und Gemeinschaft der jungen deutschen Demokratie damals hervorragend umgesetzt. Und diesen Anblick mit einer bezaubernden Frau an meiner Seite zu genießen, ist einfach *formidable.*«

Ina zog eine Augenbraue hoch. Er hatte sie wirklich an eine schöne Stelle auf einem der Hügel neben dem betriebsamen Olympiaberg geführt. Der See lag ruhig unter ihnen und es roch wunderbar nach frisch gemähtem Gras. Aber glaubte er, dass er sie mit solchen Plattitüden gewinnen konnte? Dennoch …

»Schade, dass du heute Abend wegfliegst«, antwortete sie und lehnte ihren Kopf an seine Schulter. »Ich verbringe gerne Zeit mit dir. Wäre ich fitter, würde ich nach Schweden mitkommen und Freunde besuchen.«

Pierre zögerte. »Ich bin ja nur ein paar Tage unterwegs. Du kennst das doch: Vorträge, Diskussionsrunden, Abendessen. Wir würden uns kaum sehen. Lass uns lieber das Heute, Hier und Jetzt genießen!«

***

Das laute Rumpeln und Rattern wäre auszuhalten gewesen. Aber die drückende Hitze und die Enge gaben Gero den Rest. Gebückt stand er eingequetscht in einem Waggon der Londoner Metro und verstand nicht, wie das anscheinend niemand sonst etwas ausmachte. Nach dem Mittagessen hatten sich ihre Wege getrennt. Bernd wollte Scotland Yard aufsuchen und Gero nutzte die Zeit, um sich mit den Örtlichkeiten rund um The Shard vertraut zu machen. Er hatte die *Tube*, wie die U-Bahn von den Einheimischen genannt wurde, zur London Bridge genommen und zählte die Minuten, bis er endlich aussteigen durfte. Das Tunnelsystem an jeder Haltestelle glich einem Labyrinth, aber schließlich fand er den richtigen Gang zum höchsten Gebäude Londons.

Zunächst umkreiste er den Wolkenkratzer systematisch und näherte sich von verschiedenen Zufahrtsstraßen, um alle Ein- und Ausgänge zu erkunden. Die dicken weißen Verstrebungen, die den Riesen im Boden verankerten, waren beeindruckend. Heute Abend würde er mit Bernd ein erstes Mal hinauffahren. Die Preise für ein Ticket waren happig, zumal sie nur das Innere des Turms und nicht die Aussicht vom Panoramadeck interessierte.

***

Am frühen Abend trafen sie sich wie verabredet in der futuristischen Eingangshalle des Shards.

»Du hast gesagt, es werden Tieropfer erbracht. Ich habe da etwas vorbereitet.« Bernd nahm eine Karte aus seinem großen Rucksack.

Gero war verblüfft über Bernds Einsatz und spürte das ungewohnte Gefühl der Nähe zu einem Gleichgesinnten. Er hatte seinen Neffen wohl zu lange angestarrt, denn der fragte: »Alles in Ordnung?«

»Ja, ja, schieß los.«

»Also, wo würdest du ein Tier für die Opferung herbekommen?«

»Wahrscheinlich fangen? Oder mitbringen?«

Bernd schnalzte ungeduldig mit der Zunge. »Komm schon, da geht noch mehr!«

»Aus dem Zoo, von einem Bekannten, aus einem Tierladen oder einem Tierheim.«

»Bingo! Hier auf der Karte habe ich neben dem London

Zoo das Sea Life Aquarium, zwei kleinere Tierparks und sämtliche Tierhandlungen sowie das Woodgreen Animal Centre, ein Tierheim, eingezeichnet. Nun die Frage an dich: Was soll das nächste Opfer sein?«

»Wir haben immer noch keinen Plan, was Gamma für ein Tier sein kann. Nach Alpha und Beta …«

»Stopp! Bitte noch mal für jemanden mit einem IQ kleiner als zweihundert.«

Gero sammelte sich. »Celje war Alpha. Dort wurde ein Adler getötet, griechisch *Aetós*. Andreas' Kollegen haben eine DNA-Analyse der Aschereste durchgeführt und wir wissen jetzt, dass in Venedig – also Beta – eine Viper, griechisch: *Bíperídes*, geopfert wurde. Der Systematik der Tiere im Mittelalter folgend, müsste nun ein Säugetier an der Reihe sein, ein Raubtier vielleicht wegen der Kräfte. Es könnte jedoch auch …«

»Okay, Onkel Gero, ich glaube, ich habe verstanden.« Bernd schüttelte dennoch den Kopf. »Das lässt uns definitiv zu viele Möglichkeiten: das Aquarium, den Zoo oder das vorhin erwähnte Tierheim, das sich interessanterweise auf Katzen spezialisiert hat. Aber eher Schmusetiger als deren große Geschwister.«

»Wir brauchen weitere Informationen, sonst sind wir aufgeschmissen«, murmelte Gero resigniert. »Lass uns hochfahren.«

***

»Ich habe schon lange nicht mehr so etwas Gutes gekocht«, jubelte Rüdiger begeistert. Er stand in Ellis Küche und schnippelte gerade grüne Bohnen für einen spanischen Fischauflauf. »Danke für die Einladung. Das macht richtig Spaß. Bin gespannt, wie das schmeckt, wenn es fertig ist.«

»Köstlich, du wirst sehen! Andreas und ich lieben alles, was aus dem Wasser kommt. Kürzlich gab es frisch geräucherte Renke vom Starnberger See. Die war ein Gedicht.« Elli küsste ihre Fingerspitzen.

Eine gute Stunde später saßen sie zu dritt am festlich eingedeckten Esstisch im Wohnzimmer und ließen sich den butterweichen Fisch auf der Zunge zergehen. Sie unterhielten sich über die aktuelle politische Entwicklung in Nahost, die Trockenperiode und neue Bücher, die eben auf dem Markt erschienen waren.

»Wie es Gero wohl in London geht?«, fragte Andreas auf einmal unvermittelt. »Ist mir gerade in den Sinn gekommen, weil wir von J. K. Rowling gesprochen haben. Die stammt doch aus London.«

»Aus Yate«, korrigierte Elli. »Das ist zwei Stunden entfernt.« Sie musste lachen. »Ups, die Info hätte von Gero sein können. Hoffentlich kommt er voran. Er hat ja denkbar wenig Informationen.«

»Das macht er bestimmt mit Sturheit wieder wett«, versicherte Rüdiger und nahm sich noch einen großen Löffel des Auflaufs, stocherte dann aber nur lustlos in seinem Essen herum. »Vielleicht hätten wir doch hinterherfahren sollen.«

Andreas versuchte, ihn aufzumuntern. »Gero hat jede Hilfe abgelehnt. Er meinte, mit Bernd und der Londoner Polizei sei das kein Problem. Zudem hast du Stress in der Firma und freust dich so auf dein Rockfestival.«

»Eben, die beiden finden Viktor und die Unterlagen schon. Zumindest hoffe ich das.« Elli bedachte ihren Mann mit einem sorgenvollen Seitenblick. »Außerdem will ich nicht, dass wegen dieses Blödsinns noch mehr Tiere getötet werden.«

Andreas wirkte nachdenklich. »Sagt mal, müssen die Opfer eigentlich lebendig sein?«

Rüdiger zuckte nur kauend die Achseln, doch Elli fuhr überrascht auf. »Eine gute Frage. Das haben wir bisher nicht diskutiert. Ich hoffe, dass sie nicht lebend verbrannt werden.« Sie blickte grimmig drein.

***

Nach dem entspannten Nachmittag mit Pierre kreisten Inas

Gedanken bald wieder um den Fall. Sie hätte doch mit Gero nach London fliegen sollen. Sie musste etwas unternehmen. Pierre hatte ihr schon viel erzählt, aber vielleicht konnten Viktors Kollegen ein paar Details beisteuern. Da hatten sie noch lange nicht alle Quellen ausgeschöpft. Froh, eine Aufgabe zu haben, surfte sie im Internet auf den Seiten von Pierres Lehrstuhl und schrieb dem wissenschaftlichen Mitarbeiter, der ihr am sympathischsten schien, kurzerhand eine E-Mail.

Eine Dreiviertelstunde später saß sie mit einem Glas Wein in der Hand im Café an der Uni. Der junge Forscher – sie nannte ihn gleich beim Vornamen Harald – hatte sich gern bereit erklärt, ihr noch am selben Abend mehr über die Arbeiten der medizinhistorischen Fakultät zu erläutern.

»Wusstest du, dass Krebs früher als ansteckend galt?«, fragte er, nachdem er ihr einen kurzen geschichtlichen Abriss der Heilkunde gegeben hatte. »Oder dass angebliches Einhornpulver aus den Zähnen von Narwalen gemacht wurde? Es gibt so viele spannende Fakten, die man als Laie gar nicht kennt. Und mancher Aberglaube beruht immer noch auf alten Überlieferungen, die wir längst vergessen haben.«

Ina freute sich stets, wenn sie Menschen traf, die von ihrer Arbeit begeistert waren, und ließ sich gern anstecken. »Du solltest mal Gero, einen Freund von mir, kennenlernen. Mit dem könntest du bestimmt eine hitzige Diskussion über Homöopathie führen.«

»Da ist er sicher nicht der Einzige.« Harald lachte. »Pierre hat ebenfalls seine ganz eigene Meinung, aber frag ihn lieber selbst dazu.«

»Das werde ich, wenn er wieder aus Schweden zurück ist.«

»Schweden? Er ist in England.«

Ina war verwirrt. Harald musste sich irren. »Wie kommst du denn darauf? Hat er das gesagt?«

»Nun, nicht direkt.« Ihr Gegenüber dachte kurz nach. »Letzte Woche hatte ich eine Besprechung bei ihm und habe die Rechnung für ein Flugticket auf seinem Schreibtisch gesehen. Ich bin mir sicher, dass London drauf stand.«

»Nicht wichtig, dann habe ich ihn vermutlich falsch verstanden.« Ina versuchte, sich nichts anmerken zu lassen, aber sie hatte ein ungutes Gefühl bei der Sache. »Arbeitet er öfter dort?«

»Ab und zu. Wir kooperieren neuerdings mit dem Natural History Museum, weil es viele …«

Ina Kopfhaut prickelte und sie hörte nur mit halbem Ohr zu. Hatte Pierre sie angelogen? Ihr Verstand schlug Alarm. Ihr Herz wollte, dass sie sich irrte, denn sie war drauf und dran, sich in den charmanten Professor zu verlieben. Wenn nur ihr Hirn nicht so dazwischenfunkte! Sie musste mit Pierre sprechen und das Ganze klären! Sie stellte noch schnell ein paar Fragen über Viktor, erfuhr aber nichts Neues. Der Student sei ruhig, käme aus Slowenien und sei vollkommen besessen von seiner Arbeit. Das habe Pierre wohl gefallen. Die beiden seien sogar schon gemeinsam auf einer Tagung gewesen.

Sobald Ina wieder draußen im warmen Abendwind stand, schrieb sie Pierre eine Nachricht.

Ist es in London auch so heiß wie hier?

***

Nachdem das Abendessen mit frischer Obsttorte samt hausgemachtem Pudding gekrönt worden war, begann Elli, die Sachen in die Spülmaschine zu räumen, während die beiden Männer sich mit einem Whiskey auf die Terrasse setzten. Andreas' Kommentar ging ihr nicht mehr aus dem Kopf. ›Müssen die Tiere eigentlich lebendig sein?‹ War das eine wichtige Information für Gero? Oder würde sie ihn bloß aufregen, weil es folglich zusätzliche Möglichkeiten zu untersuchen galt? Egal, Elli würde es ihm schreiben. Dann konnte er sich überlegen, was er damit anfing.

***

Hier ist es ganz gut, aber ich bin in Stockholm, nicht in London, chérie ;-)

Er hatte sie wieder ›Süße‹ genannt. Ina wusste nicht, ob diese Nachricht sie deshalb beruhigen sollte oder das genaue Gegenteil der Fall war. Warum hatte die vermeintliche Entdeckung Haralds sie überhaupt so aus der Fassung gebracht? Vertraute sie Pierre nicht? Und wenn das Flugticket nicht für ihn gewesen war, für wen dann? Viktor vielleicht? Hier passte einiges nicht zusammen.

Ina tippte eine Zeile und hielt klopfenden Herzens inne. Sollte sie die Nachricht wirklich abschicken? Ein bisschen kam sie sich vor wie ein kleines Mädchen, das ihren Freund der Untreue bezichtigte. Dabei war sie nicht einmal in einer Beziehung mit Pierre. Oder ging der Flirt zwischen ihnen doch schon tiefer, als sie sich eingestehen wollte?

Sie schrieb Gero von ihrem Gespräch mit dem wissenschaftlichen Mitarbeiter und versandte schließlich auch den anderen Text.

Danke für deine Nachricht. Schick mir bitte ein Foto von dir aus Schweden, damit ich dich nicht so vermisse!

***

Die Touristen standen dicht an dicht vor den großen Glasscheiben der Aussichtsterrasse im achtundsechzigsten Stock des höchsten Gebäudes Londons und bewunderten den Sonnenuntergang über der City-Skyline. Der Dreihundertsechzig-Grad-Blick von der offenen Konstruktion aus war fantastisch und der grüne Kunstrasen lud zum Hinsetzen und Verweilen in der schwindelerregenden Höhe ein.

Gero hatte jedoch wenig Interesse an der wunderbaren Aussicht, sondern erkundete die Möglichkeiten, über die von einem Gitter verschlossene Stahltreppe in die Spitze des Hochhauses zu gelangen. Ein Angestellter versicherte ihm nachdrücklich, dass dort niemand ohne Sonderausweis hinaufkam, weder bei Tag noch bei Nacht. Alles war streng überwacht und außer dem Lift gab es nur die Option der Rettungstreppe. Doch fast siebzig Stockwerke nach oben zu steigen, klang haarsträubend.

Gero ging über die Innentreppe wieder eine Etage tiefer, wo die Touristen mit dem Fahrstuhl ankamen. Bernd stand neben der Sektbar und machte Bilder von der sich gerade öffnenden Tower Bridge.

»Das ist der perfekte Ort für das nächste Opfer, aber ich weiß nicht, wie sie hier heraufkommen wollen.«

Bernd drehte sich zu ihm um. »Ja, das sehe ich ähnlich. Ich habe mich mit dem Sicherheitstypen unterhalten und erkenne nicht die geringste Chance, nachts in das Gebäude einzudringen. Es sei denn, deine schwarzen Männer schaffen es nochmals, sich als Polizisten auszugeben, ohne aufzufliegen. Das nächtliche London von oben ist bestimmt umwerfend. Vielleicht kann ich ein paar Kollegen überreden, mit mir in der Neumondnacht auf The Shard Wache zu stehen.«

Gero nickte hocherfreut. Dann brummte sein Handy und er las die fast zeitgleich eintreffenden Nachrichten von Ina und Elli. Erstaunlich, sie fügten sich wie zwei Puzzlestücke ineinander. In der Tat hatten Gero und Bernd bisher nur nach lebenden Tieren Ausschau gehalten und das Natural History Museum war die perfekte Quelle für Exemplare jeder nur denkbaren Gattung, solange sie auch ausgestopft sein durften. Aber was hatte der zweite Teil von Inas Mitteilung mit den Bedenken über Pierre zu bedeuten? Konnte der Professor etwas mit der Sache zu tun haben, über die Betreuung von Viktors Doktorarbeit hinaus? Gero hatte einfach nicht genug Informationen, um sich ein Urteil bilden zu können.

»Alles in Ordnung, Onkel Gero?«

»Ja, es gibt Neuigkeiten. Wir fahren morgen Früh ins Natural History Museum. Den Grund erkläre ich dir auf dem Weg zum Hotel.«

***

Enttäuscht betrachtete Ina das Foto der Stockholmer Skyline, die sich im Wasser spiegelte. Pierre musste auf einer Brücke gestanden haben. Es sei das einzige Bild, das er heute gemacht habe, und morgen werde er keine Zeit haben, weil er den ganzen Tag auf einer Konferenz sei.

Zwar war er ihrer Bitte nach einem Foto nachgekommen, aber sie hatte sich eines gewünscht, das *ihn* in Schweden zeigte. Vielleicht hatte Pierre sie nicht verstanden. Sie scrollte zurück. Nein, das Wort ›Selfie‹ hatte sie in der Tat nicht explizit geschrieben. Sie würde also mit einer Aufnahme ohne ihn vorlieb nehmen müssen. Sehr zu ihrer Überraschung enttäuschte sie das doppelt. Einerseits, weil damit der Verdacht, er könne nicht in Schweden sein, nicht vollends ausgeräumt war, andererseits, weil sie gern sein Gesicht mit den braunen Augen und Grübchen am Kinn gesehen hätte.

Mit wirren Gefühlen ging sie zu Bett.

***

Das Natural History Museum befindet sich in einem Gebäude romanisch-byzantinischen Stils aus dem neunzehnten Jahrhundert, was allein schon eine Sehenswürdigkeit darstellt. Im Innern beherbergt es fast achtzig Millionen Ausstellungsstücke, darunter zahlreiche Fossilien, Mineralien und den berühmten dreißig Meter langen Abguss eines Diplodokus–Skeletts, das liebevoll ›Dippy‹ genannt wird.

Gero, der sich von seinem letzten Besuch noch gut an den Dinosaurier erinnern konnte, musste früh am nächsten Morgen enttäuscht feststellen, dass er mittlerweile den echten Knochen eines jungen Blauwals hatte weichen müssen.

Sie sprachen eine Frau am Infostand in der großen Eingangshalle an.

»Wir wüssten gerne, ob kürzlich ein Ausstellungsstück gestohlen worden ist«, fragte Gero rundheraus.

Bernd bedachte ihn mit einem mürrischen Blick und versuchte, weniger mit der Tür ins Haus zu fallen. »Ich bin Polizist und komme aus Deutschland.« Er zeigte seine Polizeimarke vor. »Da sich die Diebstähle in unseren Museen häufen, wollten wir uns bei Ihnen informieren, wie Sie sich sichern.«

Gero fand Bernds Text in der Aussage ähnlich, allerdings etwas eleganter formuliert als seinen eigenen. Dass sein Neffe ihn ohne rot zu werden über die Lippen gebracht hatte, ließ Gero innerlich schmunzeln.

Die Angestellte erklärte ihnen, nicht die richtige Ansprechpartnerin zu sein. Sie könne aber gern versuchen, jemanden vom Sicherheitsteam zu erreichen. Als sie einwilligten, griff sie zum Telefon.

Wenig später näherte sich ihnen ein stämmig gebauter Mann in der typischen schwarzen Uniform der Security. Er stellte sich ihnen vor und begutachtete nochmals Bernds Dienstausweis.

»Über die Sicherheitssysteme darf ich Ihnen natürlich nichts verraten«, sprach er mit breitem Cockney-Akzent. »Da müssen Sie mit dem Manager reden.«

Bernd trug noch einmal seine Geschichte vor, die – so fand Gero – als Tarnung gar nicht übel war.

»Kommt bei Ihnen auch so viel weg? Ausgestopfte oder konservierte Tiere zum Beispiel?«

»Nein, zumindest nicht, seit ich hier arbeite. Und das sind nun immerhin schon fünfeinhalb Jahre. Wie es im Archiv aussieht, kann ich Ihnen allerdings nicht sagen.«

Gero horchte auf. »Im Archiv?«

»Aber sicher. Wir stellen im Museum nur einen kleinen Teil aller Objekte aus. Die meisten lagern in einem geheimen Gebäudekomplex außerhalb Londons. Wir tauschen die Schaustücke regelmäßig aus. Hin und wieder haben wir Anfragen von anderen Museen oder Universitäten, die sich ein Exponat leihen wollen. Dabei geht bestimmt auch mal etwas verloren. Die Kollegen können Ihnen vielleicht weiterhelfen.« Er gab ihnen die Telefonnummer der zentralen Lagerstelle.

Sie bedankten und verabschiedeten sich.

»Das war wohl nichts. Dann müssen wir doch noch ins

Aquarium und den Zoo«, meinte Bernd enttäuscht, als sich der Mann entfernt hatte.

»Das übernimmst du. Für die Laufarbeit bist du sowieso viel besser geeignet als ich. Ich werde mich weiter umsehen und bei dieser Außenstelle anrufen.« Gero wedelte mit dem Zettel herum. »Wir treffen uns um zwölf Uhr im Hotelrestaurant.«

Er ließ seinen verdutzten Neffen stehen und suchte sich ein ruhiges Plätzchen für das Telefonat. In der Galerie des ersten Stocks wurde er fündig. Von hier aus hatte er einen prächtigen Blick auf das Walskelett, während sich in seinem Rücken eine kunstvolle Installation verschiedener ausgestopfter Vögel befand.

Es dauerte nicht lange, bis er auf den Seiten des Museums die Aufsichtsräte und andere wichtige Personen gefunden hatte. Er wählte die Nummer des Lagers. Beim dritten Klingeln – das Freizeichen klang ganz anders als in Deutschland und erinnerte ihn an eine Folge gemorster ›I‹s – meldete sich eine Männerstimme. Gero blieb bei Bernds Geschichte und erklärte, woher er den Kontakt hatte und wieso er sich für gestohlene Tierkörper interessierte. Er erntete einen tiefen Seufzer, so als hätte er die Person am anderen Ende um ein wohlverdientes Morgenschläfchen gebracht. Jetzt war es an der Zeit, ein paar der zuvor recherchierten hochrangigen Namen zu erwähnen, in deren Auftrag Gero angeblich anrief. Prompt wurde ihm eine Antwort innerhalb der nächsten zwei Stunden versprochen.

Erfolgsgewiss legte er auf und schlenderte anschließend durch die beeindruckende Mineralienausstellung.

***

Bernd wirkte wenig glücklich, als Gero ihn um zehn nach zwölf das Hotelrestaurant betreten sah. Er hingegen war äußerst zufrieden mit seiner Recherche. In Erinnerung an das unangenehme Gespräch mit Ina und den anderen in Celje war er allerdings bemüht, sich seinen Triumph nicht sogleich anmerken zu lassen. Stattdessen winkte er der Kellnerin und bestellte ein Ale, bevor sich sein Neffe zu ihm setzte.

»So ein Mist. Ich weiß schon, warum ich die Beinarbeit meinen Mitarbeitern überlasse. Der Schreibtisch ist eher meine Welt.« Bernd schien dankbar zu sein, als er das Bier entgegennahm, und nach einem tiefen Schluck wirkte er auch wieder etwas besänftigt.

»Was hast du herausgefunden?« Gero konnte seine Neugier kaum zügeln.

»Bei den Tierheimen habe ich nichts erfahren, in den Zoohandlungen wurden nur Futter oder Halsbänder gestohlen, aber ...« Er machte eine dramatische Pause und leerte sein Glas. Bevor er weiterredete, sah er sich nach der Bedienung um und bestellte ein neues. »... Diebstähle im Zoo sind tatsächlich keine Seltenheit. Da ich schon die Arbeit hatte, will ich nun auch ein bisschen Spaß. Du darfst raten, was auf den Top Fünf der geklauten Objekte steht.«

Widerwillig ließ Gero sich auf das Spielchen ein und konnte bald verstehen, dass es viel weniger lustig war, Befragter statt Fragender zu sein. Es dauerte ein paar Minuten, bis er die Liste beieinander hatte.

»Richtig!«, lobte Bernd. »An erster Stelle stehen natürlich Federn, besonders die von Pfauen. Tatsächlich ist es verboten, sie mitzunehmen, wenn man welche findet. Die müssen bei einem Tierwärter oder am Eingang abgegeben werden. Dann kommen Geweihe, Eier und schließlich ganze Tiere an die Reihe. Nagetiere sind am beliebtesten. Vermutlich, weil man sie so leicht einstecken kann. Darüber hinaus ...«

Gero räusperte sich. »Bitte komm zum Punkt, lieber Neffe. Wir haben nicht den ganzen Tag Zeit.«

»In den letzten drei Monaten ist eine Wüstenspringmaus abhandengekommen. Vielleicht ist sie aber auch nur ausgebüxt. Außerdem zwei Gänseeier, ein paar Federn, was uns wahrscheinlich am wenigsten interessiert ...«

Gero musste an Celje denken. Er hatte sich in der Zwischenzeit viele Gedanken gemacht. Es schien ihm so, als würden die Zeichnungen in Viktors Zimmer die Opfer darstellen und diese der Evolutionsgeschichte folgen. Mithin sollten keine weiteren Vögel betroffen sein.

»... und ein Pinguin.«

Gero horchte auf.

Bernd lachte. »Vergiss es, der wurde nach zwei Tagen wiedergefunden. Ein etwas verwirrter ›Tierliebhaber‹ hatte ihn entführt.«

»Also bis auf die vermeintlich gestohlene Maus eine Sackgasse.«

»Warte mal ab, Onkel Gero. Ich habe nämlich noch einen interessanten Tipp bekommen.«

***

Ina spielte mit dem Kugelschreiber über dem leeren Blatt Papier. Ihre Gedanken schweiften ständig ab, zu Pierre, Gero, ihrem Vater, Viktor und den Ritualen. Ina konnte ihre Gefühle nicht zusammenbringen. Sie knallte den Stift auf den Schreibtisch und marschierte auf die Dachterrasse. Dort stützte sie ihre Arme auf das Geländer und ließ sich die Sonne ins Gesicht scheinen. Im Innenhof hörte sie Kinder spielen und von der angrenzenden Straße drang leiser Verkehrslärm an ihr Ohr.

Sie war eine starke Frau. Durch ihre Berichte hatte sie viel bewegt, Missstände und Verbrechen aufgedeckt, ihre Leser über Wenigbekanntes informiert und sich gleichzeitig eine ansehnliche Karriere aufgebaut. Bei Kollegen und Mitarbeitern war sie beliebt. Sie war zäh, selbstständig, brauchte nichts und niemanden. Jetzt war sie wieder in ihre Heimat gezogen, zurück zu ihrer Familie und ihren Freunden. So schön das war, bemerkte sie doch auch alte Muster, die ungewollt wieder Einzug in ihr Leben gehalten hatten.

In den letzten Tagen hatte Ina aber das erste Mal gemerkt, dass etwas nicht stimmte. All diese weggedrückten Emotionen waren wieder so präsent. Vor allem die, die ihren Vater, den General, betrafen. Sie hatte ihn geliebt, bewundert und gehasst. Nie war sie gut genug für ihn gewesen. Wie passte Gero in dieses Bild? Und wie Pierre? Ina fühlte sich seltsam geborgen bei ihm. Er war ganz anders als die Männer, mit denen sie bisher zusammen gewesen war. Mit seiner tiefgründigen und aufmerksamen Art brachte er Ruhe in den Wirbelsturm ihrer Gefühle.

Ihr fiel das Gespräch mit Elli ein. Ob sie wirklich eine Therapie machen sollte? Eigentlich brauchte sie nur wieder Kontrolle über ihr Leben.

Auf ihrem Schreibtisch vibrierte das Handy. Sicher wieder ihre Mutter. Hannelore schickte ihr inzwischen mehrmals täglich Nachrichten, um zu fragen, wann sie sich endlich wiedersehen würden und wie es mit Pierre lief.

Es war Zeit, sich der Vergangenheit zu stellen, wenn Ina eine Zukunft haben wollte. Also nahm sie den Anruf an und vereinbarte einen Spaziergang an der Isar mit der alten Dame.

***

»Du weißt, wo das Archiv des Natural History Museums ist?« Gero war erstaunt, da das eines der bestgehüteten Geheimnisse des Königreichs zu sein schien.

»Ich habe doch gesagt, dass ich Leute bei Scotland Yard kenne. Du hast mir nicht geglaubt, oder?«, erwiderte Bernd etwas gekränkt. Er schnitt ein Stück seines Rinderlendensteaks ab, das sie mittlerweile bestellt hatten. »Lass uns nachher dort vorbeischauen. Was immer wir erfahren, wird unserem Fall helfen.«

Gero registrierte zwar, dass sein Neffe das erste Mal ›unseren Fall‹ gesagt hatte, war mit seinen Gedanken jedoch schon weiter. »Ich bin wirklich beeindruckt, aber die Fahrt können wir uns glücklicherweise sparen.«

Er hatte den Anruf aus dem zentralen Lager kurz vor elf

Uhr erhalten. Was ein paar wichtige Namen nicht alles bewirken konnten.

Während Bernd lauschte, vergaß er sogar weiterzuessen. »Noch einmal zum Mitschreiben: Aus dem Museumsarchiv wurden für eine wissenschaftliche Studie mehrere ausgestopfte Affen angefordert sowie Gläser mit deren eingelegten Organen?« Er verzog das Gesicht. »Aber wieso?«

»Das kannst du dir selbst beantworten. Affen sind eine weitere Stufe der Evolution. Und fällt dir einer mit G ein?«

»Gorilla?«, riet Bernd.

»Ich möchte deine Fremdsprachenkenntnisse nicht über Gebühr strapazieren, deshalb verrate ich dir von meinem Freund Iason, dass Gorilla auf Griechisch *gorillas* heißt.«

»Da haben wir unser Gamma«, rief Bernd.

»Haargenau. Und mit Haaren hat es auch zu tun. Die Affen sind nämlich kurze Zeit später wieder zurückgesendet worden. Bei der Eingangskontrolle hat man keine Schäden festgestellt. Ich habe den netten Herren aber in die Lagerräume geschickt, damit er noch einmal ordentlich nachschaut. Und siehe da: Einigen Tieren fehlten Haare, teilweise ganze Büschel. Und der Mann konnte beschwören, dass mindestens eines der Gläser mit den Organen geöffnet worden war. Auch das ist streng verboten!« Triumphierend lehnte Gero sich zurück. Er war stolz, endlich einen bedeutenden Schritt vorangekommen zu sein. Nun wussten sie zumindest, was geopfert werden sollte. »Lass uns mit den anderen skypen.«

Die VIER-Kameraden, die sie eine halbe Stunde später erreichten, nahmen die Neuigkeiten allerdings nicht ganz so enthusiastisch auf.

Rüdiger legte gleich den Finger in die Wunde. »Haare? Bisher wurden doch ganze Tiere verbrannt. Ist das nicht ein Rückschritt? Dann hätte man in Celje ja auch nur Federn opfern können.«

»Wenn ich dich erinnern darf: Mehr haben wir auch nicht gefunden«, belehrte Gero. »Außerdem wurden vielleicht Organe entnommen. Oder Blut daraus.« Er wusste, dass sich seine Argumentationskette noch reichlich dünn anhörte.

Auch Elli fiel ihm in den Rücken. »Weißt du, wer die Exponate angefordert hat?«

»Leider nicht. Das bedarf einer offiziellen Anfrage. Bernd wird das in die Wege leiten«, erwiderte Gero.

Sein Neffe verdrehte die Augen.

»Und wo kannst du auch immer noch nicht sagen«, sprach Ina schließlich den Satz aus, der seine Euphorie endgültig zum Kippen brachte.

»Nein«, musste Gero widerwillig zugeben.

»Dann sind wir also doch nicht viel weiter als vorher.« Inas sachliches Resümee ärgerte ihn. Immerhin hatten sie aus seiner Sicht eine Hälfte des Rätsels gelöst und mussten nicht mehr durch halb London laufen und Tierheime abklappern. Jetzt galt es nur noch, den Ort des Rituals herauszufinden.

***

Ina beendete die Skype-Konferenz mit ihren Freunden. Natürlich war es klasse, was Gero herausgefunden hatte. Aber ohne den genauen Platz der nächsten Opferung zu kennen, würde ihnen das nicht viel helfen. Sie überlegte, wie sie ihn unterstützen konnte. Sollte sie Pierre anrufen? Oder sich noch mal mit jemandem von seinem Lehrstuhl treffen? Vielleicht lag die Lösung auch ganz woanders. Wie würde sie als Viktor vorgehen, wenn sie einen mittelalterlichen Heiltrank brauen müsste, angereichert mit Teilen von Tieren und kosmischen Kräften, gebraut an geschichtsträchtigen Orten?

***

Gero spielte Profiler. Er versuchte, sich in seinen Gegenspieler hineinzuversetzen. Was würde er an dessen Stelle tun? Wie bei einem Mantra sagte er sich immer wieder die Worte »Ich bin Viktor Jenko« vor, während er im Hotelzimmer auf und ab schritt. Nach ein paar Minuten fügte er hinzu: »Ich werde den stärksten Theriak brauen, den es je gab. Ich habe Haare und Blut des Affen. Heute Nacht ist Neumond in London. Wo soll ich das Ritual vollziehen? Wo wird es seine Macht entfalten und dem Trank kosmische, göttliche Kraft verleihen?«

Mit einem Mal war er wieder er selbst. Wieso hatte er nicht schon eher daran gedacht? Vielleicht ging es hier doch um religiöse Orte. Der Campanile in Venedig war der Glockenturm des Markusdoms. Haken dran. Aber was war mit Stari Grad? Gab es auf der Burg in Celje eine Kapelle? War der Turm selbst aus irgendwelchen Gründen geweiht?

Er setzte sich an seinen Laptop und recherchierte. Dreißig Minuten später rief er Ina an.

***

Rüdiger hatte seinen Plattenspieler durch ein paar Bauteile ergänzt und an seine *Alexa* angeschlossen. Jetzt konnte er die Musik mit Sprachbefehlen starten. Allerdings wusste er noch nicht, wie er dem kleinen Gerät den Wechsel der Vinylscheiben beibringen sollte.

Er saß in seinem Lieblingssessel und blätterte konzentriert durch die Fotos, die sie von Viktors Studentenbude in München und von seinem Jugendzimmer zuhause in Celje gemacht hatten. Dazwischen studierte er immer wieder die Übersetzungen der Notizen. Gero hatte vorhin gemeint, dass das nächste Opfer ein Affe sein würde. Mit diesem Wissen konnte er ein paar Aufzeichnungen besser zuordnen.

Aber wo würde das Ritual stattfinden? Er öffnete nochmals den Stadtplan von London und verglich die Fotos von Viktors historischen Landkarten damit. Dann fiel sein Blick auf Viktors Bücherregal.

***

»Perfektes Timing. Ich habe gerade Kwalle in der Leitung. Wir wissen, wo das Ritual durchgeführt wird«, rief Ina begeistert und klinkte ihren Freund in die Skype-Unterhaltung ein.

Der kleine Gero auf dem Handydisplay entgegnete: »In der Westminster Abbey.«

»Auf The Shard!«, verkündeten Ina und Rüdiger.

»Was?«

»Quatsch!«

»Doch!«

Ein paar Sekunden redeten sie wild durcheinander, bis Ina schließlich das Chaos unterbrach. »Stopp, so bringt das gar nichts. Wir erzählen dir jetzt, was wir herausgefunden haben, und dann kannst du dein Gegenplädoyer halten. Einverstanden?«

Gero brummte. Es konnte auch die schlechte Internetverbindung sein.

»Pass auf: The Shard wurde ab 2009 gebaut. Dafür musste aber zunächst das Gebäude, das zuvor dort gestanden hatte – die Southwark Towers – abgerissen werden. Das dauerte mehrere Monate, weil es nicht gesprengt, sondern wegen des Krankenhauses in der Nähe Stockwerk für Stockwerk abgetragen wurde.«

Rüdiger übernahm die Führung. »Wichtig ist nur der Stadtbezirk Southwark, der südlich der Themse liegt. Viktor hatte einen Nachdruck des Buchs *Curiosities of London* von 1867 im Regal. Darin steht, dass dort schon die Römer gehaust haben, was alte Tongefäße belegen, die man bei Ausgrabungen gefunden hat. Darüber könnte dir Andreas vermutlich mehr erzählen.«

»Ich wäre froh, wenn ihr allmählich zum Punkt kommen könntet«, nutzte Gero Rüdigers Verschnaufpause.

Verwirrt blickte Ina von ihren Notizen auf. »Ja, natürlich. Moment.« Sie klickte auf ihrem Laptop herum. »Ich übersetze wörtlich aus der Onlineausgabe des eben genannten Buchs: ›Einer der letzten Barbiere, der Aderlasse durchgeführt und Zähne gezogen hatte, war Middleditch aus Southwark, in dessen Schaufenster haufenweise Zähne ausgestellt waren.‹«

»Und?«, entgegnete Gero unbeeindruckt.

»Na, ein Barbier hat den Menschen die Haare geschnitten. Und bei einem Aderlass wird Blut entnommen … Haare und Blut! Und all das an einem Ort, auf dem nun das höchste Gebäude Londons steht.« Zufrieden schloss Ina ihre Beweisführung ab.

»Ich gebe euch vier Punkte für eure Recherche und sieben für euren Enthusiasmus. Aber jetzt erzähle ich euch, was ich herausgefunden habe.«

»Ich will deine blöde Bewertung nicht, sondern wissen, wo …«

»… das Ritual stattfindet«, vollendete Gero ihren Satz. »Auf der Westminster Abbey. Der Campanile ist der Glockenturm des Markusdoms, mithin Teil eines sakralen Gebäudes. Wie wir herausgefunden haben, wurde Stari Grad in Celje bereits im vierzehnten Jahrhundert erwähnt. Ab dem Mittelalter gab es im südlichen Teil des Palatiums eine Kapelle, die dem Apostel Andreas geweiht war, der auch ›der Erstberufene‹ genannt wird – ihr erinnert euch: Celje war Alpha, also der Ort der ersten Opferung – und unter anderem für seine Heilung der Frau des Statthalters von Patras verehrt wurde. Nun zu London, wo mehrere Kirchen infrage kommen. Ich habe mir die zwölf bedeutendsten genauer angeschaut. Natürlich könnte man an St. Paul's denken, weil sie die höchste ist. Aber sie hat nur eine Kuppel. Wenn wir uns auf die Sakralbauten mit richtigen Türmen konzentrieren, gewinnt die Westminster Abbey. Sie hat sogar zwei davon mit je neunundsechzig Meter Höhe. Und dreimal dürft ihr raten, wer dort begraben ist?«

»John Lennon?«

»Nein. Charles Darwin, Begründer der Evolutionstheorie!«

***

Um achtzehn Uhr dreißig traf sich Gero mit Bernd zum Abendessen im Hotel. Auch sein Neffe war in der Zwischenzeit nicht untätig gewesen. Mit Engelszungen hatte er auf die

Polizisten von Scotland Yard eingeredet, bis sie ihm schließlich genug glaubten, um dem Betreiber des Gebäudes die Erlaubnis für einen mitternächtlichen Besuch abzuringen. Einen Bobby bekam er noch als Zugabe obendrein.

»Wir werden heute Nacht zusammen mit einem hiesigen Kollegen ganz offiziell und ohne Tricks auf das höchste Bauwerk der Stadt fahren und die Täter hoffentlich in flagranti erwischen! Scotland Yard auf The Shard. Na, was sagst du dazu?«

»Das wäre wirklich spitze, wenn ich nicht den Wolkenkratzer als Ort für die Opferung ausgeschlossen hätte.« Gero bestellte sich ein Steak mit Ofenkartoffel.

»Was? Wieso?«

In wenigen Sätzen wiederholte Gero das Telefonat mit Ina und Rüdiger sowie seine Schlussfolgerungen.

»Siehst du, deine Freunde haben auch The Shard als Tatort bestimmt«, meinte Bernd hoffnungsvoll.

»Mag sein, aber ihr habt alle drei unrecht. Du kannst ja gerne hinauffahren, ich werde mich an der Kirche postieren. Es gibt dort nur einen Nord- und einen Westeingang, die ich gut von einer Ecke aus im Blick haben werde.«

Bernd erklärte, dass er die Aktion mit Scotland Yard nach der langen Diskussion vom Nachmittag nicht mehr abblasen konnte. Außerdem fand er beide Beweisführungen ziemlich weit hergeholt. Doch Gero blieb stur. Bernd seufzte und bestellte sich einen Salat.

***

Gero hatte sich einen dunklen Pullover angezogen, aber verworfen, sich das Gesicht schwarz zu schminken. Sonst wäre er vermutlich selbst noch verhaftet worden.

Nun kauerte er in einer Ecke nordwestlich der großen Kirche und blickte auf sein Handgelenk. Zweiundzwanzig Uhr fünfunddreißig. Basierend auf den anderen beiden Opferungen rechnete er nicht mit einer Aktion vor Mitternacht, sicherheitshalber war er dennoch so früh gekommen. Die Türen waren natürlich verschlossen. Aber er hätte sich an Viktors Stelle sowieso irgendwo versteckt, um sich einsperren zu lassen und nachts heimlich auf einen der Türme steigen zu können. Gero war nur gespannt, wo der Student nach dem Ritual herauskommen würde.

Bernd rief ihn an. Bei ihm war alles in Ordnung. Er hatte mit James, seinem Kollegen von Scotland Yard, auf der Aussichtsterrasse im achtundsechzigsten Stock von The Shard Stellung bezogen. Er beschrieb Gero ausführlich den atemberaubenden Blick auf das nächtliche London. Die Treppe, die noch weiter in die Spitze des Hochhauses führte, hatten sie schon untersucht. Dort war niemand versteckt. Er war gespannt, wie die Bande hochkommen würde.

***

Zwanzig Minuten vor Mitternacht überschlugen sich plötzlich die Ereignisse.

»Onkel Gero, es brennt!«, rief Bernds aufgeregte Stimme durchs Telefon.

»Wie viele sind es? Was machen sie?« Gero war sofort hellwach.

»Verdammt noch mal, wir haben uns beide geirrt! Hier ist tote Hose, aber die St. Paul's Cathedral brennt. Wir sind schon unterwegs.«

Geros Gedanken rasten. Wie hatte er sich so irren können? Was hatte er übersehen? Und vor allem: Was sollte er nun tun? Für einen kurzen Moment überlegte er sogar, ob das Feuer ein Fehlalarm sein könnte, eine Ablenkungsmaßnahme, um die Sicherheitskräfte in die Irre zu führen. Immerhin war es noch eine Stunde zu früh! Als das Jaulen einer Feuerwehrsirene die Stille der Nacht zerriss, hatte Gero sich entschieden. An der Kathedrale würde es von Einsatzkräften wimmeln und er käme vermutlich nicht einmal in die Nähe des Gebäudes. Also konnte er genauso gut hier weiter Wache halten. Es war nicht mehr lange bis Mitternacht. Seufzend blickte er in den dunklen Himmel der Neumondnacht.

Dreißig Minuten später rief ihn Bernd erneut an. St. Paul's war weiträumig abgesperrt. Für ihn und James gab es kein Durchkommen. Einige Schaulustige hatten sich versammelt, doch das Feuer schien schon unter Kontrolle zu sein. Es war eine knappe halbe Stunde vor Mitternacht gemeldet worden. Da es sich um ein bedeutendes Bauwerk handelte, waren sogleich mehrere Löschzüge ausgerückt. Mehr Informationen hatte Bernd allerdings nicht.

Gero erhob sich und ging ein paar Meter auf und ab. Als er ein Geräusch hörte, zog er sich rasch ins Gebüsch zurück und hockte sich hin. Doch es war nur ein Spaziergänger, der mit seinem Hund unterwegs war. Fünf Minuten später war es bis auf das allgegenwärtige Rauschen des Verkehrs erneut totenstill. Gero setzte sich wieder auf seine Jacke, zog die Beine an und versuchte, die Fenster der Abtei zu zählen. Aber dafür war es zu dunkel.

Fast eine Stunde verging, bis Bernd abermals schrieb. Die Sicherungsmaßnahmen waren abgeschlossen, es gab keine Verletzten. Offenbar waren bei dem Brandanschlag mehrere Molotowcocktails verwendet worden, die an den Außenmauern leichte Schäden verursacht hatten. Das kostbare Kircheninnere und insbesondere die einzigartige Kuppel waren verschont geblieben. Ansonsten gab es nichts Auffälliges, keine weiteren Flammenherde oder Spuren davon.

Für Gero war das Beweis genug. Wenn das Feuer nicht oben auf der Spitze gewütet hatte, sondern nur am Rand der Kathedrale, konnte es nichts mit dem Ritual zu tun haben. Er hatte gut daran getan, bei der Westminster Abbey auszuharren. Mittlerweile war es zwar zwei Uhr nachts und die Zeit für die Opferung eigentlich schon vorbei, doch Gero hielt grimmig durch.

Erst um drei Uhr gab er auf.

***

»Hat die ... die ... Herrgott, Bernd, was heißt ›Spurensicherung‹ auf Englisch?« Gero wartete die Antwort nicht ab, sondern schrie den Polizisten weiter an. »Haben Sie irgendeinen Hinweis gefunden? Schwarzpulver, Fellrückstände, Blut, ein Gamma? Hat es nach verbrannten Haaren gerochen? Haben Sie Viktor Jenko oder sonst jemanden ...«

Bernd zog ihn beiseite und zischte: »Schluss jetzt, Gero! Die verhaften dich, wenn du nicht aufhörst.« Er verabschiedete sich knapp von den Kollegen und schob seinen Onkel nach draußen.

Vor der Polizeidienststelle in der Londoner Innenstadt ging das britische Leben seinen normalen Lauf: Ein roter Doppeldeckerbus fuhr vorbei, Männer in Anzügen begaben sich zum Mittagessen und Touristen flanierten fotografierend durch die Straßen.

Geros Gedanken waren nur bei ihrem Fall. »Aber wir brauchen doch Beweise. Sonst kommen wir nie weiter.«

»Die bekommst du sicherlich nicht, wenn du hier wie ein Bekloppter die Leute anschreist. Vergiss es und sieh es ein: Wir hatten unsere Chance und haben sie gründlich vermasselt. Ich werde versuchen, von zu Hause aus mehr über den Brand auf dem Hochhaus zu erfahren.«

Die Erkenntnis war schon eine gute Stunde eher in Form einer Schlagzeile des *Daily Mirror* gekommen: *Zwei Feuer in einer Nacht.*

Es hatte nicht nur bei St. Paul's gebrannt, sondern auch auf einem Wolkenkratzer keine fünfhundert Meter entfernt, dem 331 Shakespeare Tower. Sie hatten umgehend die nächste Scotland-Yard-Station aufgesucht, um weitere Informationen zu erhalten. Für Gero war die Sache klar: Der Brandsatz bei der Kirche war eine Ablenkung gewesen, um das Ritual unbehelligt an einer anderen Stelle durchzuführen. Doch er verstand nicht, was dieser Turm Besonderes an sich hatte. Es fuchste ihn, so danebengelegen zu haben. Wieder einmal war es Viktor Jenko gelungen, sie auszutricksen und zu entwischen. Hoffentlich würde es Bernd gelingen, den britischen Behörden noch weitere Informationen zu entlocken, die sie wieder auf die Spur des Studenten brachten.

***

Als sie an ihrem Abfluggate im Flughafen London Heathrow saßen, bedankte sich Gero aufrichtig für Bernds Kommen.

»Keine Ursache. Danke für die Einladung. Ich muss sagen, die Zeit mit dir hat mir richtig Spaß gemacht.« Sein Neffe biss in einen Muffin, den er sich zu einem völlig überzogenen Preis an einem der Kioske gekauft hatte.

Gero hielt seinem Blick einen Moment stand, dann lächelte er. »Wenn sich dein Initial B nicht so schwer integrieren ließe, könnten wir glatt eine Fünfergruppe aufmachen.«

»Nee, lass mal. Ich mag meinen Job ganz gern. Abwechslungsreich und streng nach den Regeln.« Bernd lachte.

Gero machte eine entwaffnete Geste mit den Händen. »Also an Regeln halten wir uns auch.«

»Na klar, aber nur an eure eigenen. Nicht mal beim Bund haben sie dir deinen wunderbaren Eigensinn austreiben können.«

Die restliche Wartezeit verbrachten sie in geselligem Schweigen.

Wie konnten wir so danebenliegen?

Gero seufzte bei Inas Nachricht. Und dann tat er etwas sehr Außergewöhnliches. Er schrieb: *Ich gebe es zu, ich habe mich geirrt.*

Nach fünf Sekunden beschloss er, genug Reue gezeigt zu haben, und löschte die Zeile wieder, ohne sie abgeschickt zu haben.

Absolut nicht. Haben definitiv bewiesen, dass an der Westminster Abbey und der St. Paul's Cathedral keine Opferung stattgefunden hat. Opferungszeitpunkt um Mitternacht bei Neumond ist jetzt bestätigt. Außerdem habe ich Bernd noch stärker auf unsere Seite gezogen und die europäische polizeiliche Zusammenarbeit angekurbelt.

Die Antwort kam unmittelbar.

Deinen Euphemismus in Ehren, aber wir wollten Viktor und die Dokumente finden. Fail!

Gero war des Streitens überdrüssig. Er schaltete sein Handy aus und schloss das Kapitel London ab.

München

Den Anruf erhielt Elli, als sie mit dem Fahrrad von der Nachmittagsbetreuung nach Hause fuhr. Sie war in Gedanken noch bei ihrer ehrenamtlichen Tätigkeit mit den Kleinen und den süßen Papierdrachen, die sie heute gebastelt hatten. Die Kreativität ihrer Schützlinge schien grenzenlos zu sein.

»Hast du gehört, was ich gesagt habe? Die Dokumente sind wieder da!«, tönte Andreas' Stimme laut aus dem Telefon.

Sie war viel zu perplex, um sich freuen zu können. »Was? Wieso? Wo waren sie?«

»Keine Ahnung, aber vorhin lagen sie auf meinem Schreibtisch. Müssen mit der Nachmittagspost gekommen sein. Ein schöner dicker Umschlag mit allen Papieren, die Viktor sich ›ausgeliehen‹ hatte. Er hat einen Brief dazugelegt, in dem er sich für seine Tat entschuldigt. Ist das nicht fantastisch? Jetzt brauche ich mir keine Sorgen mehr um meine Karriere zu machen!«

Elli hörte ihn seufzen. Die Geschichte hatte ihn doch stärker belastet, als er zugegeben hatte. Auch sie spürte langsam die Erleichterung. Konnte es damit ausgestanden sein?

Aber wieso um alles in der Welt waren die Unterlagen plötzlich aufgetaucht? Und wie sollte es nun weitergehen? Das war ein Grund für ein ATOM, ein Außerordentliches Treffen Ohne Mindestvorlaufzeit. Sie musste unbedingt mit den anderen reden.

***

Ina bestand darauf, auch Pierre dazuzuholen. Noch am selben Abend saßen sie zu sechst auf Ellis und Andreas' Terrasse, um die neue Entwicklung zu besprechen.

Gero blätterte vorsichtig die in Klarsichthüllen steckenden Papiere durch, während sich die anderen Versammelten mehr oder weniger plausible Gründe für deren plötzliches Auftauchen ausdachten.

»Ich denke immer noch, dass Viktor kalte Füße bekommen hat«, wiederholte Rüdiger zum dritten Mal. »Ihr wart ihm in London schon so nahe, dass er aufgegeben hat.«

»*No way!*« Ina war völlig anderer Meinung. »Vermutlich braucht er die Unterlagen nicht mehr und hofft, in Ruhe gelassen zu werden, wenn er sie zurückgibt.«

Pierre nickte. »Ich stimme dir zu. Und ich bin sehr froh darüber, dass wir den Fall damit abschließen können.«

»Was?«, entfuhr es Ina.

Rüdiger runzelte die Stirn.

»Natürlich. Wir hatten euch gebeten, die verschwundenen Dokumente zu besorgen. Nun sind sie wieder da. Wir sollten den erfolgreichen Abschluss der Ermittlungen feiern, nicht wahr, Andreas?« Pierre prostete ihm in überschwänglicher Feierlaune zu.

Ellis Mann hob zögerlich sein Glas. »Nun ja, das stimmt eigentlich.«

»Aber die Sache hat sich doch völlig anders entwickelt!«, begehrte Ina auf. »Es geht nicht mehr um gestohlene Papiere, sondern um Opferungen und das Brauen eines Theriaks. Kirchen wurden angezündet und Präparate aus dem Archiv des

Natural History Museums beschädigt. O nein, so schnell lassen wir nicht locker! Es sind noch zu viele Fragen offen.« Es war nicht nur die Tierfreundin, die aus ihr sprach, sondern auch die Journalistin, die diesen Fall unbedingt lösen wollte.

Gero schaltete sich ein. »Ich fürchte, Pierre hat recht.«

Ina konnte kaum glauben, was sie eben gehört hatte.

»In den Unterlagen waren keine Informationen, die wir nicht mittlerweile schon selbst herausgefunden haben. Wir sind in einer Sackgasse gelandet.« Gero zählte auf. »Viktor ist weiterhin auf der Flucht. Auf Nachfrage wussten weder seine Mutter noch seine venezianischen Freunde, wo er steckt. Wir konnten das Theriak-Gefäß nicht sicherstellen. Es gibt mindestens drei weitere Personen, die ihre Finger im Spiel haben, nämlich die beiden falschen Polizisten sowie den schwarz gekleideten Dieb aus dem La Fenice. Über keinen der drei wissen wir etwas.«

»Meine Rede!« Ina schüttelte den Kopf. »Es sind zu viele Fragen offen.«

»Aber wir haben keinerlei neue Anhaltspunkte. Ich bin dafür, die Sache zu beenden und uns einem anderen Fall zu widmen. Lasst uns abstimmen. Wie sagte bereits der bedeutende Georg Rothenfußer?« Gero hob die Hand. »›Siehe, auch Große tolerieren jämmerliches Aufgeben.‹ Alles klar? Also, wer ist dafür, hier aufzuhören?«

Ina verstand die Welt nicht mehr. Pierre streckte neben ihr den Arm nach oben.

»Nein, Pierre, nur wir vier werden abstimmen.« Gero schaute seine Freunde auffordernd an.

Rüdigers Hand erhob sich langsam. Elli zögerte, folgte dann aber seinem Beispiel. Resigniert schloss sich Ina den dreien an.

Gero seufzte. »Es ist nicht leicht, sich eine Niederlage einzugestehen. Doch manchmal muss man auch Kröten schlucken.« Er gab Andreas die Papiere zurück.

Ina blickte zu Pierre. Der berührte ihre Schulter und lächelte sie aufmunternd an. Er wirkte mit der Entscheidung mehr als zufrieden. Kurz darauf verabschiedete er sich, da er in die Stadt zurückmusste. Andreas begleitete ihn nach draußen.

Als sie nur noch zu viert waren, zischte Rüdiger: »Was war denn das? Warum sollten wir mit ›Ja‹ stimmen?«

Gero schmunzelte. »Ihr habt den Code perfekt erkannt.«

Ina hatte einen Moment gebraucht, um zu verstehen, was ihr Freund wollte. Aber dann hatte sie die Anfangsbuchstaben des Satzes zusammengesetzt, wie sie es als Kinder stundenlang geübt hatten. In ihrer alten Geheimsprache hatte sie vor einigen Monaten auch die Einladungen zur Wiedervereinigung von VIER verfasst.

»Georg Rothenfußer, Abkürzung Gero ... Das wissen wir schon seit unserer Kindheit. Damit hast du immer Sprüche in unserem Code eingeleitet, wenn keiner etwas mitbekommen sollte. Aber wozu?«

»Ina, es tut mir leid, hier stinkt doch was zum Himmel! Pierre war richtig versessen darauf, uns von dem Fall abzuziehen, ganz zu schweigen von seinem seltsamen Verhalten in den letzten Wochen. Ich glaube, da steckt mehr dahinter. Bernd wird den E-Mail-Absender ausfindig machen, der die Exponate in London beantragt hat. Dann geht es weiter und wir werden die Rolle des Professors in diesem Spiel klären. Unsere Ermittlungen sind noch lange nicht abgeschlossen.«

Ina nickte seufzend. Sie war zwiegespalten. Ihr Herz wünschte sich nichts sehnlicher, als diesen Fall an den Nagel zu hängen und herauszufinden, ob Pierre und sie eine gemeinsame Zukunft hatten. Ihr Verstand hingegen schrie danach, die offenen Fragen zu klären und das seltsame Verhalten des Franzosen zu verstehen. Hoffentlich fand sich ein Weg, Herz *und* Verstand glücklich zu machen.

***

Schon wenige Tage später wünschte Gero, er hätte nicht recht behalten. Bernd rief ihn an und teilte ihm mit, wer die Affen aus dem Archiv des Museums angefordert hatte.

»Es tut mir leid, Onkel Gero. Und weil es eine offizielle Anfrage war, bleibt mir nichts anderes übrig, als entsprechende Maßnahmen einzuleiten. Ich kann höchstens noch eine Woche warten, dann muss ich die Sache weitergeben.«

Gero erfasste eine bedrückende Kälte, als er erfuhr, wer die Präparate bestellt hatte.

***

Ina saß grübelnd auf einer Bank auf dem Luitpoldhügel. In der Ferne konnte sie die Alpen ausmachen und aus dem Park schallte fröhliches Kindergeschrei herüber.

Ina plagten die Zweifel an Pierre. Sie fühlte sich in seiner Gegenwart ausgesprochen wohl. Gleichzeitig hatte sie in den letzten Wochen einiges seltsam gefunden. Der drängende Vorschlag des Franzosen, den Fall einzustellen, irritierte sie besonders. Sollte nicht gerade Pierre daran interessiert sein herauszufinden, was hier vor sich ging? Trotzdem hätte Gero nicht gleich dermaßen überreagieren müssen. Vielleicht gab es doch eine ganz logische Erklärung für Pierres Verhalten.

Genauso wie für sein eigenartiges Foto aus Stockholm? Oder für die Rechnung über das Ticket nach London?

Ina stand auf und ging auf die Wiese hinunter. Etwas Yoga würde ihr helfen, zur Ruhe zu kommen.

***

»Gero, warum wolltest du mich so dringend unter vier Augen sprechen?« Andreas schien besorgt. Die beiden Männer hatten sich in der Münchner Innenstadt am Fischbrunnen vor dem Rathaus verabredet, weit genug weg von der Universität.

»Weil ich den Namen der Person habe, die unter einem Vorwand drei Affen aus dem Archiv des Natural History Museums an die Adresse eines Lagerhauses hat liefern lassen.«

»Und, wer war es?«

»Tu nicht so scheinheilig. Sag mir lieber, warum du es gemacht hast!«

Andreas riss verblüfft die Augen auf. »Bist du verrückt? Wieso sollte ich …«

»Mein Neffe hat eine Anfrage an das Museum gestellt, mit dem Ergebnis, dass ein Andreas Baumgärtner vor vier Wochen eine E-Mail versendet hat, in der er drei Primaten der Gattungen …«

»Hör auf, Gero! Das ist Blödsinn. Ich habe damit nichts zu tun.« Andreas war bleich geworden – aus Schock oder weil er log?

***

Elli war den Tränen nahe, als ihr Andreas die neuerliche Hiobsbotschaft verkündete. Er war sofort nach dem Treffen mit Gero nach Hause gefahren, um mit ihr zu sprechen, bevor unverhofft die Polizei vor der Tür stehen würde.

Sie wusste allmählich nicht mehr, was und wem sie in diesem irrwitzigen Theater noch glauben sollte. Erst als ihr Mann ihr tief in die Augen blickte und versprach, mit der Sache nichts zu tun zu haben, beruhigte sie sich wieder etwas.

»Ich glaube dir. Aber was machen wir jetzt?«, Elli war erschöpft von den Sorgen der letzten Wochen.

***

Rüdiger hatte schließlich die rettende Idee. Alles, was ein Anwender im Unisystem tat, wurde aus Sicherheitsgründen digital mitgeschrieben. Wenn Andreas unschuldig war, konnten sie in diesen Aufzeichnungen vielleicht den Beweis finden. Zusammen mit Ina war er in die Uni gegangen und hatten mit Pierres Hilfe einen Studenten ausfindig gemacht, der auch als Systemadministrator tätig war. Die Herausgabe der Logfiles des E-Mail-Servers hatte er selbstverständlich abgelehnt, aber deren Analyse dem Professor zuliebe zugestimmt. Nach kurzer Zeit hatte er die Lösung – für Elli war es die *Er*lösung – gefunden: Ein Hacker war von außen in das System eingedrungen und hatte die Nachricht über Andreas' E-Mail-Account verschickt. Als Standort des feindlichen Computers identifizierte der Student Osteuropa. Ja, Slowenien lag durchaus im Rahmen des Möglichen. Der Informatiker bestätigte, dass er schon das Rechenzentrum informiert habe, da ein solches Hacken auf professionelle Verbrecher hindeutete und weiterverfolgt werden würde. Bernd musste also nicht gegen Andreas ermitteln.

»Danke für eure Hilfe!« Elli war ungemein erleichtert, als ihre Freunde per Skype von den Vorkommnissen der vergangenen Stunden berichteten.

»Ich freue mich für dich und Andreas. Aber damit hat sich unsere letzte Spur in Luft aufgelöst.«

Der Aussage folgte Schweigen.

»Das heißt, der Fall ist wirklich vorbei?« Rüdiger sprach sehr leise aus, was alle dachten.

***

In den darauffolgenden Tagen genoss Elli die wieder eingekehrte Normalität. Es war schon später Nachmittag, als sie mit dem Rasenmähen fertig war und sich mit einem hochverdienten Eiskaffee auf die türkisfarben gestrichene Eckbank unter ihren Kastanienbaum setzte.

Elli war mächtig stolz auf ihren Garten, eine grüne Oase, nicht quadratisch und aufgeräumt, nein, hier konnte die Natur sich noch entfalten. Es gab Bäume und Sträucher mit viel Unterholz für alle Arten von Tieren. Gerade sang eine Amsel vom Dachfirst. Elli lächelte. Schade, dass Andreas schon wieder im Ausland war. Nach den aufregenden Wochen hätte sie gern ein wenig Ruhe mit ihm gehabt. Wegen der Zeitverschiebung konnten sie nicht einmal gut telefonieren.

Elli verfiel ins Grübeln. Die Geschichte mit dem Theriak ließ ihr noch immer keine Ruhe. Sie hatte schon früher halb gelöste Fälle gehasst. Da war sie wie Gero. Und dass der in London so einen Reinfall erlebt hatte, machte die Sache nicht besser. Zu dem Brand auf dem Hochhaus hatte Bernd ihnen bisher keine weiteren Details berichten können. Sie war allerdings stolz auf ihren Mann, der ihnen mit einer DNA-Analyse so schnell die Verbrennung einer Viper in Venedig bestätigt hatte. Dass dem Theriak gerade dort eine traditionelle Hauptzutat hinzugefügt worden war, passte wie die Faust aufs Auge.

Dennoch nagte ein unbestimmter Zweifel an ihr. Irgendetwas hatten sie übersehen. Sie ließ ihren Blick schweifen und hing ihren Gedanken nach. Ein Adler in Celje und eine Schlange in Venedig. Andreas hatte auf die Pharaonenzeit verwiesen. Dort war der Geier Oberägyptens mit der Kobra Unterägyptens in der Herrschersymbolik vereint worden. Dieser Gegensatz fand sich ebenso in indigenen Mythen wieder, die bis heute auf den mexikanischen Münzen verewigt waren. Als Andreas ihr auch noch begeistert von dem geflügelten, schlangenumwundenen Hermesstab berichtet hatte, hatte Elli seinen Monolog unterbrochen.

Das brachte sie leider nicht weiter. Viktor hatte eine mittelalterliche Systematik des Tierreichs an der Wand hängen gehabt. Im Licht der Moderne betrachtet, schienen die Rituale auf eine entstehungsgeschichtlich motivierte Abfolge der Opfer abzuzielen. Vogel und Kriechtier, ein Affe und schließlich … Selbst wenn es keiner bisher wirklich ausgesprochen hatte, fürchteten sie alle, als letztes Opfer einen Menschen auf dem Altar brennen zu sehen. Auch das ließ sich aus den Notizen des Studenten erahnen.

Der Gedanke ängstigte Elli und sie kehrte zu ihrer Ausgangsfrage zurück: Warum nicht zuerst das Reptil?

Zu ihren Füßen verlief eine geschäftige Ameisenstraße. Und warum war vor der Schlange nicht ein Insekt geopfert worden? Das ergab doch alles keinen Sinn. Sie sollte Ina anrufen, schließlich war sie die Tierspezialistin.

***

Rüdiger gähnte. Es war schon fast zweiundzwanzig Uhr und der Entwurf für den neuen Kunden war immer noch nicht fertig. Irgendwie wollte ihm die Arbeit nicht richtig von der Hand gehen.

Den Grund dafür kannte er genau, auch wenn er es sich ungern eingestand. Dieser komische Fall schlich sich ständig in seine Gedanken. Er ertappte sich dabei, wie er Sternenkonstellationen googelte, anstatt die Zeichnung zu vollenden. Der Astronomieatlas lag neben seinem Bett und wenn er vor dem Einschlafen nicht noch durch ein paar Seiten blätterte, starrte er eine Weile in den Nachthimmel. Er hatte gehofft, mit drei Orten endlich die Lösung zu finden. Aber wie er die Sternbilder drehte und wendete, London wollte einfach nicht passen. Damit nicht genug, meist landeten einer oder mehrere Himmelskörper in einem großen Gewässer. Das war einer Brandopferung nicht unbedingt zuträglich. Irgendetwas fehlte.

Rüdiger beschloss, für heute die Arbeit zu beenden. Eine kühle Brise wehte durch die geöffnete Terrassentür. Die lang angekündigte Kaltfront war in München angekommen. Heute Abend würde er keine Sterne betrachten können. Aber es war sowieso Zeit, auf andere Gedanken zu kommen. Er sollte mal wieder seine Töchter anrufen.

***

Noch immer Schnürlregen. Doch das hatte schon nicht als Ausrede gezählt, um den üblichen Morgenkontrollgang durch seinen Wohnort Partenkirchen ausfallen zu lassen. Entgegen seiner sonstigen Gewohnheit würde er heute ein zweites Mal nach draußen gehen. Nichts war besser, um den Geist zu klären. Gero zog sich seinen Parka an und verließ das Haus. Ein steter Guss prasselte auf ihn nieder und es dauerte nicht lange, bis seine Hose feucht war. Sogar die Autos fuhren langsamer, weil der Dauerregen die Sicht erschwerte.

Viktor war ihnen entkommen, das Theriak-Gefäß verschwunden und es fehlten noch etliche Puzzlestücke, um das Rätsel zu lösen. Wieso passte London nicht ins Bild? Und auch in Venedig war noch so einiges unerklärlich.

Immer wieder lief eine Szene vor Geros innerem Auge ab: Der schwarz gekleidete Dieb hebt das Plexiglasgehäuse hoch und greift nach der Vase. Viktor hechtet auf ihn zu, das Gefäß fällt um und Rüdiger springt ins Bild. Irgendetwas stimmte nicht. Was hatte Viktor mit seinem Handeln bezweckt? Niemand hätte mit dem gestohlenen Objekt das Gebäude verlassen können.

Gero ging weiter seine Runde, während der Film in seinem Kopf in Endlosschleife ablief. Es war falsch. Alles war falsch. Die Aktion, die Reaktion, die Haltung. Was hatte Viktor vorgehabt? Wollte er als Retter dastehen?

Gero erreichte den Partenkirchner Friedhof. Die Kieselsteine knirschten unter seinen Schuhen, als er auf dem Weg zum Grab seiner Kameraden an den steinernen Regalen mit den Urnen vorbeiging. Wie sehr sie doch dem Theriak-Gefäß ähnelten. In beiden befand sich Asche. Allerdings waren die Grabgefäße aus haltbaren Materialien wie Metall oder Marmor, wogegen das für den Theriak in Venedig aus Keramik bestand. Und darin sollte die wertvolle Medizin mehrere Jahre reifen? Wie leicht das Gefäß zerbrechen könnte …

Gero stand stocksteif da. Ein letztes Mal ließ er die Szene Revue passieren und erkannte, was Viktor wirklich vorgehabt hatte. Jede Bewegung, jede Reaktion passte dazu. Er hatte das Theriak-Gefäß nicht an sich nehmen, sondern es auf den Boden werfen wollen!

Aber wieso? Das ergab überhaupt keinen Sinn!

Außer …

Gero machte kehrt und begann zu laufen. Er brauchte Papier und Stifte. Und er musste telefonieren. Warum hatte er das nicht gleich überprüft?

***

Der Regen trommelte auf das Dachfenster. Zwei Uhr siebenunddreißig. Zwei Uhr achtunddreißig. Es hatte keinen Zweck. Ina stand auf. Ein Glas warme Milch hatte ihr schon als Kind geholfen, wenn sie nicht einschlafen konnte. Der Niederschlag hatte die Stadt deutlich abgekühlt und es war endlich nicht mehr so schwül in ihrem Schlafzimmer. Sie lief barfuß in die Küche, goss sich eine halbe Tasse Milch ein und stellte sie in die Mikrowelle. Zwei Uhr zweiundvierzig. Mit dem dampfenden Becher ging sie zur Terrassentür und blickte durch die tropfenverhangene Scheibe in das dunkle München hinaus. Die Turmuhr schlug Viertel vor drei.

Der Abend mit Pierre war erneut ausgesprochen schön und kurzweilig gewesen. Ihr Herz hatte seine Hilfe in der E-Mail-Affäre um Andreas dankbar zum Anlass genommen, die Zweifel an seiner Loyalität zu zerstreuen. Hatte Viktor bis vor zwei Wochen oft das Thema ihrer Unterhaltungen bestimmt, redeten sie inzwischen kaum mehr von dem Fall. Ina genoss die Zeit mit Pierre. Ihre Gespräche waren angeregt und abwechslungsreich. Beide hatten viel von der Welt gesehen, konnten sich für andere Kulturen begeistern und sich gegenseitig immer neue Geschichten erzählen.

Sie seufzte. Vielleicht hätte sie ihn doch nicht gehen lassen sollen? In seinen Armen war es so behaglich gewesen. Aber Pierre, der Gentleman, hatte ihr Zögern sofort wahrgenommen, als die unvermeidliche Entscheidung angestanden hatte, in welchem Bett er an diesem Abend schlafen würde, und sich kurz nach Mitternacht mit einem scheuen Kuss verabschiedet.

Sie musste mit jemandem über ihre Gefühle reden und beschloss, Elli am Morgen anzurufen.

Der Becher fiel ihr fast aus der Hand, als das Telefon klingelte. Konnte ihre Freundin Gedanken lesen? Sie löste sich aus ihrer Schreckstarre und nahm hastig hab.

»Hallo?«

»Ina! Hab ich dich geweckt?«

»Was? Nein. Gero, was ist passiert?«

»Ich habe einen Verdacht.«

»Und deshalb rufst du um drei Uhr morgens an?«

»Es ist erst acht Minuten vor drei und du hast ja offensichtlich nicht geschlafen.«

»Und wenn ich geschlafen hätte?«

»Dann hätte ich dich geweckt und du wärst mir dankbar dafür gewesen. Wenn du mich nun endlich erzählen lassen würdest!«

Ina seufzte, ging zum Sofa und kuschelte sich in eine Decke. »Okay, schieß los.«

»Nachdem ich aus London zurück war ...«

Wenig später hatte Gero seine Zweifel an Viktors Absichten in Bezug auf das Theriak-Gefäß erläutert.

»Das ist ja alles gut und schön, aber ein Unschuldsbeweis ist das nicht. Der Student ist nach wie vor unsere einzige Spur.«

»Finden müssen wir ihn auf jeden Fall. Aber vielleicht spielt sich mehr ab, als wir bisher gedacht haben.«

»Und dabei denkst du natürlich an Pierre. Du bist doch nur eifersüchtig und deshalb verdächtigst du ihn«, reagierte Ina gereizt.

Am anderen Ende der Leitung herrschte kurzes Schweigen. Ina ärgerte sich, das ihrem Freund an den Kopf geworfen zu haben. »Gero, ich ...«, versuchte sie es erneut.

»Nein, du hast recht. Bisher spricht alles für Viktor. Und du solltest mich besser kennen. Beim Verdacht gegen Pierre geht es mir nur um den Fall. Deinem Glück würde ich nie im Wege stehen wollen.«

***

»Der Kleine ist wirklich zuckersüß!« Ina hätte Ellis Enkel am liebsten den ganzen Abend geknuddelt. Paul war ein blonder Engel, der es faustdick hinter den Ohren hatte. Nach einer Gute-Nacht-Geschichte hatte er sich jedoch brav auf die Seite gelegt und war fast sofort eingeschlafen.

Elli schloss leise die Tür. »Ich freue mich auch immer, wenn er hier ist. Katharina und Valentin sind heute im Theater. Aber jetzt lass uns nach unten zu den Männern gehen. Ich bin gespannt, was sie mittlerweile herausgefunden haben.«

Als sie ins Wohnzimmer kamen, saßen Gero und Rüdiger am Boden. Rund um sie herum lagen bekritzelte Papiere, ihre Laptops, Stern- und Landkarten, Andreas' alte Atlanten sowie ein großer Kalender.

»Da seid ihr ja endlich.« Gero richtete sich auf.

»Ich sehe, ihr fühlt euch inzwischen schon ganz wie zu Hause.« Elli nahm ihr Weinglas und setzte sich auf den flauschigen Teppich zu Rüdiger. »Also, schießt los, was habt ihr?«

»Ich«, betonte Gero, »habe folgende Theorie: Die Sonnenfinsternis ist das Ziel.«

Für ihn waren mit dieser Aussage offenbar alle Fragen geklärt.

»Wie bitte?«, hakte Elli nach einer Pause nach, in der keine weiteren Informationen geflossen waren.

»In fünf Wochen beginnt eine Sonnenfinsternis, die sich von Skandinavien bis nach Nordfrankreich zieht. Ich wette meine Brille, dass das Ritual irgendwo in Skandinavien beendet werden soll.«

»Gero Valerius, du hast gar keine Brille, aber das klingt in der Tat plausibel. Dann fehlt uns bloß noch ein Ort davor!«, wandte Ina ein. »In einer Woche ist schließlich auch wieder Neumond.« Sie kniete sich vor die Landkarte Europas. Auf Celje lag ein Klebezettel mit einem großen Alpha, auf Venedig einer mit Beta. London war Gamma, Paris hatte ein Kreuz bekommen. Neben den Städten standen Daten.

»Moment mal, warum habt ihr zu Venedig den fünften April geschrieben? Ich dachte das Opfer dort hat im Juni stattgefunden?«

Elli war nun genauso überrascht wie Ina es gewesen war,

als Gero ihr seine Erkenntnisse in den frühen Morgenstunden mitgeteilt hatte.

»Gut erkannt, meine Liebe!«, lobte Gero. »Ich habe noch mal herumtelefoniert. Viktors venezianische Freunde haben sich geirrt. Der Brand auf dem Campanile war nicht nur ein paar Wochen her, sondern fast drei Monate. Ich war beim Hinweis auf den Neumond natürlich vom letzten ausgegangen.«

»Die Opferung in Venedig hat also *vor* Celje stattgefunden?« Ellis Miene hellte sich auf. Sie deutete auf ein aufgeschlagenes Biologiebuch. »Das ergibt auch viel mehr Sinn, wenn man die Evolution bedenkt: Erst kam die Schlange, dann der Vogel.«

»Aber wie kann Celje dann Alpha sein?«, fragte Ina.

»Das weiß ich auch noch ...«

Rüdigers Aufschrei rettete Gero davor, seine Ratlosigkeit zuzugeben. »Wieso ist uns das nicht gleich aufgefallen?« Er nahm hastig das Foto der Aschespur, die wie ein Alpha aussah, und legte sie um neunzig Grad gedreht neben Celje. »Das ist ein Gamma! Wir sind doch Rindviecher, Gero.«

Während Geros Augenbraue nach oben schnellte, rief Elli außer sich. »Brillant, Rüdiger! Das ist die Lösung.« Sie sprang auf und holte die platt gepresste Münze von Stari Grad aus dem Regal, die ihr Rüdiger als Erinnerung geschenkt hatte. »Das Stadtwappen hat drei Sterne. Und Gamma ist der dritte Buchstabe des griechischen Alphabets. Ist doch so offensichtlich.« Sie stach Gero mit dem Metallstück fast das Auge aus.

»Dann konnten die Sternzeichen ja auch nicht passen!« Rüdiger hob den Laptop auf seinen Schoß und begann wie wild zu arbeiten.

»Ina, erinnerst du dich noch, was der Vogelmann gesagt hat? Die angesengte Feder stammte von einem Adler oder Falken.« Elli ging zum Regal und zog ihr noch aus Schulzeiten stammendes Griechisch-Wörterbuch heraus.

»Adler für Alpha hätte perfekt gepasst. Aber wenn Celje Gamma ist ... haben wir einen Falken – *geráki!*«

Ina war baff. In ihrer Jugend hatte Elli eine herzliche Abneigung für die alten Sprachen gehabt. Gero und Rüdiger starrten ihre Freundin nicht minder überrascht an. Sie schien die urplötzliche Stille gar nicht zu bemerken, sondern blätterte aufgeregt weiter. »Die Sonne ist *Ílios* und fängt mit Eta, dem siebten Buchstaben des griechischen Alphabets, an. Das würde zu der Sonnenfinsternis passen, Gero. Aber dann würde es ja sieben Opferungen geben.« Sie seufzte und fuhr mit dem Finger über die Spalten des Wörterbuchs. »Eins nach dem anderen. Welche Tiere bleiben für Alpha ...«

»*Arachní*«, ertönte es prompt von Gero. »Die Spinne in Málaga.« Er schlug sich auf die Stirn.

Alle Köpfe drehten sich zu ihm um, als käme er von einem anderen Planeten.

»Alpha muss einen Monat vor Venedig passiert sein, also genau, als wir auf Kreuzfahrt waren. Während ich damals auf den Arzt wartete, habe ich die Tageszeitung von Málaga durchgeblättert. Dort hat eine Spinnenausstellung mit ausgesprochen seltenen Arachniden stattgefunden. Eine war gestohlen worden. Man hat Überreste der verbrannten Transportbox auf der Spitze der ›Einarmigen‹ gefunden. Ihr wisst doch noch, die Kathedrale, deren zweiter Turm nie gebaut wurde.«

»Du machst Witze! War das etwa auch Viktor?« Rüdiger blickte von seinem Laptop auf.

»Es passt auf jeden Fall. Aber ihr habt trotzdem etwas übersehen.« Ina war plötzlich ernst. »Das Opfer in Celje hat im Mai stattgefunden, das wissen wir schon lange, es ist aber nun Gamma, die dritte Stadt. Venedig ist als zweiter Ort Beta auf April gerutscht, einen Neumond vor Celje. Damit ist der Juni frei geworden für ein Delta. Und London im Juli wird dann auf einmal zu ...«

Gero schaltete ebenso schnell. »Wir brauchen einen Affen mit Epsilon.«

»Moment. Ich habe hier die gefälschte E-Mail an das Natural History Museum«, rief Ina. »Er hat sich außer einem Gorilla noch einen Orang-Utan und einen ... Anubispavian ausgeliehen. Elli?«

»Vergiss es«, winkte Gero ab. »Das steht doch nie in einem normalen Wörterbuch. Aber bei Wikipedia … Hier: Orang-Utan gleich *Ourakotágkos,* falsch. Anubispavian …« Keiner sagte etwas, während er leise weiterlas. »*Elaióch…* was auch immer. Auf jeden Fall beginnt das mit Epsilon! Es fügt sich alles zusammen.«

»Und die Opferungen haben auf dem Altar stattgefunden.« Rüdigers Stimme war nur noch ein Flüstern. »Scheiße.«

Alle starrten ihn an.

»Kwalle, was ist denn los? Du bist ja aschfahl im Gesicht!« Ina hatte sich zu ihm gebeugt und ihm die Hand aufs Knie gelegt.

»Ihr habt die Zeichnung in Viktors Zimmer doch gesehen. Ein Mensch in Flammen auf einem Altar. Und ich weiß jetzt auch, wo die sechste Opferung stattfinden soll.«

Wortlos drehte er seinen Laptop herum, sodass alle nachvollziehen konnten, was ihn so erschreckt hatte. Der Computerbildschirm zeigte eine Landkarte von Europa. Darüber lag das Sternbild des Altars. Die einzelnen Himmelskörper passten perfekt auf die Städte, die sie identifiziert hatten: Malaga, Venedig, Celje, irgendein Ort in der Ukraine als Delta, London, ein Stern in Schweden als finales Eta … und dazwischen ein Punkt nördlich von Hamburg als sechster Buchstabe des griechischen Alphabets.

»Das ist ja mitten im Nirgendwo«, bemerkte Elli enttäuscht. »Die bedeutendste Menschenansammlung da oben ist vermutlich«, sie ging näher an den Monitor, »Itzehoe?«

»Nicht im August.« Jetzt zitterte Rüdigers Stimme. »Zeta liegt fast genau auf Wacken. Und dort findet in zwei Wochen das größte Heavy-Metal-Festival der Welt statt, mit mehr als achtzigtausend Besuchern!«

Wacken

Karte 4

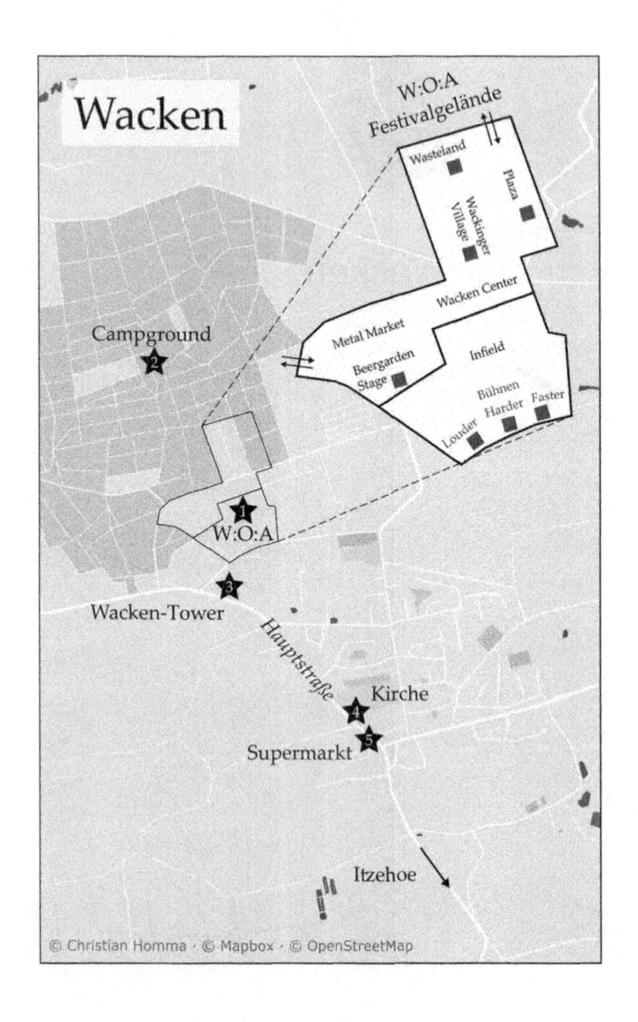
Wacken
W:O:A
Festivalgelände
Wasteland
Plaza
Wackinger Village
Wacken Center
Metal Market
Beergarden Stage
Infield
Bühnen
Louder
Harder
Faster
Campground
2
1
W:O:A
3
Wacken-Tower
Hauptstraße
Kirche
4
5
Supermarkt
Itzehoe
© Christian Homma · © Mapbox · © OpenStreetMap

14:30 Uhr, 33:30 Stunden bis zum Ritual

Das Zweitausend-Seelen-Dorf platzte aus allen Nähten. Aus jeder Ecke quollen Massen Schwarzgekleideter und bildeten einen nicht enden wollenden Strom zum Festivalgelände und von dort zurück. Aus der Luft musste es aussehen, als liefen zwei riesige Ameisenstraßen durch Wacken.

Rüdiger blickte zu Elli, der er ein schwarzes Nightwish-T-Shirt für den heutigen Tag empfohlen hatte. Damit war sie in guter Gesellschaft. Schon auf ihren ersten Metern in Wacken hatten sie mehrere Musikbegeisterte beiderlei Geschlechts mit Klamotten derselben Band entdeckt. Als ein junges Mädchen Elli die Hand mit ausgestrecktem Zeige- und kleinem Finger entgegenhob, antwortete sie tapfer mit dem Peace-Zeichen.

Gero schnalzte missbilligend mit der Zunge. »Aber Elli. Wir haben die *Manu cornuta* doch hinlänglich geübt.«

»Er meint die Pommesgabel.« Rüdiger war voll in seinem Element. Er hatte sich die alte Jeansjacke mit den abgeschnittenen Ärmeln angezogen. Unzählige Patches von AC/DC über Sepultura bis Iron Maiden und Alice Cooper zierten das Gewand. Sein spärliches Haar bedeckte ein Piratentuch. Dazu trug er passende schwarze Jeans und Springerstiefel.

Ina sah in ihrem engen Lederrock und dem Trägertop wie eine Rockerbraut aus. Rüdiger hatte nichts von ihrem Tattoo zwischen den Schulterblättern gewusst und war überrascht, wie gut es zu ihrem am Rücken weit ausgeschnittenen Oberteil mit Spitzenbesatz passte.

Gero hatte natürlich mal wieder eine halbe Doktorarbeit aus der Kleidungsfrage gemacht. »Ich habe mir genauestens angeschaut, welche Headliner auftreten, und mir für jeden Tag ein T-Shirt gekauft. Selbstverständlich darf es nicht so aussehen, als wären sie neu. Also habe ich sie mehrmals gewaschen und ordentlich mit Bimsstein bearbeitet. Nun soll noch jemand sagen, dass ich nicht seit Jahren Sabaton-Fan bin.«

»Na ja«, machte Rüdiger. »Authentischer wäre es vermutlich gewesen, wenn du nicht das neueste Jubiläumsshirt auf alt getrimmt hättest.«

Gero öffnete den Mund. Sie alle wussten, wie sehr er es hasste, in seinem Perfektionismus Fehler zu begehen.

»Und die Tattoo-Ärmel kannst du auch wieder abstreifen! *Wimps and posers, leave the hall!*«, stimmte Rüdiger den Refrain des Manowar-Klassikers *Metal Warriors* an.

»Rüdiger, es reicht«, sagte Ina bestimmt. »Du bist unser Wacken-Experte, also hilf uns lieber weiter.«

Rüdiger salutierte und Gero korrigierte demonstrativ den Sitz seines Lederarmbands, das den Übergang des Ärmels zur Haut kaschieren sollte.

***

Die VIER hatten sich ganz unterschiedlich auf das Festival vorbereitet. Rüdiger surfte stundenlang durch alle möglichen Hardrock-Foren, bis er endlich den perfekten Beitrag las: Eine Gruppe von vier Metal-Fans musste kurzfristig sowohl ihre Tickets als auch ihre Unterkunft weitergeben. Rüdiger schlug sofort zu und stellte sicher, dass die Karten ordnungsgemäß und schnell geliefert wurden. Stilecht wäre natürlich nur, auf dem großen Zeltplatz mit zehntausend anderen im über die Tage stetig tiefer werdenden Matsch zu campen. In ihrem Alter durften sie sich aber stattdessen eine Pension gönnen. Parallel zu seiner erquicklichen Recherche hörte er alle Bands Probe und notierte sich auf der Running Order – dem Zeitplan der Auftritte –, wann er wen sehen wollte. Er würde es schon einrichten, in der Nähe zu ermitteln.

***

Für Elli hatte der Wacken-Film auf dem Programm gestanden.

Schließlich wollte sie vorab wissen, auf was sie sich einließ. Bereits nach den ersten Minuten fragte sie sich, wie sie Viktor in dieser Menschenflut aufspüren sollten. Die aggressive Musik war so gar nicht nach ihrem Geschmack und ein bisschen ängstigte sie die Vorstellung, inmitten eines grölenden und besoffenen Mobs stundenlang im Matsch herumgeschubst zu werden. Zwar hatte es auch schon mal ein Jahr ohne jeden Niederschlag gegeben, doch gehörte das wohl zur absoluten Ausnahme.

Außerdem brauchte sie eine besondere Verkleidung. Ihre Blumenoberteile waren definitiv ungeeignet, um unter den vollkommen schwarz gekleideten Musikbegeisterten zu ermitteln. Also besorgte sie sich mit Rüdigers Hilfe ein passendes Outfit.

***

Gero hatte sich reichlich Wissen über das Festival angelesen und sich einen so einfachen wie genialen Plan ausgedacht. Ihnen war ja schon beim ersten Durchsehen der zahlreichen Fotos aus Viktors Zimmer dessen ausgefallener Musikgeschmack aufgefallen. Laut Rüdiger kaufte die heutige Jugend keine CDs mehr, sondern streamte die Songs auf dem Smartphone oder Laptop. Doch Viktor hatte noch eine ganze Reihe der Silberscheiben im Regal stehen, darunter etliche Gothic- und Hardrock-Alben. Und für Gero lag darin der Schlüssel, den Studenten in der Masse aufzuspüren.

Jedes Jahr gab es beim Festival das *Metal Battle,* einen internationalen Wettbewerb junger Bands, bei dem die Sieger der nationalen Vorausscheidungen auf dem Festival um die Gunst des Publikums spielten. Beim letzten Mal hatte eine slowenische Gruppe für Ex-Jugoslawien gewonnen. Das hatte sie so bekannt gemacht, dass sie in diesem Jahr wieder auftraten. Da Viktor eine handbeschriebene CD-Hülle mit einer vermutlich selbst gebrannten Scheibe von ihnen besaß, würde er mit etwas Glück beim Gig seiner Landsleute dabei sein wollen. Der

Bullhead City Circus beherbergte die W.E.T.– und Headbanger-Stage und war einer der kleinsten Veranstaltungsorte auf dem Gelände mit vergleichsweise überschaubarer Zuschauermenge.

***

Die schwerste Aufgabe hatte Ina. Auch wenn sie sich dem Gedanken immer noch verwehrte, die restlichen VIER waren sich einig: Pierre stand unter Verdacht. Und es gab nur eine Möglichkeit, diesen auszuräumen oder zu bestätigen. Sie mussten wissen, wo er sich während des nächsten Rituals befand. Für Ina klang die Aussage des Franzosen plausibel, für ein paar Tage zu seiner Familie nach Paris fliegen zu wollen. Dennoch ließ sie sich überreden, den von Rüdiger zur Verfügung gestellten GPS-Tracker in Pierres Koffer zu schmuggeln. Sie fühlte sich schäbig, aber in diesem Fall musste sie für ihren eigenen Seelenfrieden auf Nummer sicher gehen.

***

Ina lud alle zu einem Kaffee an einem der zahlreichen Stände auf der Hauptstraße ein.

»Ich bin schon ganz aufgeregt«, verkündete Rüdiger mit leuchtenden Augen. »Mein letzter Besuch ist genau achtzehn Jahre her. Hier hat sich einiges verändert.«

»Zumindest hat sich die Zahl der Besucher mehr als verdreifacht, was die Suche nach Viktor nicht einfacher machen wird. Außer …« Gero berichtete von seiner Idee.

»Das ist brillant. Zusätzlich werde ich mich natürlich im Pressebereich umsehen.« Ina schwenkte ihren Ausweis. »Kwalle, wo ist denn Pierre zurzeit?«

Rüdiger prüfte sein Handy. »Er ist immer noch in der Nähe von Paris.«

Ina seufzte erleichtert. »Dann ist er wirklich zu seiner

Schwester gefahren. Seine Nichte ist krank und er wollte ein paar Tage dort verbringen.«

Gero blickte sich um und holte verstohlen einen Lageplan aus der Tasche. »Nach Abwägung aller Möglichkeiten sehe ich drei Optionen für das Ritual: Opferung auf einer Bühne, in der Kirche oder auf dem Raiba-Turm.«

Rüdiger stöhnte. »Wer nennt den denn so? Im Raiffeisenturm wurde früher Getreide aufbewahrt. Aber heute heißt der nur noch Wacken-Tower.«

Gero zuckte nur die Achseln. »Bleibt die Frage: Soll ein Besucher oder ein Bandmitglied Haare lassen?«

»Das ist ein sehr dämliches Wortspiel!«, schalt ihn Elli. »Ich habe gestern Abend noch einmal in meinem Griechisch-Wörterbuch geschmökert. Wir brauchen doch ein Opfer, das mit Zeta beginnt. Ich lese euch mal die Übersetzungen der Wörter vor, die etwas mit Menschen zu tun haben.« Sie zog einen Notizzettel aus ihrem Dekolleté. »Vielleicht klingelt es bei einem von denen: Bettler, Jongleur, Gigolo, Maler, Leben, Liebende, Zoologe, verrückt.«

Keiner konnte einen sinnvollen Zusammenhang herstellen.

»Verrückt sind die alle«, konstatierte Gero nüchtern, als eine singende Wikingergruppe mit Bollerwagen vorbeischlenderte. »Aber das hilft uns leider nicht.«

»Das sind weder Berufe noch Personen, die typisch für das Festival wären.« Rüdiger legte die Stirn in Falten. »Hoffentlich finden wir mehr Hinweise vor Ort. Oder besser gleich Viktor selbst, bevor jemand dran glauben muss. Ich hoffe inständig, dass es nur ein einzelnes Opfer geben soll. Nicht auszudenken, wenn jemand auf dem Gelände eine Bombe zünden würde …«

15:00 Uhr, 33 Stunden bis zum Ritual

Einige Kinder fuhren auf Gokarts mit Anhängern voller Bier vorbei, die sie für die Festivalbesucher vom Supermarkt am Anfang der Hauptstraße zum Campinggelände transportierten. Einwohner saßen vor ihren Häusern am Straßenrand, tranken Kaffee und beobachteten die eigentümliche Prozession. Für Rüdiger war es wie heimzukommen. Er fühlte sich sofort pudelwohl in der geschäftigen, aber dennoch entspannten Atmosphäre. Hier waren die Leute wegen der Musik und des Feierns da. Das Heavy-Metal-Festival galt nicht umsonst als eines der friedlichsten überhaupt, was er nicht versäumte, seinen Freunden ein ums andere Mal zu erzählen.

Ihr nächstes Ziel war die Heiligen-Geist-Kirche.

»Erbaut 1858, einschiffige, kreuzförmige Anlage mit Querbau und einem Dachreiter über der Vierung.« Gero machte ein paar Fotos.

»Wo hast du denn das her?« Rüdiger betrachtete interessiert das Gebäude aus rotem Klinker.

»Ich habe alle online verfügbaren Ausgaben der *Kirchenmaus* gelesen. Das ist das Gemeindemagazin. MAUS wie Mitteilungen, UnterhAltsames, AktUelles und GeiStliches. Aber da stand nichts drin, was uns nützen könnte.«

Rüdiger war nicht überrascht. Der Sakralbau stand auf einem Hügel und die Zugangswege konnten leicht eingesehen werden. Das Kirchenportal und der Seiteneingang waren allerdings verschlossen. »Zumindest lässt sich der Ort hier gut überwachen. Aber ich würde doch zu gerne einen Blick hineinwerfen.«

»Moin, meine Herrschaften, dat wird wohl nix.« Ein älterer Herr mit stark norddeutschem Akzent war an die VIER herangetreten. »Die Kirche ist dicht, außer für das Full-Metal-

Church-Konzert und den Gottesdienst.« Er zog den Hut und ging davon.

»Das Full-Metal-was?«, wollte Elli wissen.

»Ja, das ist etwas ganz Besonderes. Jedes Jahr finden ein paar Konzerte hier statt. Muss eine grandiose Akustik sein.«

»Wir sollten versuchen, den Pfarrer oder Mesner ausfindig zu machen. Vielleicht helfen die uns weiter. Ich werde mich später darum kümmern.« Gero machte sich eine Notiz und winkte seine Freunde weiter.

Sie begaben sich wieder auf die Hauptstraße und reihten sich in den Pulk gut gelaunter Metaller ein, die zum Festivalgelände am anderen Ende des Ortes schlenderten. Zu beiden Seiten des Wegs waren Biergärten und Imbissbuden aufgebaut. Metal- und Rock-Klassiker erklangen aus allen Ecken.

Rüdiger kaufte einen der selbst gebackenen Muffins, die zwei Mädchen auf der Garageneinfahrt ihres Elternhauses anboten. Wer nicht vor den jährlich in Wacken einbrechenden Menschenmassen geflohen war oder seinen Garten verbarrikadiert hatte, beobachtete das lustige Treiben von seiner Veranda aus. Manche nutzten die Gelegenheit, den einen oder anderen Euro dazuzuverdienen.

Hinter einem Bauzaun, der die Menge davon abhalten sollte, das dahinterliegende Grundstück zu betreten, lagen Dutzende Getränkedosen auf dem Rasen. Für einen Moment war Rüdiger enttäuscht von der Achtlosigkeit der Menschen, die ihren Unrat einfach durch das Gitter warfen. Dann bemerkte er allerdings das mitten auf der Wiese aufgestellte große schräge Brett mit nummerierten Löchern. Die Besitzer hatten tatsächlich eine provisorische Wurfbude für leere Bierdosen in ihrem Garten installiert, um nach ihrer Rückkehr das Pfand einzusammeln. Eine clevere Idee!

Den Wacken-Tower konnte man schon von Weitem ausmachen. Er war das höchste Gebäude in der Umgebung, aber aufgrund seiner Exponiertheit denkbar schlecht für das Ritual geeignet. Der schwarz angestrichene Turm mit weißem Logo und dem eigentümlich abgeflachten Dach stand direkt an der

Hauptstraße neben dem stark frequentierten Info-Center und einem der zahlreichen Biergärten. Absperrungen auch an der Seitenstraße stellten sicher, dass ihm niemand zu nahe kam. Hier ließ sich erst mal nichts ausrichten.

Endlich waren sie am Festivalgelände angekommen.

»Die Veranstaltung wird jedes Jahr auf von Bauern gepachteten Wiesen abgehalten. Eine unglaubliche logistische Leistung. Es wurde sogar eine Bierpipeline verlegt, weil bei Regen …«, dozierte Gero.

»O mein Gott!« Elli war stehen geblieben.

»Ist was passiert?«, fragte Rüdiger besorgt. Er fühlte sich ein wenig für sie verantwortlich.

»Ich habe meine Gummistiefel vergessen!«

Gero winkte ab. »Heute ist es trocken. Für die nächsten Tage müssen wir allerdings immer wieder mit Schauern rechnen.«

»*Rain or shine*«, verkündete Rüdiger lapidar. »Das ist das Motto von Wacken. Regen oder Sonne. Ich glaube, es gab noch fast kein Jahr, in dem der Boden nicht zu Matsch geworden wäre.« Er lachte – jedoch nur so lange, bis er Ellis bleich gewordenes Gesicht sah. »Sorge dich nicht, wir kaufen dir nachher geeignete Schuhe. Außerdem bekommen wir gleich Regencapes in unseren *Full Metal Bags*.«

Sie folgten Hunderten Gleichgesinnten einen mit Holzschnitzel bestreuten Weg entlang über die Wiesen bis zum großen Eingangsbereich. Die Besucher wurden an mehreren mit Drahtgittern abgetrennten Eingängen durchsucht.

»Vorbildliche Sicherheit!«, lobte Gero. »Hier kommt es nur sehr selten zu Schlägereien. Wobei ich gehört habe, dass die *Wall of Death* nicht ganz ohne sein soll …«

»Die was?«, fragte Elli erschrocken.

Rüdiger zog sie weiter. »Hör nicht auf ihn. Er hat das alles doch nur auf Wikipedia gelesen. Halte dich an mich. Ich kenne mich aus.«

Dann waren sie auf dem ›Holy Wacken Ground‹ angekommen. Der Rasen war schon niedergetreten worden, aber noch war der Boden trocken. Entlang des breiten Weges standen etliche Stände mit Essen, Merchandising oder Getränken. Aus allen Ecken quoll Rockmusik in unterschiedlicher Lautstärke. Eine Gruppe Schwarzgekleideter brüllte ihnen im Vorbeigehen »Wacken!« ins Ohr. Es roch herrlich nach Pommes und Bratwurst. Gerade eben fühlte es sich überhaupt nicht an, als ermittelten sie in einem Fall.

»Ist es nicht gigantisch hier? Bisschen anders, als ich es in Erinnerung hatte, aber trotzdem fantastisch«, frohlockte Rüdiger. Er hatte die Augen wie ein kleines Kind an Weihnachten aufgerissen und genoss die Atmosphäre in vollen Zügen. »Es ist wie Heimkommen zur Familie. Lasst uns die Festivalbändchen holen.«

»Kann man den irgendwie bremsen?«, fragte Gero zu Ina gewandt. »Der bekommt ja noch einen Herzkasper, bevor es richtig losgeht.«

Rüdiger drehte sich um. »Ich habe dich gehört, Gero. Und nein, man kann nichts dagegen unternehmen. Wenn das Wacken-Fieber brennt, kommt jede Hilfe zu spät. Ich wünsche dir, dass du zumindest einen Hauch davon spüren kannst.«

Kurz darauf durchstöberte Elli ihre *Full Metal Bag* mit den üblichen Kostbarkeiten und Andenken. »Wacken-Abzeichen, Flaschenöffner, Trinkbeutel, ein Müllsack. Aber was ist das? Eine Zeltplane?« Sie hielt ein eingeschweißtes Päckchen hoch, das eine schwarze Folie enthielt.

Rüdiger nahm es ihr ab. »Das sind unsere Regencapes: Absolut nicht atmungsaktiv, extrem leicht zerreißbar, unmöglich zusammenzulegen, aber bei einem tüchtigen Regenguss Gold wert!«

***

Sie stürzten sich ins Vergnügen. Auch Gero hatte sich eine Bandliste zusammengestellt, um nebenbei möglichst viele Metal-Genres kennenzulernen.

»Wenn ich schon einmal hier bin, möchte ich die gesamte

Bandbreite abdecken. Power Metal, Black Metal, Death Metal, Metalcore, Symphonic Metal …«

»Und was ist mit Thrash, Folk und Gothic?« Rüdiger war voll in seinem Element.

»Wir werden sehen, welches mir am wenigsten nicht gefällt. Bis später, ich sondiere die Lage.« Gero marschierte zum Infield mit den drei größten Bühnen.

Auch Ina verabschiedete sich. »Ich schaue mich im Pressebereich um.«

»Dann erkunden wir das Gelände in der anderen Richtung. Lass uns erst mal zur Wackinger Stage gehen, die ist klein und fein. In zwanzig Minuten spielen da Versengold«, meinte Rüdiger noch immer strahlend. Er schien das drohende Unheil am nächsten Tag komplett verdrängt zu haben. »Das ist kein richtiger Metal, sondern Folk-Rock mit deutschen Texten. Es wird dir gefallen.«

Während sie auf den Mittelalterbereich zustrebten, kamen sie an weiteren Buden vorbei. Elli tat ihr Wohlgefallen darüber kund, dass es neben Burgern und fettiger Currywurst mit Pommes auch ayurvedische indische Gerichte, vegane Kost und natürlich etliche Stände mit Süßigkeiten gab. Die Sonne strahlte heiß vom Himmel und sie begannen zu schwitzen.

»Ich brauche was zu trinken, Kwalle.«

»Gute Idee. Lass uns Wasser holen.« Rüdiger schnallte seinen Trinkbeutel von der Hose ab und ging auf einen der mobilen Wasserspender zu.

»Auf uns und auf Wacken!«, prostete er wenig später Elli zu. »Hätte nicht gedacht, dass ich hier noch einmal herkomme. Thin Lizzy hatten damals leider abgesagt. Aber Doro war dabei und sogar Nightwish gibt es bereits so lange.« Er deutete auf ihr T-Shirt.

»Ich fühle mich in dem Outfit schon ein bisschen eigenar…«

Ein Kerl in einem rosaroten Plüschhasenkostüm hoppelte vorbei und Elli blieb der Rest des Satzes im Hals stecken.

***

Im Pressezentrum hatte Ina nichts ausrichten können. Dort fanden vor allem Interviews mit den Bands statt und niemand hatte Zeit, sich mit ihr zu unterhalten. Sie kannte keinen der Reporter. Metal-Festivals waren nicht ihr Spezialgebiet.

Also ging sie weiter zum riesigen Campingplatz, von dem sie sofort begeistert war. Ein kleines bisschen bedauerte sie, nicht hier zwischen den Metallern zu übernachten, sondern ganz profan in einem Bett der Pension im nahegelegenen Itzehoe. Tausende Zelte waren auf dem Areal verteilt und nicht wenige Camper hatten ihren halben Hausrat eingepackt. Lautsprecher und Tonanlagen, aus denen laute Rockmusik schallte, mit Eiswürfeln improvisierte Kühlschränke und rauchende Grillecken sorgten für Festival-Flair.

Besonders beeindruckte Ina die Gruppe, die neben ihrem Couchtisch ein ganzes Sofa mitgebracht hatte und darauf gemütlich mit ihren Bierdosen lümmelte. Viele Zelte waren außerdem mit dem Festivalkürzel W:O:A – Wacken Open Air – aus Klebestreifen verziert oder hatten das Logo auf einem Flaggenmast aufgezogen. Wieder andere hatten Schilder aufgestellt. *Ein Kuss für ein Bier* war noch das harmloseste Angebot darunter. Sie schlenderte durch die Reihen und vergaß die Zeit. Was für einen klasse Artikel sie hier schreiben könnte: *Harte Musik, weiches Herz.* Oder *Drei Nächte Metal-Braut.* Als sie sich an den für den nächsten Tag angekündigten Regen erinnerte, fand sie die Lösung mit der Pension hingegen gar nicht mehr so übel.

Falls Viktor hier campte, war es allerdings aussichtslos, ihn zu finden. Selbst wenn sie die Farbe seines Zelts oder dessen ungefähre Position gewusst hätten, wären sie chancenlos gewesen. Wieso hatten sie eigentlich nicht daran gedacht, Flugblätter zu verteilen?

Unwillkürlich musste sich Ina Geros Antwort vorstellen:

»Eine ausgezeichnete Idee, um Viktor und seine potenziellen Mittäter zu warnen!«

***

Den Rest des Tages ließen sie ausgiebig die Atmosphäre auf sich wirken, immer mit dem Gedanken im Hinterkopf, wie sie Viktor am besten aufspüren konnten. Es war etwas anderes, von einer Veranstaltung mit achtzigtausend Menschen zu hören oder mittendrin zu sein. Es würde eine höllisch schwierige Aufgabe werden, ihn zu finden.

Während Rüdiger versunken in einer schäbigen Kiste nach neuen Patches für seine Jacke stöberte, probierte Elli verschiedene Sonnenbrillen an. Den großen Marktbereich am Rande des Geländes hatte sie überhaupt nicht erwartet. Er erinnerte sie an das Tollwood-Festival in München, nur gab es in Wacken ausschließlich Zubehör für Metaller. Sie kaufte einen schwarzen Strampelanzug mit dem Aufdruck *My first metal shirt.* Der nächste Enkel kam bestimmt.

Rüdiger hielt sich ein Hemd mit Aufschrift vor die Brust. *Hip-Hop klingt am besten, wenn man stattdessen Heavy Metal hört.* Was für ein Haufen Kindsköpfe hier unterwegs war! Mit ihren dunklen Klamotten, Tattoos und nietenbesetzten Armbändern wirkten die meisten Leute abschreckend auf Elli. Doch sie begann mehr und mehr zu spüren, dass das nur eine äußere harte Schale war. Als ein Metaller neben ihr ein rosarotes Shirt mit einem Death-Metal-Einhorn kaufte, wusste sie, dass sie recht hatte.

0:12 Uhr, 23:48 Stunden bis zum Ritual

Kurz nach Mitternacht fuhren sie gemeinsam mit dem Großraumtaxi zu ihrer Unterkunft in Itzehoe zurück und gingen für eine Lagebesprechung in eine Kneipe, die wegen des Festivals noch geöffnet hatte. Die Bedienung trug das um diese Zeit wohl obligatorische Festival-Shirt. Sie bestellten ihre Getränke. Fast wäre die junge Frau ungeschoren davongekommen.

Doch gerade, als sie sich zum Gehen wandte, fragte Gero: »Moment noch, was ist Ihr Lieblingsgenre? Melodic Death Metal? Nu Metal? Crossover Thrash? Oder lieber ein Hard-Rock-Klassiker wie AC/DC?«

Sie lächelte ihn an. »Ach wissen Sie, das Shirt trage ich nur während des Festivals. Ist gut fürs Geschäft. Normalerweise höre ich Klassik.«

Ina hatte Gero selten so glücklich gesehen. Sie lachte. »Nun erzählt mal, wie euer erster Tag war.«

»Laut, heiß, anstrengend«, resümierte Elli.

»Laut, heiß, fantastisch«, korrigierte Rüdiger.

Und Gero steuerte ein »Absonderlich und faszinierend« bei. »Das Wichtigste ist: Das Gelände zu überwachen ist unmöglich. Wenn wir mit der Kirche oder dem Wacken-Tower falschliegen, haben wir keine Chance. Und selbst wenn wir recht haben, weiß ich nicht, wie wir eingreifen sollten.«

»Ich hoffe sehr, dass wir uns Viktor morgen beim *Metal Battle* schnappen. Dann wäre unser Hauptverdächtiger außer Gefecht gesetzt und könnte uns erklären, was es mit den vermeintlichen Polizisten vom Maskenball auf sich hatte.« Außerdem konnte er das Festival endlich richtig genießen, wenn die Gefahr gebannt war.

Die Bedienung brachte die Getränke.

»Zumindest kennen wir die Uhrzeit für das Ritual: morgen

um Mitternacht. Jetzt müssen wir nur noch die achtzigtausend potenziellen Opfer ein wenig eingrenzen.«

Ina trank lustlos aus ihrem Glas. Der Tag war äußerst unbefriedigend gewesen, da sie Viktor keinen Schritt näher gekommen waren. Ihre Stimmung wurde lediglich dadurch aufgehellt, dass Pierres GPS-Tracker weiterhin in Paris war – und er hoffentlich auch.

»Wenn wir doch nur irgendetwas in der Hand hätten, damit wir die Polizei einschalten können.« Elli schien noch immer unglücklich mit dem Gespräch zwischen Bernds Vorgesetztem und den hiesigen Behörden. Ja, man würde besonders aufpassen, aber das tat man sowieso. Fotos von Viktor Jenko würden an die Kollegen verteilt. Nein, weitergehende Maßnahmen würden nicht durchgeführt werden. Auf Basis einer solchen vagen Indizienlage würde man den Ablauf des Festivals keinesfalls gefährden. Hoffentlich gelang es ihnen morgen, genug Beweise für einen hinreichenden Tatverdacht zu sammeln.

11 Uhr, 13 Stunden bis zum Ritual

Tag zwei in Wacken begann mit einem zünftigen norddeutschen Regenguss. Binnen Sekunden war die Welt vor dem Fenster der Pension nicht mehr zu erkennen.

Rüdiger traf Elli auf dem Weg zum späten Frühstück. Seine Laune war deutlich gedämpft. »So ein Mistwetter! Um eins kommen doch Eskimo Callboy, die wollte ich unbedingt sehen. Aber vielleicht überlege ich es mir noch einmal.«

»Es gibt kein schlechtes Wetter, sondern …«

»… nur schlechte Kleidung. Bitte überlass die Sprüche Gero.«

Sie betraten den Frühstücksraum. Ina und Gero waren schon da.

Der Exsoldat blickte von seinem Kaffee auf. »Ich wollte gerade eine Suchmeldung herausgeben.«

»Auch dir einen wunderschönen guten Morgen.« Elli setzte sich schwungvoll.

»Ich möchte lieber dafür gehasst werden, wer ich bin, als dafür geliebt zu werden, wer ich nicht bin«, ergänzte Gero.

»Alles klar, Quatschkopf, ich werde es beherzigen.« Rüdiger gähnte. Natürlich hatte er das Zitat von Kurt Cobain erkannt. Dann bemerkte er Inas sorgenvollen Blick. »Alles okay mit dir?«

Sie zeigte ihren Teamkameraden das Display ihres Handys. »Es ist uns erst vor ein paar Minuten aufgefallen.«

Der grüne Punkt, der anzeigte, wo sich Pierres GPS-Tracker befand, blinkte jetzt auf einem Ort etwa fünfzig Kilometer nordöstlich von Wacken.

***

Ina war schrecklich aufgewühlt. Wie hatte sie sich in einem

Menschen so täuschen können? Sie hatte Pierre vertraut und Gefühle für ihn entwickelt. Sie musste ihn zur Rede stellen und zwar sofort. Möglicherweise war alles ein Missverständnis und er war nur hier, weil er Viktor selbst aufhalten wollte. Sie wählte seine Nummer, aber es antwortete lediglich die Mailbox.

In strömendem Regen fuhr sie mit Gero und Rüdiger zu den Koordinaten, die der kleine Sender ihnen übertrug. Sie entstiegen dem Taxi vor einem der typischen roten Backsteinhäuser mit spitzem Giebel, gepflegtem Garten und weißem Zaun. Als sie die wenigen Meter zur Tür der Pension zurückgelegt hatten, waren sie bereits nass.

Eine Frau in etwa ihrem Alter öffnete. Sie stellten sich als Freunde von Pierre vor und wurden sogleich hereingebeten. Der Franzose war allerdings nicht da, sondern hatte sich schon vor einer guten Stunde per Taxi nach Wacken aufgemacht.

»Wehe, wenn ich diesen elenden Lügner erwische.« Geros Wangenmuskeln zuckten.

15:55 Uhr, 8:05 Stunden bis zum Ritual

Als der Regen gegen sechzehn Uhr nachließ, begaben sie sich zum Festivalgelände. Ina hatte Pierre mehrere Nachrichten geschrieben, ohne eine Antwort zu erhalten. Nächster Anhaltspunkt war das *Metal Battle,* wo sie hofften, auf Viktor zu treffen. Bis dahin wollten sie das Gelände ablaufen, um mit viel Glück Viktor oder Pierre zu finden. Sie hatten keine bessere Idee.

Auf dem Weg machten sie wieder an der Heiligen-Geist–Kirche Halt. Aber die Türen des Gotteshauses waren auch heute fest verschlossen. Gero teilte den anderen mit, dass er bis zum *Battle* hier patrouillieren und einen geistlichen Ansprechpartner suchen wolle.

***

Schon weit vor dem Eingang des Veranstaltungsgeländes standen die restlichen VIER knöcheltief im Matsch und Elli war froh, im speziell für das Festival hochgerüsteten Laden noch passendes Schuhwerk ergattert zu haben. Sie hatte zuvor noch nie ein Geschäft gesehen, in dem Gummistiefel direkt neben Bananen und Bier feilgeboten wurden.

Als sie sich mit den im Schlamm schmatzenden Schuhen vorankämpfte, beschlich sie der leise Verdacht, dass Gero die Beobachtung der Kirche als Ausrede nutzte, um nicht durch diesen Dreck waten zu müssen.

***

Für die Überwachung des Sakralbaus zuständig zu sein, war für Gero völlig in Ordnung. Der gestrige Tag auf dem Festival hatte ausgereicht, um seine Neugierde zu stillen. Noch einmal zwölf Stunden in Menschenmengen herumgeschoben und dabei von aggressiver Musik beschallt zu werden, brauchte er nicht.

Zunächst umrundete er das Bauwerk, um alle Zugangswege, Türen und Fenster zu identifizieren. Danach besorgte er sich von einem der dort herumstehenden Mitarbeiter der ›Festival-Straßen-Kirche‹ eine Metal-Bibel und suchte sich eine Bank mit Blick auf das Gotteshaus, um in dem Buch zu lesen – natürlich nicht, ohne vorher sein Regencape auf die feuchte Sitzfläche gelegt zu haben.

Neben dem Neuen Testament enthielt diese Spezialausgabe noch hundertachtundzwanzig Vierfarbseiten mit Lebensberichten und Interviews verschiedener Metal-Musiker und ehemaliger Satanisten.

Nach einiger Zeit wurde Gero allerdings unruhig. Auf dem Festivalgelände bestand zumindest die Chance, Viktor oder Pierre zu begegnen. Er faltete seinen Plastikumhang wieder ordentlich zusammen – keine Ahnung, warum Rüdiger meinte, das ginge nicht – und verschenkte die Bibel an einen vorbeikommenden Metaller, der so aussah, als könne er sie brauchen.

Unten auf der Hauptstraße verhandelte er mit den Jungs, die die Karts fuhren. Bei fünfundsechzig Euro wurden sie sich einig. Dafür sollte er sofort benachrichtigt werden, wenn sich etwas Seltsames an der Kirche ereignete.

Zufrieden reihte Gero sich in die Prozession der Schwarzgekleideten zum Holy Wacken Ground ein.

***

Nur Rüdiger behielt seinen Enthusiasmus bei, während sie stundenlang durch den knöcheltiefen Sumpf auf dem Gelände wateten. Auch wenn mittlerweile wieder die Sonne schien, würde die Wiese das Wasser bis zum Ende des Festivals nicht mehr aufsaugen können. Jemand wurde jauchzend in einem Schlauchboot vorbeigezogen. Rüdiger fand das klasse, Wacken ohne Schlamm war sowieso nicht vorstellbar. Er zog Energie aus der allgegenwärtigen Musik, lauschte im Vorbeigehen alten und neuen Bands und blieb stehen, um seine nicht vorhandene Mähne kreisen zu lassen, als Saxons *Princess of the Night* erklang. Immer wieder zückte er sein Handy und notierte sich Namen von Gruppen, denen er gern länger zugehört hätte. Eine deutsche Band hatte es ihm besonders angetan. Mandowar mischten die Metal- und Hard-Rock-Tophits von Alice Cooper bis Iron Maiden so wunderbar mit den berühmtesten Melodien von Johnny Cash, Queen und anderen, dass sogar Elli zu den Country- und Ska-Rhythmen mitwippte. Es war an der Zeit, nach neueren Gruppen und Stilrichtungen Ausschau zu halten. Ganz beseelt von den vielen Eindrücken bemerkte er beim gemeinsamen Abendessen zunächst gar nicht, wie still die restlichen VIER waren.

Doch als die Endorphine in seinem Hirn langsam abebbten, spürte auch Rüdiger, wie die Verantwortung für das, was in den nächsten Stunden geschehen würde, sich schwer auf seine Schultern legte. Der Opferungszeitpunkt kam rapide näher und sie waren noch keinen Schritt weitergekommen.

22:13 Uhr, 1:47 Stunden bis zum Ritual

Zu viert machten sie sich auf zur W.E.T.-Stage im Bullhead City Circus, wo um zweiundzwanzig Uhr fünfundvierzig das Konzert der slowenischen Newcomerband beginnen sollte. Ina und Elli postierten sich strategisch an den Zugangswegen, während die beiden Männer im Innern des Zelts nach Viktor Ausschau hielten. Die Band vor den Slowenen spielte eher Punkrock, doch was danach folgte, war nur noch ein ohrenbetäubender Lärm. Selbst auf dem Vorplatz drückte sich Elli die Hände gegen den Kopf. Wie musste es bloß Gero und Rüdiger gehen?

***

Gero sah dem Treiben auf der Bühne entspannt zu. Seine Spezialohrstöpsel hatten die höchste Dämpfung von allen, die er im Internet gefunden hatte. Da der Schall für sein Empfinden sowieso nichts mit Musik zu tun hatte, störte ihn seine Taubheit auch nicht. So konnte er sich viel besser auf die Menge konzentrieren. Seine Größe half ihm, die rund dreihundert dicht gepackten Menschen nach Viktor abzusuchen. Fündig wurde er allerdings nicht, da es im Zelt zu dunkel war. Kurz nach dreiundzwanzig Uhr vibrierte sein Handy.

Zwei Leute prügeln sich an der Kirche.

Seine improvisierte menschliche Alarmanlage hatte funktioniert. Gero schickte den anderen eine Nachricht und machte sich eilig auf den Weg zum Gotteshaus.

***

Als das Konzert eine Dreiviertelstunde später zu Ende war, drängten die Metaller ins Freie. Rüdiger ging gegen den Strom und schaute in so viele Gesichter wie möglich. Er wünschte, Gero wäre hier, der mit seiner Größe einen deutlich besseren Überblick gehabt hätte. Dann sah er Viktor. Der Student hatte in der ersten Reihe gestanden und setzte sich im Umdrehen gerade die Kapuze seines schwarzen Wacken-Hoodies auf. Doch der kurze Moment hatte gereicht.

Rüdiger pfiff durch die Finger und schrie: »Ina, Zugriff auf elf Uhr!«

Viktor reagierte sofort. Er rannte los, schlängelte sich zwischen den Metallern hindurch und verschwand aus dem Zelt. Mist! Rüdiger sprintete los, blickte sich draußen um und sah den Flüchtenden schließlich direkt auf Elli zulaufen. Geistesgegenwärtig stellte sie ihm ein Bein und Viktor schlug der Länge nach hin in den Matsch. Bis er sich wieder aufrappelte, hatte Rüdiger ihn eingeholt und erneut zu Boden gerissen. Schlamm spritzte, als sich die beiden Männer im Dreck wälzten.

»Noch mal entkommst du mir nicht«, keuchte Rüdiger, als er Viktor umdrehte und sich auf seinen Brustkorb setzte.

Der schmächtige junge Mann starrte ihn matschverschmiert an und wehrte sich vergebens. »Lass mich los, du Irrer!«

Plötzlich wurde Rüdiger von zwei kräftigen Metallern hochgezerrt. Auch Viktor wurde gepackt. Der Slowene aber konnte sich losreißen und davonspurten. Elli lief ihm hinterher.

Geistesgegenwärtig brüllte Rüdiger: »Der hat mein Geld geklaut.« Die eisernen Griffe lösten sich sofort.

***

Ina hatte sich von der anderen Seite durch die Menschentraube kämpfen müssen und kam gerade dazu, als Rüdiger sich aus den Armen zweier bärtiger Hünen wand und in der Dunkelheit verschwand.

Sie lief in dieselbe Richtung los, aber die Menge hatte ihren

Freund bereits verschluckt. Nach ein paar Metern und unzähligen Remplern der umherstolpernden Musikfans, gab sie auf.

Verdammt! Was jetzt? Sie sollte Gero informieren. Das grüne Licht ihres Telefons blinkte und sie checkte ihre Nachrichten.

Ma chère, wir müssen reden. Ich weiß, wo die Opferung stattfindet. Triff mich beim Wacken-Tower. Je t'aime.

Inas Gefühle fuhren Achterbahn. Pierre hatte noch nie gesagt, dass er sie liebte. War er doch hier, um zu helfen? Sie wählte seine Nummer. Wieder die Mailbox. Wenn sie Gero Bescheid gab, würde der Pierre sofort abfangen und ihm vermutlich nicht einmal die Chance gewähren, sich zu erklären.

Sie musste alleine mit Pierre reden.

23:37 Uhr, 23 Minuten bis zum Ritual

Viktor schlängelte sich elegant durch die Menge, Elli und Rüdiger konnten aber mithalten und waren dicht hinter ihm. Viktor lief von der Wacken Plaza Richtung Village und war, bevor sie richtig wussten, was geschah, in der Masse untergetaucht.

»Da lang!« Elli deutete nach rechts.

»Nein, ich glaube hier entlang!« Rüdiger musste fast schreien, um sich verständlich zu machen.

»Wir teilen uns auf.« Schon war Elli davon und auch Rüdiger stürzte sich ins Getümmel.

***

Ina hatte sich durch den steten Strom der zunehmend betrunkenen Musikfans bis zur Straße vor dem Wackenturm durchgekämpft. Selbst um diese Uhrzeit war das Dorf stark belebt. Sie schaute sich suchend um und kontrollierte erneut ihr Telefon.

Als sie eine Hand auf ihrem Rücken spürte, fuhr sie zusammen.

Pierre zog sie zur Begrüßung in die Arme. »*Ma chère,* danke, dass du gekommen bist. Ich brauche deine Hilfe!«

»Was ist passiert?« Pierres erschreckter Gesichtsausdruck ließ ihre Alarmglocken läuten.

»Wo sind die anderen?«

»Auf dem Gelände.« Ina wollte nicht alles erklären.

»Das ist gut. Sie müssen die Opferung verhindern.« Der Franzose war sichtlich aufgebracht.

»Wo wird Viktor zuschlagen?«, fragte Ina und zog ihr Telefon heraus.

»Sag deinen Freunden, sie müssen so schnell wie möglich zur Harder Stage und die Sängerin retten.«

23:43 Uhr, 17 Minuten bis zum Ritual

Mittlerweile war es dunkel geworden. Elli war zum abgelegensten Teil des Geländes, dem Wasteland, gelaufen, weil Viktor ihrer Meinung nach in diese Richtung verschwunden war. Sie war dort einige Zeit herumgeirrt, um sich dann einzugestehen, dass sie ihn verloren hatte. Resigniert nahm sie ihr Handy. Entgeistert las sie Inas Nachricht: *Harder Stage! Die Sängerin von Zombie Phoenix ist das Ziel der Opferung!*

Zombie begann im griechischen mit Zeta und ein Zombie war auch irgendwie ein Mensch. Der Phoenix stand für die Wiedergeburt aus der Asche. Ja, das ergab Sinn. Rüdiger hatte ihr die Festival-App installiert. Die Band spielte bereits seit einer halben Stunde auf der Harder-Bühne, es waren noch vierzehn Minuten bis Mitternacht und Elli war am anderen Ende des Geländes. Wie sollte sie rechtzeitig zur Bühne gelangen? Sie schaute sich um. Im hinteren Bereich zwischen dem Wackinger Village und dem weitläufigen Campingareal fuhr eine Steampunk-Gruppe ein paar Runden mit ihren flammenspuckenden postapokalyptischen Quads und knatternden Motorrädern.

Es war ihre einzige Chance. Sie musste die furchteinflößenden Gestalten um Hilfe bitten.

***

Als Gero vom Dauerlauf schwitzend bei den Jungs, die für ihn die Kirche im Auge behielten, eintraf, stellte sich deren Warnung schnell als falscher Alarm heraus. Es waren lediglich zwei Fans in Streit geraten, die Beteiligten waren schon wieder verschwunden.

»Ihr hättet mir auch noch mal schreiben können«, knurrte Gero. »Dann hätte ich mich nicht so abgehetzt.«

»Unsere Aufgabe war es, Ihnen Bescheid zu geben, wenn etwas los ist, nicht, sobald es aufgehört hat.« Die Jungs hoben zum Abschied die Hand und bestiegen ihre Karts.

Gero wollte widersprechen, musste sich aber eingestehen, dass sie sich genau an seine Anweisungen gehalten hatten. Er ärgerte sich über die Zeitverschwendung. Auf dem Gelände hätte er mehr ausrichten können.

Er bekam eine Nachricht von Ina. Verdammt! Seine Stimmung wurde nach einem Blick auf die Uhr nicht besser.

»Moment mal, ich hätte noch eine Aufgabe!«, rief er der Gruppe zu, die sich gerade auf den Heimweg machen wollten. »Ich muss in fünfzehn Minuten beim Auftritt von Zombie Phoenix sein. Hundert Euro für den, der mir helfen kann!«

Ein schlaksiger Jugendlicher entblößte seine weißen Zähne. »Mein Onkel könnte Sie schon hinbringen. Aber hundert Euro werden nicht reichen. Und ich hoffe, Sie sind schwindelfrei!«

23:48 Uhr, 12 Minuten bis zum Ritual

Verdammt! Das Konzert war in vollem Gange. Vor Rüdiger jubelten bereits Zehntausende Zombie Phoenix zu. Der Lärm war ohrenbetäubend. Schnell stopfte er sich die mitgebrachten Ohrstöpsel in die Gehörgänge. Damit war es erträglicher. Melodic Death Metal mochte er überhaupt nicht, aber offensichtlich gab es eine Menge Fans dieser Richtung. Auf den riesigen Videowänden konnte er die blauhaarige Sängerin ins Mikro brüllen sehen. Dazu warf sie ihren Kopf ekstatisch hin und her, die Haare flogen herum.

Die Band hatte eine klassische Rock-Besetzung: Schlagzeug, zwei Gitarristen und ein Bassist. Mehr brauchte es nicht. Rüdiger riss sich von dem Lichtspektakel los und realisierte erst jetzt, dass ihn über hundert Meter von der Bühne trennten. Die Personen darauf konnte er nur als kleine Figuren erkennen. Und vor ihm tobte ein Meer aus Metal-Fans. Irgendwie musste er trotzdem zur Stage gelangen, um die Frontfrau zu retten.

Rüdiger holte tief Luft, dann zwängte er sich zwischen den vor ihm Stehenden durch, nur um anschließend wieder vor einer fast undurchdringlichen Wand zu stehen. Keine Chance! So bräuchte er eine halbe Stunde bis ganz vorn. Da half nur noch eins! Hoffentlich waren die Kerle um ihn herum kräftig genug für sein Gewicht.

***

Elli hatte die Hände fest um die Hüfte des Steampunks geschlungen, der mit seinem Quad hupend durch die Menge brauste. Am Eingang zum Infield bedankte sie sich und sprang ab. Im Laufen schob sie sich Stöpsel in die Ohren, da der Lärm mit jedem Meter lauter wurde. Der Wind hatte merklich aufgefrischt und trieb das Getöse in Wellen zu ihr herüber. Faszinierend, so viele Menschen auf einem Platz zu sehen, die alle nur das Ziel hatten, Musik zu hören, mitzugrölen und natürlich ordentlich was zu trinken. An ein Vorankommen war jedoch nicht zu denken.

»Ich muss hier durch!«, schrie Elli aus Leibeskräften und trat energisch einen Schritt nach vorn. Freilich half das nichts. Aber so schnell gab sie nicht auf. »Polizei, ich muss unbedingt zur Bühne. Machen Sie Platz!«

Wie von Geisterhand teilte sich die Menge vor ihr, als wäre sie ein riesiger Reißverschluss. Meter um Meter wichen die Menschen beiseite und hinterließen einen breiten Korridor, durch den Elli ungehindert laufen konnte. Sie hatte zwar keine Ahnung, wie sie das geschafft hatte, aber es war auf jeden Fall fantastisch. Nach beiden Seiten winkend lief sie energiegeladen Richtung Bühne.

Die Metaller lachten zurück und deuteten auf sie, doch das störte Elli nicht. Wie Mose das Meer geteilt hatte, so hatte sie eine Schneise durch den undurchdringlichen Dschungel aus Armen und Beinen geschlagen und würde hoffentlich rechtzeitig an der Bühne ankommen, um die Opferung zu stoppen.

***

Gero hatte nur darüber gelesen, aber von hier oben erkannte er sofort die *Wall of Death.* Elli schwebte in größter Gefahr und schien es gar nicht zu merken. Sie eilte winkend durch die Gasse, gebildet von Hunderten Metallern, die nur auf ein Zeichen der Band warteten, um mit Anlauf ineinanderzurennen.

»Bringen Sie mich weiter runter!«, brüllte Gero und deutete mit der freien Hand auf die Bühne. Fast verlor er das Gleichgewicht dabei und hielt sich schnell wieder am Seil fest. Hoffentlich kam er nicht zu spät. Tosender Lärm schallte ihm entgegen, obwohl die Rotorblätter über ihm durch den Nachthimmel donnerten. Lichtkegel durchschnitten die Dunkelheit und tauchten die Arena und die Jubelnden in ein Meer aus bunten Strahlen.

Zombie Phoenix feuerten ihre Songs Richtung Publikum. Gero hatte nicht gewusst, dass Frauen solche gutturalen Laute von sich geben konnten.

Das Seil, an dem er hing, wurde immer weiter nach unten gelassen. Als er nur noch zehn Meter über der Menge schwebte, begann er sich zu drehen. Der Hubschrauber versuchte, auf der Stelle zu stehen, doch der Wind machte ihm offenbar zu schaffen. In wilden Zuckungen wurde Gero meterweit hin- und hergetrieben. Der behelmte Mann, der die Winde bediente, schüttelte den Kopf, als er auf ihn hinabblickte, und setzte an, ihn wieder hochzuziehen.

Nein, er war schon so nah dran, sie konnten nicht aufgeben! Der Abstand zur Bühne betrug nur noch fünfzig Meter. Alle Augen im Publikum waren jetzt auf Gero gerichtet, der sich eisern an dem schwingenden Seil festklammerte.

***

Rüdiger lag auf dem Rücken, machte sich so steif wie möglich und ließ sich zur Bühne tragen. Arme schnellten nach oben und schoben ihn Stück für Stück voran. Crowdsurfing. Beide Hände zum Metal-Zeichen gereckt, wurde er zwar hin- und hergeworfen, aber auch Meter für Meter näher zur Stage transportiert.

Es war eine völlig surreale Szene: Rüdiger surfte zum Ort des geplanten Verbrechens, Elli rannte und Gero flog. Von allen Seiten kreisten sie die Bühne ein, die in wenigen Minuten Schauplatz eines Mordes werden sollte.

Rüdiger erreichte die Stage als Erster. Durchgeschüttelt von dem minutenlangen Ritt über die Zuschauer, wurde er von einem der blau gekleideten Sicherheitskräfte hinunter in den mehrere Meter breiten Bühnengraben gehoben. Adrenalin pulste durch seine Adern. Jetzt musste er schnell sein. Zwischen ihm und der Stage standen noch eine weitere Gitterabsperrung und eine Reihe Lautsprecherboxen. Es war üblich, den Bereich seitlich zu verlassen und dabei die Menge in einem Bogen zu umrunden, um dann von hinten wieder dazuzustoßen.

Rüdiger überlegte gerade, wie er weiterkommen konnte, als über ihm ein neues Donnern erklang. Ein Hubschrauber näherte sich. Waren das die Verbrecher? Da sah er den an einem Seil baumelnden Gero.

Diese gewagte Aktion lenkte die Security so weit ab, dass Rüdiger sich unbeachtet über die Absperrung wuchten konnte. Nur wenige Meter trennten ihn jetzt von der Bühne. Die Sängerin von Zombie Phoenix brüllte noch immer ins Mikro, während die beiden Gitarristen wild ihre Mähnen kreisen ließen und wie zwei Irre auf ihre Instrumente eindroschen. Sie schienen nichts von alledem wahrzunehmen.

Rüdiger schrie und kletterte auf die Box vor ihm, als er mit einem kräftigen Ruck nach hinten gerissen wurde.

23:56 Uhr, 4 Minuten bis zum Ritual

Gero versuchte, Elli nicht aus den Augen zu verlieren. Es lagen bestimmt noch fünfzig Meter vor ihr. Links und rechts schien die Zeit eingefroren. Konnte sie es schaffen?

Es war zu spät! Gero sah mit Entsetzen die Sängerin das Startzeichen geben.

In die beiden Reihen der *Wall of Death* kam Bewegung, als Hunderte Metaller begeistert aufeinander zustürmten, um übermütig ineinanderzurennen. Aus seiner Perspektive wirkte es wie die Filmaufnahme einer der epischen Schlachten in *Herr der Ringe:* Menschen gegen Orks. Und Elli war der Hobbit dazwischen.

Sie war noch mindestens zwanzig Meter von der Bühne entfernt und lief so rasch sie konnte, doch sie war nicht schnell genug. Sie würde …

In diesem Moment wurde Gero nach oben gerissen, als eine Bö den Hubschrauber erfasste. Sein Fuß glitt aus der Halteschlaufe.

***

»Komm mit auf den Turm. Dort ist etwas, das ich dir zeigen muss.« Pierres Stimme hatte einen drängenden Unterton.

Ina schüttelte den Kopf. »Nein, ich werde nirgendwo hingehen. Sag es mir hier und jetzt. Bist du in die Opferungen involviert? Steckst du mit den falschen Polizisten unter einer Decke?«

Pierre seufzte schwer und vermied ihren Blick. »Es ist nicht so, wie du denkst.«

»Wie ist es dann?«, schrie sie. »Hör auf mich anzulügen, sonst rufe ich die Polizei.«

Sie griff nach ihrem Handy. Im selben Moment hatte er mit

einer raschen Bewegung ihren Arm gepackt. In der anderen Hand hielt er ein Messer.

Ina war wie gelähmt, doch ihren Fingern gelang es noch, dreimal die Austaste zu drücken, bevor Pierre ihr Telefon zu Boden schlug.

»*Merde!* Du wirst es bald verstehen.«

Ein Blitz zuckte über den Himmel, gefolgt von einem tiefen Donnergrollen.

***

Rüdiger wurde die Luft aus den Lungen gepresst, als sich der Sicherheitsbeamte auf ihn kniete. Mit einer routinierten Bewegung drehte er ihm die Hände auf den Rücken und fixierte sie mit einem Kabelbinder. Dann riss er den sich heftig wehrenden Rüdiger auf die Beine.

»Reg dich ab, Alter!«, schrie ihn der Mann über den Lärm der Band hinweg an.

»Ich muss auf die Bühne!«, brüllte Rüdiger zurück und nickte zur Seite. »Die Sängerin ist in Gefahr.«

»Ja, das glaube ich auch. Mitkommen, Bürschchen.«

Er führte ihn ab. Gegenwehr war zwecklos. Verzweifelt warf Rüdiger einen Blick über die Schulter, um nach Gero Ausschau zu halten. Seine Augen weiteten sich vor Schreck: Gero baumelte fünfzig Meter über der Menge, an einer Hand hängend, am Seil, das wild hin- und herpendelte. Von Elli war nichts zu sehen.

Ein Donnergrollen zerriss die Nacht und fügte sich nahtlos in das Stakkato der Kakophonie aus den Lautsprechern ein.

***

Elli rannte, so schnell sie konnte, als die Menge mit einem Mal auf sie zustürmte. Sie würde zermalmt werden. Es fehlten ihr nur Meter zur rettenden Bühne und sie steckte ihre letzte Kraft in einen Endspurt. Vergeblich. Schon schloss sich die Menschenwand vor ihr. Als sie das bemerkte, gab sie auf. Keuchend blieb sie an Ort und Stelle stehen. Schweiß lief ihr in Strömen übers Gesicht und den Rücken. Sie presste die Lider zusammen und wartete auf den schmerzhaften Aufprall.

Doch der blieb aus.

Als sich ihr Herzschlag wieder etwas beruhigt hatte, blickte sie ängstlich um sich. Die Metal-Fans waren vor und hinter ihr vorbeigelaufen und befanden sich nun in einem Zustand völliger Ekstase. Wild umherhüpfend rempelten sich die Schwarzgekleideten gegenseitig an, aber ließen sie vollkommen unbehelligt. Wie in Trance legte Elli langsam die letzten Meter zur Bühne unter dem Geschrei der Menge und dem Lärm der Musik zurück.

Ganz unwillkürlich kamen ihr Rüdigers Worte in den Sinn: ›Wacken ist das friedlichste Festival von allen. Hier nimmt jeder Rücksicht auf den anderen.‹

23:58 Uhr, 2 Minuten bis zum Ritual

Rüdiger schrie und wand sich, teils aus Sorge um Gero, teils, weil er hoffte, doch noch loszukommen, um die Sängerin zu retten.

Zwei weitere Sicherheitsmänner eilten herbei. Dann setzte der Regen ein.

***

Von einem Moment auf den anderen öffnete der Himmel seine Schleusen und ein wahrer Sturzbach ergoss sich auf sie. Gero klammerte sich noch immer mit nur einer Hand an das Seil, das von Sekunde zu Sekunde rutschiger wurde. Der zweite Mann im Hubschrauber holte es so schnell er konnte ein. Kurz bevor Gero die Kraft verließ, packten ihn zwei kräftige Arme und hievten ihn nach innen.

23:59 Uhr, 1 Minute bis zum Ritual

Elli nutzte das Chaos, das sich durch die Ankunft des Hubschraubers, die tapfere Aktion Rüdigers und den plötzlich einbrechenden Regen gebildet hatte, und kletterte über die Absperrung. Da gleichzeitig auch mehrere Crowdsurfer am Ziel angekommen waren und von den verbleibenden Sicherheitsleuten heruntergehoben werden mussten, konnte sie ungehindert den Bühnengraben überqueren und über das nächste Gitter steigen. Wenige Sekunden später stand sie nass und schwer atmend auf der Bühne.

Der Gitarrist sah sie ungläubig an. Doch das war ihr egal. Sie war die Einzige im Team, die es bis zur Stage geschafft hatte. Und nun lag es an ihr, die Sängerin vor ihrem sicheren Opfertod zu retten. Sie wusste nicht, wie der Angriff erfolgen sollte, auf jeden Fall musste die Frau aus der Schusslinie gebracht werden.

Was hatte ihr Rüdiger beigebracht? Kopf einziehen, Schulter nach oben und dann ab in den Moshpit. Sie preschte nach vorn und stieß die Sängerin mit einem Bodycheck, der jedem Eishockeyspieler zur Ehre gereicht hätte, um. Die beiden Frauen stürzten und kugelten zur Seite. Jäh erstarben die Vocals und auch der Gitarrenlärm. Nur der Schlagzeuger drosch weiter unermüdlich auf sein Instrument ein.

00:00 Uhr – das Ritual

Eine gewaltige Stichflamme aus einem der Flammenwerfer der Pyro-Show erhellte die Nacht, stieg fünf, zehn, fünfzehn Meter in die Höhe und knickte dann zusammen mit dem Gerät nach hinten Richtung Bühne. Eine glühende Hitzewelle fuhr über Elli hinweg. Hätte der Drummer nur zwei Meter weiter rechts gesessen, wäre er von den Flammen verschlungen worden. So erwischte es nur einen Teil seiner Trommeln, die sofort vom Feuer erfasst wurden. Die Stoffbahn, die in mannshohen Lettern mit Band-Logo und -Namen beschriftet war, stand lichterloh in Flammen.

***

Mit Entsetzen sah Rüdiger das Inferno. Die Sicherheitsbeamten hatten vor Schreck von ihm abgelassen und er rannte mit auf dem Rücken gefesselten Händen unbeholfen Richtung Bühne. Hoffentlich war Elli nichts passiert! O nein, es durfte ihr nichts geschehen sein!

***

Gero spürte sogar noch oben am Hubschrauber hängend die Hitzewelle, als die Stichflamme in den Himmel schoss. Die Stage brannte lichterloh, Elli und die Sängerin waren darin untergegangen. Die Verbrecher hatten es tatsächlich geschafft, die Pyroanlage zu manipulieren. Normalerweise würde nie eine so hohe Flamme herauskommen und schon gar nicht Richtung Musiker!

»Elli!« Unbewusst hatte er geschrien. Scheiße. Was konnte er nur tun?

In diesem Moment erreichte ihn Inas Notsignal.

***

Elli lag mit dem Gesicht nach unten auf dem Boden. Heiße Luft strich über sie hinweg, doch von einem Augenblick zum anderen wurde es plötzlich kühl, als hätte ein kalter Wind die Flammen vertrieben. Sie drehte den Kopf vorsichtig zur Seite. Ein feiner Sprühregen benetzte ihre Haut – die Sprinkleranlage. Dankbar schloss sie die Augen und tat ein paar tiefe Atemzüge. Als sie sich aufrichtete, sah sie die blasse und zitternde Sängerin neben sich liegen. Von beiden Seiten des Bühnenrands kamen Sicherheitskräfte herbeigelaufen. Dann erst nahm Elli die Schreie und Pfiffe aus dem Publikum wahr. Ihr Herz wäre beinahe stehen geblieben. Tausende Menschen blickten sie an.

In diesem Moment spürte sie eine Berührung auf ihrer Schulter. Die blauhaarige Frontfrau von Zombie Phoenix war zu ihr getreten und winkte die Sicherheitsbeamten zurück. Dann geschah etwas völlig Unerwartetes. Die Frau umarmte sie bebend und murmelte ihr ein ersticktes »*Thank you*« ins Ohr. Sie drehte Elli zu den Fans. Als die Sängerin langsam für sie in die Hände klatschte, explodierte die Menge. Schreie und Applaus brandeten auf und Elli schlug das Herz bis zum Hals. Was sollte sie tun? Nach kurzem Zögern hob sie die Arme in die Höhe, ihre Hände bildeten zwei vollendete Pommesgabeln. Tausende Arme erwiderten den Gruß in einem nicht enden wollenden Tosen und Jubeln.

***

Ina war einer Panik nah, als sie verzweifelt gegen die Fesseln kämpfte. Pierre hatte sie auf den Wacken-Turm geführt und auf eine Holzpritsche geschnallt. Alle Versuche, sich zu wehren, waren erfolglos gewesen. Der prasselnde Regen übertönte ihre Schreie. Sie starrte ihren Entführer mit aufgerissenen Augen an.

»Ach, Ina, ich wollte nicht, dass so etwas passiert. Ich dachte, es wäre eine gute Idee, euch auf Viktor anzusetzen. Der Kerl ist uns leider auf die Schliche gekommen und mit den Unterlagen getürmt. Uns hatte aber noch die Stadt mit Epsilon gefehlt, darum mussten wir ihn finden. Doch dank eurer Fotos seines Zimmers in Celje habe ich sie selbst herausgefunden und brauchte ihn nicht mehr. Der Typ war echt mutig! Zuerst hat er versucht, in Venedig das Theriak-Gefäß zu zerstören und unseren inszenierten Raub mit den falschen Polizisten auffliegen zu lassen. Als ihm das nicht gelungen ist, legte er in London an der St. Paul's Cathedral einen Brand, weshalb wir auf ein nahe gelegenes Hochhaus ausweichen mussten. Fast hätten wir das Ritual nicht mehr rechtzeitig geschafft.«

»Du bist ein Schwein, Pierre«, fauchte Ina. Ihr Mut war während der langen Rede wieder zurückgekehrt.

»*Ma chère,* verurteile mich nicht, ehe du die ganze Geschichte vernommen hast. Hättet ihr nach London nur aufgehört, wie ihr abgestimmt hattet.« Ein Schatten fiel über sein Gesicht. Er wirkte müde. »Vergib mir! Ich wollte nicht, dass es so endet. Ich habe dir von meiner Schwester aus Paris erzählt und meiner Nichte Florence. Sie hat eine seltene Krankheit, ein stationärer Aufenthalt in einer Klinik ist ihre letzte Chance, sonst wird sie sterben. Aber ihre Eltern gehören einer Glaubensgemeinschaft an, die jegliche Schulmedizin ablehnt. Ich konnte nicht zusehen, wie sie dahinsiecht. Ich musste mir etwas überlegen, um ihr zu helfen. Und da kam Viktor mit der Panazee, dem Allheilmittel. Es war ein Wink des Schicksals.«

»Du hast Tiere geopfert und wolltest einen Menschen töten!«

»*Mon Dieu,* auf keinen Fall! Ehrlich gesagt, ist es aus dem Ruder gelaufen. Ich habe drei Männer angeheuert, die mich dabei unterstützen sollten, die Zutaten für den Trank zu besorgen. Aber sie hatten ihren eigenen Plan. Vor einer Woche haben sie mir erzählt, wie viel Geld wir verdienen könnten, wenn wir den Theriak verkauften. Sie wollten ihn besonders stark brauen, indem sie einen Menschen dafür umbrächten. Total verrückt! Sie drohten, meiner Familie etwas anzutun, wenn ich die Polizei verständige. Was sollte ich machen? Ich hätte doch nur ein bisschen Blut und ein paar Haare der Sängerin gebraucht.«

Ina konnte das Gehörte kaum glauben, sie schwankte zwischen Hass und Mitleid. »Und was willst du jetzt mit mir machen?«

»Meine letzte Chance nutzen. Als du mir heute Morgen aus Wacken geschrieben hast, habe ich den Trank an mich gebracht und beschlossen, mit dir alleine das Ritual zu vollenden und meine Nichte doch noch zu retten!«

Er verschwand aus ihrem Gesichtsfeld. Als er wieder auftauchte, hielt er einen kupfernen Topf in den Händen, dessen Deckel mit Metallbügeln festgeschnallt war. Fast ehrfurchtsvoll löste er den Verschluss.

Ina wurde kalt. Sie versuchte, Zeit zu gewinnen, und fragte das Erste, was ihr in den Kopf kam. »Dann stammte die gefälschte E-Mail von Andreas' Computer auch von dir?«

Pierre lächelte säuerlich. »Vor ein paar Monaten habe ich den Systemadministrator unseres Lehrstuhls dabei erwischt, wie er Pornos auf dem Unirechner streamte. Ich habe ihn damals nicht gefeuert. Er hat mir etwas geschuldet und ohne zu fragen die E-Mail aus dem System heraus abgeschickt. Den angeblichen Hackerangriff hat er erfunden, um uns beide zu decken.« Er atmete tief durch. »Und nun lass uns weitermachen. Du wirst den Theriak perfekt machen. Hab keine Angst, es geht sehr schnell.«

Ina zitterte am ganzen Körper. Was hatte Pierre nur vor?

Er bückte sich und raschelte in seiner Tasche. »Als letzte Zutat brauche ich Blut und Haare eines Menschen, der Krone der Schöpfung. Warum sollte ich das von einem Zombie nehmen, wenn ich es von zwei Liebenden haben kann? Denn nichts wird stärker sein für den Trank. *Zevgári* – das Liebespaar. Orpheus und Eurydike. Auch sie liebten sich und konnten sich doch nie bekommen.«

***

Elli hatte es geschafft! Sie hatte die Sängerin und den Rest der Band vor einem Flammeninferno gerettet. Rüdiger war unglaublich stolz auf sie. Und als er sah, wie sie die Hände in die Höhe reckte und sich als Heldin des Abends feiern ließ, musste er lachen. Lachen und Schreien gleichzeitig. Er brüllte so laut er konnte und streckte die Zeige- und kleinen Finger zumindest hinter dem Rücken zum Metal-Zeichen aus. Es war großartig!

Er blickte nach oben. Der Platzregen hatte aufgehört und Wolkenfetzen stoben über den Himmel. Kein Mond schien, nur die Sterne wurden immer wieder kurz sichtbar. Was für ein Abenteuer. Jetzt würde die Polizei eingreifen und die Bande dingfest machen. Mehr Beweise konnten VIER nicht liefern.

Ob Ina alles mitverfolgt hatte und genauso erleichtert war wie er? Und wohin war der Hubschrauber mit Gero verschwunden?

***

Pierre hatte ihr einen Gurt um den Oberarm gebunden. Er legte sich selbst auch einen an. »Ich brauche nur ein bisschen Blut von uns beiden und ein paar Haare, um das Ritual zu seinem vorläufigen Abschluss zu bringen. Danach befreie ich dich. Versprochen. Es tut mir leid, *chérie.*«

Er setzte sich auf einen Stuhl und klopfte auf die Vene an seinem Unterarm.

In diesem Moment flog die Tür mit einem ohrenbetäubenden Donnerschlag auf. Ina riss den Kopf herum. Ein Mann stürmte herein und ehe Pierre reagieren konnte, fuhr ein Knüppel auf seinen Arm herunter und schlug ihm die Kanüle aus der Hand. Pierre brüllte auf und krümmte sich vor Schmerzen. Der Angreifer holte erneut aus. Nach einem weiteren Hieb auf den Rücken des Franzosen war es wieder still.

Ina vernahm nur das Keuchen ihres Retters. Sie wand sich und schrie, damit er sie losband und aus der schrecklichen Situation befreite. Tränen stiegen ihr in die Augen. Es sollte endlich aufhören.

Doch das tat es nicht.

Eine tiefe Stimme voller Bosheit erklang und raubte ihr den Atem. »Tut mir leid, wenn du glaubst, ich würde dich retten. Das wird nicht passieren. Ich werde das Ritual vollenden.« Ina realisierte mit Schrecken, dass sie einen von Pierres Handlangern vor sich hatte. Der Mann knebelte sie.

Verzweifelt stieß Ina rhythmisch die Luft aus, doch durch den Stoff kamen nur erstickte Laute.

»Hör schon auf. Das macht es auch nicht besser.« Der Angreifer schlug gegen die Pritsche. »Wir werden auf dem Schwarzmarkt eine hübsche Summe mit diesem Gebräu erzielen. Der Weltverbesserer hier«, er stieß mit dem Fuß gegen den reglosen Körper, »wollte nur seine Nichte retten. Hab mir gleich gedacht, dass er uns am Ende hintergehen wird. Deshalb hab ich ihn nicht aus den Augen gelassen. Vielleicht brauchen wir die Zombie-Sängerin gar nicht mehr. Was hat er gelabert? Irgendwas von ›Liebespaar‹? Tja, dazu gehören wohl zwei.« Er senkte seine Stimme, bis sie fast ein Flüstern war. »Zwei verliebte Herzen im Tode vereint sind für unseren Trank bestimmt doppelt so gut.«

Er zog ein Springmesser aus seiner Jacke und ließ die Klinge herausschnellen. »Ich werde dich zuerst erlösen. Dann musst du deinem geliebten Professor nicht beim Sterben zusehen. Ich bin ja kein Unmensch.«

Sorgfältig setzte er das Messer an Inas Brust an und schlitzte mit einer energischen Bewegung ihr Oberteil auf. Ina stieß einen erstickten Schrei aus, als die Klinge dabei ihre Haut ritzte.

Der Mann beugte sich über sie. Trotz des Knebels konnte sie seinen Schweiß riechen. Von seiner Stirn löste sich ein Tropfen und fiel ihr auf die Wange. Sie warf verzweifelt den Kopf hin und her. Ekel durchströmte sie. Ekel und Todesangst.

Mit beiden Händen zerriss er ihre Kleidung entlang des Schnitts. Er setzte das Messer über ihrem Herzen an. Sie spürte den blanken Stahl auf ihrer Haut.

»Jetzt wird es ein bisschen wehtun.«

Ina zerrte mit aller Kraft an den Fesseln, doch sie gaben nicht nach.

***

Elli nahm die Realität wieder wahr, als Sanitäter und Feuerwehrleute die Bühne stürmten. Der Applaus der Menge ebbte langsam ab. Die Kindergärtnerin sank zu Boden und stützte den Kopf auf die Hand. Erst jetzt bemerkte sie, wie kalt ihr war. Ihre Klamotten waren klatschnass und der aufkommende Wind kühlte sie rasch aus.

»Alles okay?«, fragte ein junger Helfer.

»Ja, ja, es geht. Nur etwas erschöpft.«

»Das kriegen wir schon wieder hin. Kommen Sie, hinter der Bühne wartet ein Krankenwagen.«

Der Mann half Elli hoch, die sich dankbar von ihm führen ließ. Ein ruhiger Song setzte aus den Lautsprechern ein und beruhigte die Menge. Aus den Augenwinkeln sah sie einen weiteren Sanitäter, der sich um die Sängerin kümmerte. Elli lächelte müde. Alles war noch einmal gut gegangen.

Plötzlich stutzte sie. Irgendetwas stimmte nicht. Die Frau schien sich regelrecht zu wehren. Und die Uniform des Mannes … Sie schaute auf ihren Retter. Tatsächlich: Dessen Jacke war rot, während die des anderen fast orange war.

»Gehört der zu Ihnen?«, fragte sie den Sanitäter an ihrer Seite hastig.

»Wie? Der … äh … kann ich jetzt gar nicht sagen. Kennen tue ich ihn jedenfalls nicht.« Er war stehen geblieben. »Aber hier auf dem Gelände sind so viele Leute, da kann man sich nicht an jedes Gesicht erinnern.«

»Das gefällt mir nicht! Bitte fragen Sie nach.«

»Immer mit der Ruhe. Ich bringe Sie jetzt erst einmal zum

Krankenwagen, dann schauen wir weiter. Sie schlottern ja vor Kälte.«

»Kwalle!« Sie drehte sich zu ihrem Freund, der noch immer mit gefesselten Händen vor der Bühne stand und von dem niemand mehr Notiz nahm. Wie war noch mal der Code? Sie überlegte fieberhaft. Zweihunderteins war der Diebstahl einer Handtasche gewesen, zweihundert… drei? »Kwalle, hier ist ein Zweihundertsechs! Ein Zweihundertsechs!«

Sie konnte sich nicht mehr gegen den Sanitäter wehren, der es sicherlich nur gut meinte und sie mit Nachdruck weiterschob.

***

Rüdiger reagierte blitzschnell. Zweihundertsechs! Das war entweder der Code für einen verlorenen Schuh oder für eine Entführung. Vermutlich Letzteres. Nach einem kurzen Blick in beide Richtungen hechtete er auf die Box direkt vor der Bühne, ohne Rücksicht auf seine Wange, die er sich aufscheuerte, als er den Aufprall mit dem Gesicht bremste. Wie eine Robbe auf dem Trockenen wand er sich mühsam hin und her, bis er schließlich auf den Beinen stand. Elli war schon am Rand der Stage angekommen und wurde gerade hinuntergebracht. Wurde sie entführt? Von dem Sanitäter?

Doch dann sah Rüdiger ein zweites Gespann: noch ein Rettungsmann und die Sängerin der Band. Es wirkte allerdings eher so, als führe er sie ab. Und plötzlich war Rüdiger alles klar. Da der erste Opferungsversuch gescheitert war, wollten sie die Frau mitnehmen, um das Ritual an einem anderen Ort zu vollenden.

Ohne nachzudenken, stürmte er los und rammte dem Mann seinen verschwitzten Schädel ins Kreuz.

***

Gero identifizierte den Wacken-Tower als Ursprung von Inas

Notsignal. Dieses hatte neben den GPS-Koordinaten auch einen mehrsekündigen Audiomitschnitt enthalten. Sie befand sich offensichtlich in Pierres Gewalt. Als der Hubschrauber am Turm angekommen war, hatten sie mit der Infrarotkamera einen weiteren Mann beim Betreten des Gebäudes ausgemacht. Da Gero nicht einschätzen konnte, was vor sich ging, entschied er sich für den Zugriff.

Er hatte dem Piloten befohlen, ihn direkt über dem Tower in Position zu bringen. Es gab nur zwei Möglichkeiten: ein sanftes Absetzen mit darauffolgendem Eindringen durch die kleine Wartungstür an der Spitze oder mit Karacho durchs Dach – möglichst ohne sich die Beine zu brechen. Es gab nicht viele Menschen in seinem Leben, die ihm so viel bedeuteten wie Ina. Gero wusste nicht, wie viel Zeit ihm blieb, also setzte er sich den Schutzhelm der Luftrettung auf. Bei der Absprunghöhe musste er den richtigen Kompromiss finden. Als er bis auf drei Meter heran war, sprang er in die Tiefe und brach mit lautem Knall durch das Dachgebälk.

***

Ina stieß einen langgezogenen dumpfen Schrei aus und schloss die Augen, als die Decke einstürzte. Ihr Verstand konnte die immer neuen Ereignisse nicht mehr verarbeiten. Hatte der Blitz eingeschlagen? Explodierte der Turm? Tränen rannen ihr übers Gesicht und ihr Körper schmerzte von dem Schnitt und den wilden Zuckungen, mit denen sie an den Fesseln riss. Ihr Geist war erfüllt von ohnmächtiger Angst! Mehrere Sekunden lag sie zitternd da und hörte um sich herum einen wilden Kampf toben. Nur langsam dämmerte es ihr, zu wem die Schreie und Flüche gehörten … Gero! Er hatte sie gefunden! Aber würde es ihm gelingen, den Angreifer zu überwältigen? Hinter ihr schlugen sich die Männer, aber sie konnte die beiden nicht sehen. Weitere bange Momente vergingen, in denen sie stoßartig in den Stoff atmete und das Universum anflehte, Gero gewinnen zu lassen.

Plötzlich standen die beiden neben ihr. Gero wurde gegen ihre Pritsche zurückgestoßen. Sein Angreifer hob das Messer zum Stoß in die Höhe. Ina wollte schreien, aber es ertönte nur ein dumpfes Stöhnen. Gero reagierte jedoch blitzschnell und nutzte die fehlende Deckung des Anderen. Wie eine Kampfmaschine streckte er den Verbrecher mit einer harten Rechten zu Boden.

Plötzlich war es still. Inas Herz raste. Sie vernahm nur den heftigen Atem ihres Freundes und den auf das Dach prasselnden Regen.

Gero humpelte zu ihr, beugte sich über sie und befreite sie von dem Knebel. »Bist du okay?« Seine Stimme bebte vor Sorge.

Sie versuchte zu sprechen, es kam aber nur ein Krächzen heraus. Erleichterung, unendliche Erleichterung überflutete sie und sie begann hemmungslos zu schluchzen.

Rasch schnallte Gero sie los und nahm sie schützend in seine Arme.

Ina schloss die Augen und ließ ihren Tränen freien Lauf.

***

Ein Wachmann riss Rüdiger auf die Beine.

»Sie schon wieder! Verdammt noch mal, haben Sie immer noch nicht genug?«

»Ich habe … gerade … eine Entführung verhindert«, presste Rüdiger keuchend hervor. »Dieser Mann wollte die Sängerin verschleppen.« Er spürte, wie ihm warmes Blut ins Auge rann.

»Na klar, und ich bin der Frontmann von AC/DC. Das ist ja wohl lächerlich! Sie können froh sein, dass ich Sie nicht gleich an Ort und Stelle getasert habe. Und jetzt ab zur Wache!«

Rüdiger ergab sich in sein Schicksal.

»*Stop! This man is a hero!*«, rief in diesem Moment die blauhaarige Sängerin.

Rüdiger hielt seufzend inne. Endlich jemand, der seine wahren Qualitäten erkannte.

***

»Du bist was, Gero?« Elli war außer sich. Vor ein paar Minuten hatte ein Mann vom Sicherheitsteam sie und Rüdiger zu ihren Freunden am Wacken-Turm gefahren.

»Er ist aus dem Hubschrauber gesprungen, als ...« Inas Stimme brach und sie schloss die Augen. Gero legte ihr beruhigend die Hand auf den Arm. Niemand sagte etwas, bis Ina schließlich leise zu ihm sprach: »Danke, dass du mir das Leben gerettet hast.«

Sie saßen auf den Trittstufen von zwei Krankenwagen. Die Sanitäter hatten ihnen dicke Wolldecken umgelegt und ihre Wunden versorgt. Jeder hatte Blessuren davongetragen, aber keiner wollte ins Krankenhaus.

Die Hauptstraße von Wacken war gesperrt worden. Flackernde Blaulichter spiegelten sich in den Pfützen.

Zwei Fahrzeuge rollten davon. Auf dem Rücksitz des ersten konnte Rüdiger die falschen Sanitäter und ihren Kumpan vom Turm erkennen. Das war vermutlich auch das Trio der angeblichen Polizisten und des schwarz gekleideten Diebes mit dem sie in Venedig zu tun gehabt hatten. Die Polizei würde es herausfinden. Im Rettungswagen dahinter wurde Pierre abtransportiert.

Rüdiger sah, wie Ina den Autos hinterherblickte, bis diese in der Dunkelheit verschwanden.

»Ina?«, flüsterte er.

Sie ließ sich an seine Schulter sinken und er hielt sie fest. Sie konnten später reden.

München

Ina saß schon eine Weile auf den großen Stufen neben der Wittelsbacherbrücke. Als Jugendliche hatten sie hier viele Stunden verbracht und oft bis in die frühen Abendstunden geredet und Zukunftspläne geschmiedet. Sie blickte sich um. Münchner aller Altersgruppen, Pärchen, Familien und Freunde genossen den lauen Sommerabend an den Isarauen. Alles war lebendig und bunt, doch sie nahm die Welt wie durch einen nebligen Schleier wahr. Vor ihr planschten Kinder und Hunde im seichten Wasser. Sie starrte auf das fließende Nass und fühlte nichts, nur eine bleierne Leere.

»Hallo Ina!«

Rüdiger stand plötzlich neben ihr. Sie hatte sein Kommen gar nicht bemerkt. Er stellte seinen Rucksack vor sich, saß dann einfach da und ließ ihr die Zeit, die sie brauchte, während auch er auf den Fluss blickte. Langsam entspannte sie sich ein wenig.

Nach einer Weile zog Rüdiger zwei Bierflaschen hervor, öffnete sie mit seinem Taschenmesser und reichte ihr eine. Sie stießen an und nahmen beide einen großen Schluck.

»Wie geht's dir?«, fragte er endlich sanft. »Willst du reden?«

Ina schaute in die Weite. »Die Wunden fangen an zu heilen.« Und damit meinte sie nicht nur den Schnitt auf ihrer Brust und die Abschürfungen an den Gelenken.

»Du hast ihn wirklich gemocht.« Rüdiger strich ihr über den Arm.

Als sie nickte, begannen ihre Lippen zu zucken. Sie ließ den Kopf sinken, doch dieses Mal kamen nur ein paar Tränen.

Nach einer Weile ebbte ihre Traurigkeit ab. Als sie sich wieder aufrichtete und einen Schluck trank, blickte Rüdiger hinter sich und hob die Hand. Zwei weitere Menschen gesellten sich zu ihnen. Elli und Gero. Rüdiger versorgte die beiden mit Bier und Wasser. Er war also nur die Vorhut gewesen.

»Beginnt jetzt die Gruppentherapie?« Ina brachte ein halbwegs anständiges Lächeln zustande.

»Klar, wer zuerst?« Elli hielt ihr ein Taschentuch hin. Auch auf ihren Wangen glitzerte es.

Für eine Weile schwiegen sie alle und schauten einfach nur auf die Isar. Ein Gefühl der Ruhe kehrte in Ina ein. Sie schaffte es plötzlich nicht mehr, sich einsam zu fühlen. Zu schön war es, neben diesen wundervollen Menschen zu sitzen, an diesem so vertrauten Ort. Hier war sie daheim, genau hier.

Sie atmete tief aus. »Danke, dass es euch gibt.«

»Dank dir selbst. Du hast uns wieder zusammengebracht«, erwiderte Elli lächelnd.

Ja, das war eine glückliche Fügung gewesen. Sie blickte ihnen nacheinander ins Gesicht. Aufrichtige, ehrliche Menschen. Freunde.

Als sie bei Gero angekommen war, musste sie unwillkürlich lachen. »Komm, spuck's schon aus. Du kannst dich ja kaum noch zusammenreißen.«

Gero war sichtlich erleichtert. »Ich möchte euch erzählen, was wir am Wochenende vorhaben!«

»Wir haben etwas vor?«, fragte Elli mit großen Augen. Sie wirkte angespannt.

Ihr Freund nickte eifrig. »Natürlich! Wir werden unseren Fall zu einem hoffentlich guten Ende bringen.«

»Es ist doch alles gesagt.« Ina schüttelte langsam den Kopf.

»Aber nicht getan. Falls ihr es vergessen haben solltet, am Samstag ist die Sonnenfinsternis. Ich weiß, von Deutschland aus kann man sie nicht sehen, deshalb redet hier auch niemand darüber. Aber …«

»… auf Gotland!«, ergänzte Rüdiger baff. »Eta, das finale Ritual.«

»Hört mir bloß mit dem Theriak auf.« Ina hatte ihr Gesicht in die Hände gestützt. »Ich möchte nichts mehr davon wissen.«

Gero ging vor ihr in die Hocke und berührte ihren Arm. »Vertrau mir, Ina.« In seinen Augen lag eine ungewohnte Wärme.

Sie zögerte noch einen Moment, dann nickte sie.

Gotland

27 Minuten bis zum letzten Ritual

»Ist der See nicht wunderschön?« Elli war herrlich aufgeregt und Rüdiger knipste eifrig Bilder von ihr und Andreas, den übrigen VIER und der Landschaft.

»›Der See‹, liebe Elli, heißt Bjärsträsk und ist der westliche der fünf Lojstaseen. Wer weiß, wie die anderen vier heißen? Na, kommt schon, drei Punkte für jeden richtigen.« Gero war wieder ganz der Alte.

»Wunderschön«, wiederholte Ina.

»Und so ruhig. Ich bin froh, mal nicht hinter Verbrechern herlaufen zu müssen.« Elli kuschelte sich glücklich an ihren Mann.

»Fridträsk, Rammträsk, Slottsträsk und Broträsk«, erklärte Gero der Luft um ihn herum.

»Der perfekte Ort zur Vollendung des Theriaks!« Viktor setzte seinen Rucksack ab und entnahm ihm ein gusseisernes Dreibein, auf das er einen massiven Topf stellte. »Gero, könntest du uns Feuerholz besorgen. Rüdiger, hilfst du ihm?«

Sie hatten sich in Viktor Jenko komplett geirrt. Der junge

Slowene war ein durch und durch anständiger Kerl. Keiner war so entsetzt wie er selbst gewesen, als er gemerkt hatte, dass jemand die Opferungen durchführte. Von da an hatte er alles unternommen, um das Ritual zu sabotieren. Das war kurz bevor Pierre sie beauftragt hatte, nach Viktor und den Dokumenten zu suchen. Dass VIER als Mittel für böse Zwecke missbraucht worden waren, machte den Freunden noch zu schaffen, aber letztendlich war es ihnen gemeinsam gelungen, Pierre und seinen Kumpanen das Handwerk zu legen.

»Hast du die Zutaten?«, fragte Ina.

»Selbstverständlich. Wie geplant aus jedem der sieben Orte der Sternenkarte.« Viktor baute seine Ausrüstung auf.

»Erklärst du es mir bitte noch einmal?«, bat Elli.

»Gerne. Auf dem Dokument, das ich in Stari Grad gefunden habe« – wenn er den Namen der Burg in Celje aussprach, klang es gleich viel besser – »stand eine bis dato völlig unbekannte Theriak-Rezeptur. Genau genommen waren es zwei Varianten, die ungeahnte Kraft besitzen sollen, sofern die Zutaten von den richtigen Orten kommen. Es war wirklich schwer, das alles zusammenzusetzen«, erklärte Viktor mit unüberhörbarem Stolz in der Stimme. »Der Blut-Theriak soll besonders stark darin sein, jegliche Krankheit zu heilen. Der Theriak war schon vor langer Zeit als Panazee bekannt. Deshalb wollte Professor Ledoux ihn seiner kranken Nichte geben. Was den Verbrechern aber viel wichtiger war: Laut dem Dokument sollte der Trank einem Gesunden übermenschliche Kräfte verleihen, wenn man nicht nur das Blut und die Haare von Tieren mischt, sondern schlussendlich das Herz eines Menschen hinzugibt.« Er schaute betrübt. »Ich hätte nie gedacht, dass jemand das umsetzen würde.« Nach einem Moment schüttelte er die dunklen Gedanken ab. »Genug davon! Gleichzeitig war nämlich auch von einem weißen Theriak die Rede, der Gutes über die Menschheit bringen würde. Er soll nach dem Brauen komplett verdampft und in die Atmosphäre entlassen werden.« Er machte eine ausholende Geste zum stahlblauen Himmel über ihnen. »So könne er sich entfalten und Heilung in die Welt senden.«

»Und dafür braucht man keine Brandopfer?«

Viktor schüttelte den Kopf. »Die Zutaten sind ganz besondere Kräuter und Mineralien, die ebenso bei Neumond an den sieben Orten zu besorgen sind. Es war gar nicht so einfach, sie zur richtigen Zeit zu sammeln. Ich musste ja gleichzeitig versuchen, die Verbrechertruppe aufzuhalten. Das hat meine Pläne etwas gestört. Aber nun habe ich alles, was wir benötigen.« Er klopfte auf eine prall gefüllte Ledertasche. »Ich könnte mich immer noch dafür ohrfeigen, Ledoux eingeweiht zu haben.«

»Woher solltest du wissen, was er aus deinem Fund macht?« Und dass er uns alle hintergehen würde? Das fügte Ina jedoch nur in Gedanken hinzu.

Viktor seufzte. »Seine Nichte tut mir wirklich leid, aber wie konnte er glauben, ihr ausgerechnet mit einem Theriak helfen zu können?«

»Er war verzweifelt«, lautete die einfache und klare Begründung von Elli. »Nun ist sie ja Gott sei Dank im Krankenhaus und auf dem Weg der Besserung. Bernd hat uns erzählt, dass die französischen Behörden sofort eingeschritten sind, als sie von dem Fall gehört haben. Was für schreckliche Eltern, die einem Kind medizinische Versorgung aus einem Irrglauben heraus verweigern.«

»Eine Frage habe ich noch«, wechselte Ina das Thema. »Nach Geros Theorie hast du in London Molotowcocktails auf St. Paul's geworfen, um so viel Polizisten auf den Plan zu rufen, dass Pierre mit seiner Truppe die Opferung dort nicht mehr durchführen konnte.«

»Selbst wenn – und das würde ich niemals zugeben –, dann hätte ich mich verrechnet. Clever von diesen Halunken, auf das nächstbeste zugängliche Hochhaus auszuweichen.«

»Wäre der Bluttrank damit überhaupt noch so mächtig gewesen?« Elli half Viktor, die Kräuter in einem Mörser zu zerreiben.

»Wer weiß das schon? Das hier ist keine Wissenschaft, sondern mein Glaube an das Gute. Die Doktorarbeit beschäftigt sich mit der medizinhistorischen Bedeutung der alten Dokumente. Den Theriak wollte ich nur brauen, weil es sich einfach richtig anfühlte und alles zeitlich so wunderschön gepasst hat. Diese astrologische Konstellation kommt schließlich bloß alle hundert Jahre vor.« Viktor strahlte.

»Ich wüsste bei Gelegenheit gerne mehr über die Restauration in Celje. Habt ihr vielleicht auch Knochen gefunden?« Andreas' Augen leuchteten.

Elli gab ihm einen Knuff. »Du bist sowieso schon die meiste Zeit unterwegs. Da brauchst du nicht noch eine Ausgrabung!«

Andreas küsste sie sanft auf die Stirn. »Du kennst mich doch. Das ist mein Beruf, mein Hobby ...«

»... und deine Leidenschaft. Ja, ich weiß. Und deshalb darf ich gelegentlich eifersüchtig sein.«

Rüdiger kam mit einem Arm voll dürrer Zweige zurück und warf sie auf den Boden.

»So, bitte sehr. Das sollte genügen. Ich wusste die ganze Zeit, dass du unschuldig warst.« Er machte das Metal-Zeichen und klopfte Viktor kameradschaftlich auf die Schulter. Auch wenn sie während des Flugs nach Schweden festgestellt hatten, dass sie Fans vollkommen unterschiedlicher Subgenres waren, trugen sie einträchtig das Shirt des diesjährigen Wacken-Festivals.

Gero folgte ein paar Minuten später. Seine Äste waren wohl sortiert, gerade und alle von ähnlicher Dicke. »*Das* ist richtiges Feuerholz. Ich habe es extra ...«

»Krummes Holz gibt auch gerades Feuer.« Ohne auf die offenbar besondere Qualität Rücksicht zu nehmen, zerbrach Viktor die Stöcke und schichtete sie zusammen mit Rüdigers Zweigen zu einem ansehnlichen Haufen. Gero verzog das Gesicht.

»Schaut mal!«, rief Elli begeistert und deutete Richtung Sonne. Sie hatte ihre Sonnenfinsternisbrille aufgesetzt und machte vor Freude einen kleinen Sprung. »Der Mond hat schon ein Eckchen weggeknabbert!«

Kurze Zeit später prasselten die Flammen und erwärmten das Wasser, das Viktor in einer Thermosflasche mitgebracht hatte. »Heilwasser aus der Therme Rogaska Slatina. Das wird eine gute Grundlage sein.«

Nach und nach gab er die verschiedenen Zutaten hinzu, zerstieß die Mineralien zu Staub und zerrieb die getrockneten Kräuter, wobei ihm Elli gern zur Hand ging. Ina hatte sich ins Gras gelegt. Die Brille spiegelte und man konnte nicht sagen, ob sie die Sonne beobachtete oder schlief. Rüdiger machte mit einem Spezialfilter vor dem Objektiv ein paar Aufnahmen.

Auch Gero hatte sich der Sonnenbetrachtung gewidmet und verglich die Phasen mit einer App auf seinem Handy. Hin und wieder sah er Viktor bei der Zubereitung des Theriaks zu. Der junge Mann ging äußerst konzentriert an die Arbeit.

***

Zuerst wurde es düsterer, dann kam mit einem Mal ein kühler Wind auf und Vogelgezwitscher setzte ein.

»Sie denken, es dämmert«, flüsterte Andreas seiner Frau zu, die sich eng an ihn geschmiegt hatte. Neben ihnen knackte und knisterte das Feuer. Der blubbernde Theriak verwandelte sich in weiße Dampfwolken, die watteweich gen Himmel schwebten und sich dort auflösten.

Schließlich war die Sonne nur noch ein schwarzer Fleck, der von einem feinen hellen Kranz umgeben war. Alle waren von dem Himmelsereignis gefesselt. Natürlich jeder auf seine Art.

»Das ist das Romantischste, was wir seit Langem gemacht haben!«, freute sich Elli.

»Fantastische Bilder werden das! Sonnenfinsternis am Himmel und gleichzeitig die Spiegelung im See!« Rüdiger hörte mit dem Knipsen gar nicht mehr auf.

»T plus dreißig Sekunden. Ich zähle runter, bis zum Ende

der Finsternis. Achtung: vierundzwanzig … dreiundzwanzig …« Etwas traf Gero am Kopf und der Countdown erstarb.

»Möge der weiße Theriak Heilung und Frieden in die Welt bringen.« Ina lächelte und setzte sich mit einem Gefühl des Neuanfangs in den Kreis ihrer Freunde.

Danksagung

Liebe Leserinnen, liebe Leser, wir hoffen, ihr hattet mit Band zwei unserer Reihe um die VIER Hobbydetektive genauso viel Spaß wie wir beim Besuchen der Orte und beim Schreiben der wilden Geschichten! Viele, die uns bei der Entstehung unseres Buches ganz selbstverständlich geholfen haben, möchten wir im Folgenden erwähnen.

Unser erster Dank gilt unseren Testlesern Bärbel, Beatrix, Britta, Cäcilia, Carolin, Josef, Doris, Mike, Sandra, Simone, Susi, Tom und Ute für ihre konstruktive Kritik und vielen Vorschläge. Wir danken unseren Familien und Freunden, die uns fortwährend unterstützen, unsere Begeisterung teilen und auch für uns da sind, wenn das Autorenleben mal wieder anstrengend ist.

Für unsere Recherchen haben wir einige Freunde um Hilfe gebeten und immer schnelle und ausführliche Antworten bekommen. Marie und Iason danken wir für ihre Beiträge zur griechischen, Ilaria für die zur italienischen Sprache, Moni, Flo und Pia für ihre Wildtierexpertise, Javier und Claudia für ihre Tipps zu Venedig, Britta und Mike für Motivationsfotos aus Cádiz, Benno für seinen spontanen Anruf in Spanien, vielen Apothekern in Venedig für ihre Hilfe bei der Suche nach einem originalen Theriak-Gefäß, dem verstorbenen Jeffrey Tate für ein unvergessliches Konzert im Teatro La Fenice, den Mitarbeitern des National History Museums, Jessica Bolln für ihre Gastfreundschaft in Wacken, Dr. Marion Heister für das wunderbare Lektorat und Aletta Wieczorek für das sorgfältige Korrektorat.

Sehr danken wir unseren Agenten Julie Hübner und Tim Rohrer von der *Leselupe* für ihr unermüdliches Engagement für uns und unsere VIER.

Die tolle Zusammenarbeit mit Lukas Weidenbach und dem gesamten Team von »*be*« können wir gar nicht hoch genug schätzen sowie die Möglichkeit, das Buch für die digitale Version nochmals kräftig zu überarbeiten.

Wir danken außerdem Isabelle, Mariann und den Frauen vom PANDA-Netzwerk für die Organisation und Unterstützung unserer Lesungen in München, der Crew der AIDAnova für die fantastische Zeit auf unserer Lesereise entlang der Route von Band 1, Sabrina Reulecke für Tipps und Tricks zu Lesungen auf Kreuzfahrtschiffen sowie Karolina Höcker für das fantastische Rhetorik- und Lesetraining.

Christian dankt noch seinen Kollegen der Crew von *Metal Express Radio* sowie allen Metal-Bands, -Fans und -Festival-Organisatoren. Es ist die gemeinsame Liebe zur Musik, die uns zusammenhält! *Keep on rocking!*

Wenn ihr wissen wollt, wie das Sternbild des Altars auf die Landkarte von Europa passt, findet ihr die Grafik auf unserer Homepage.

Lesejury